新 潮 文 庫

龍ノ国幻想5

双 飛 の 闇

三 川 み り 著

新 潮 社 版

11780

目次

龍ノ国幻想

主な登場人物紹介

——龍が眠る央《ひさし》大地。その上にある国、龍《たつ》ノ原《はら》では、女は龍の声を聞く能力を持つ。
生まれながらにその力を持たぬ「遊《ゆう》子《し》」でありながら、龍に認められた日織。
皇尊《すめらみこと》として、新たなる国を築くためには、最愛の「妻」と添い遂げることを
心に誓い、願っていたのだが——

悠《はる》花《はな》 十九歳

美しく包容力ある日織の「妻」。
世継ぎが望まれるなか、日織に
皇尊の立場を全うしてもらうため、
龍ノ原を立ち去る決意をする。

夏《なつ》井王《いのおおきみ》 二十九歳

日織の夫として選ばれ支えるも、
悠花と日織は離れるべきではない
と考える、穏やかな男。

日《ひ》織《おり》 二十七歳

龍に認められ皇尊に即位したが、
その座を狙う者が現れ苦悩する。
一方、姿を消した妻を捜す。

不《ふ》津王《つのおおきみ》 三十九歳

先代皇尊の甥。現在は附孝洲《ふのこうしゅう》に
身を寄せている。自らが皇尊として
龍ノ原に立つことを画策する。

末《すえの》和《わ》気《き》 十四歳

隣国・逆封洲《さかのほうしゅう》の聡明な若き国主。
実権は母が握っているが、
龍ノ原に対する畏怖が強い。

央大地の図
（一原八洲）

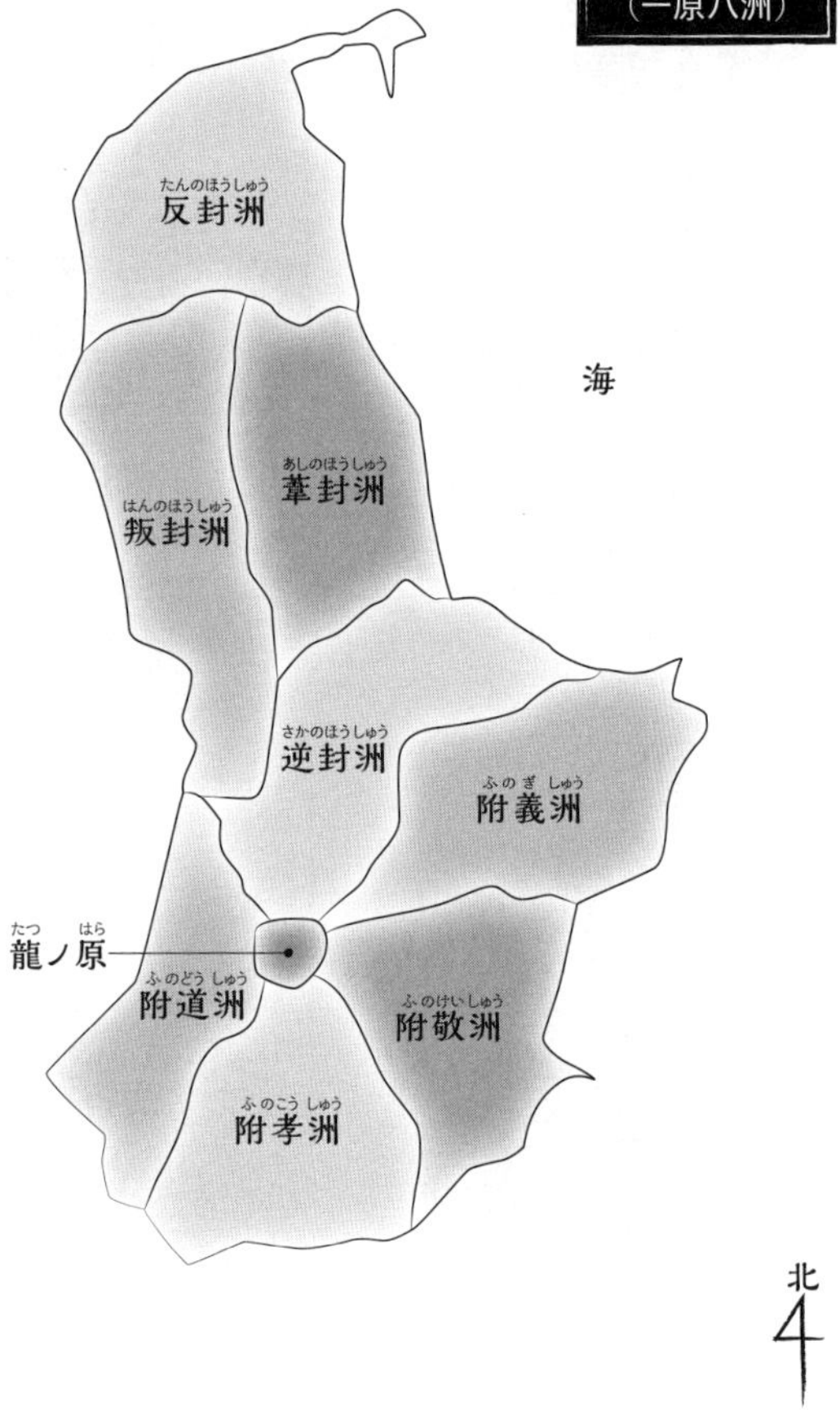
海
反封洲《たんのほうしゅう》
葦封洲《あしのほうしゅう》
叛封洲《はんのほうしゅう》
逆封洲《さかのほうしゅう》
附義洲《ふのぎしゅう》
龍《たつ》ノ原《はら》
附道洲《ふのどうしゅう》
附敬洲《ふのけいしゅう》
附孝洲《ふのこうしゅう》
北

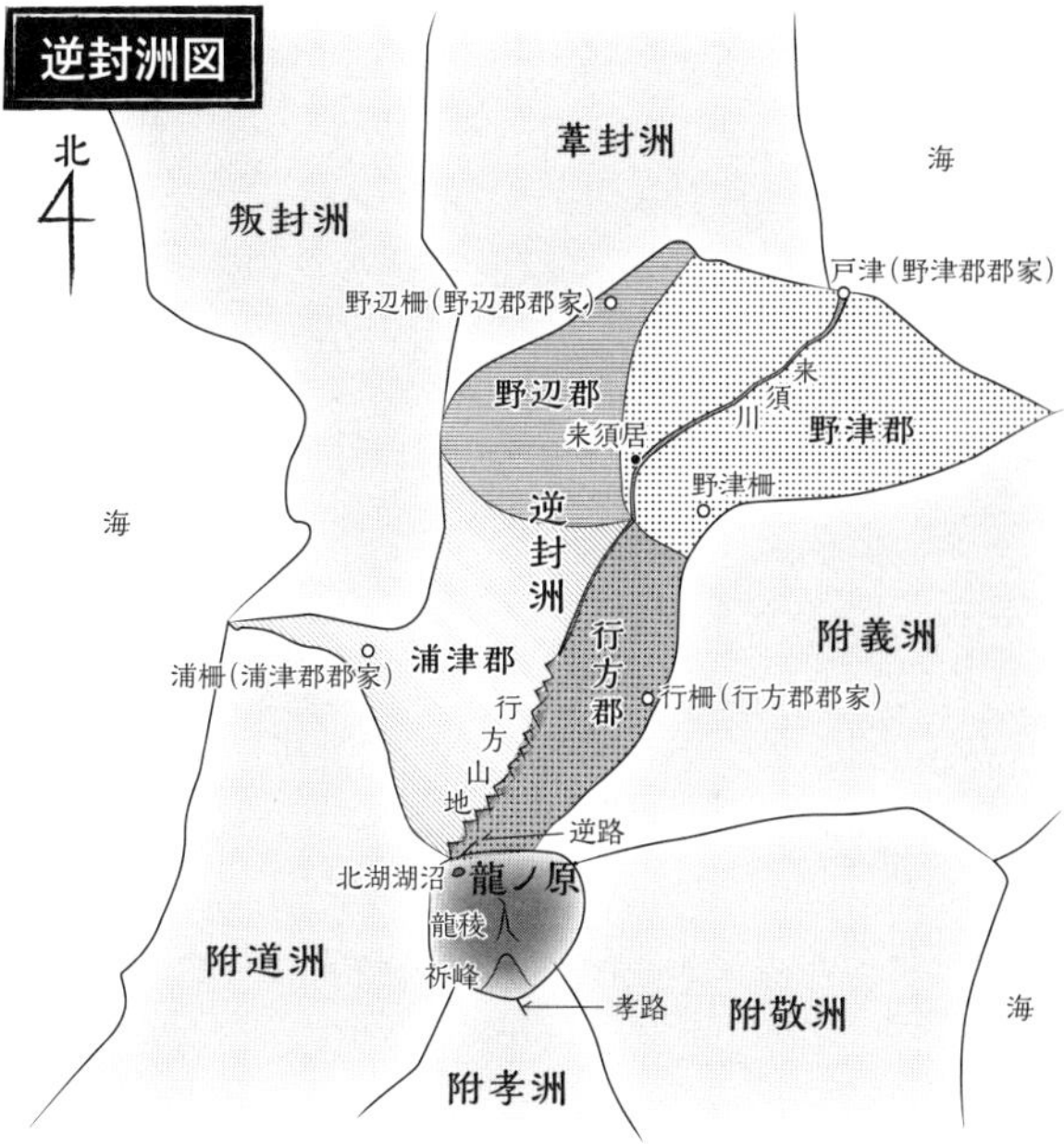

地図制作：アトリエ・プラン

央大地《ひさしだいち》は地龍《ちりゅう》の眠りの上にある。そして天を飛翔《ひしょう》する龍の加護のもとに、地龍の眠りを護《まも》る龍《たつ》ノ原《はら》の皇尊《すめらみこと》が在《いま》す。

皇尊の一族の女たちは龍の声を聞くが、その声で龍の御心《みこころ》を知れる者はいない。まして地龍の御心など、眠りを護る皇尊すら知らぬ。

にもかかわらず、種々によりて、人の解釈であたかも神の御心を知り得たように振る舞う者は、それが奢《おご》りであることすら知らぬ浅薄なる者。

解釈は人の解釈であり、神の言葉ではない。

しからばと人が問うても、しかと言葉を返さぬほどに神は大きい。

人の解釈も意味をなさず、言葉もない神の御心を知るすべはただ一つ、行い為《な》すこと。

それにより神の御心は知れる。

御心に沿うならば幸あり、沿わぬならば禍《わざわい》あり。

行い為して神に問うは、不遜《ふそん》であり畏《おそ》れねばならぬこと。

しかし。

覚悟ある者は問う――。

龍ノ国幻想 5

双飛の闇《そうひのやみ》

序章

夕映えの中、別れぎわの杣屋《そまや》は泣いて泣いて、ほとんど言葉が出ないようだった。

「また会えるから、そんなに泣かないで」

と、悠花《はるはな》は慰めた。

しかし幼い頃からともに過ごした老女には、主《あるじ》の決意がわかっていたのだろう。「ではね」と言って握っていた両手を放すと、震える涙声で「お元気で」と口にして深く頭をさげ続ける。哀《かな》しみの涙で顔をあげられない杣屋の代わりに、老女の実兄だという老人が、長い影を引きつつ馬に揺られて歩き出した悠花の姿を見送っていた。

そのとき既に悠花は護領衆《ごりょうしゅう》の姿に身をやつしていたので、老人には、年老いた妹と若く美しい護領衆がどのような関係かわからないはずだった。杣屋は今後もけして、その関わりを口にするまい。

実兄は道理のわかる優しい人なので、そこに身を寄せれば安心だと杣屋は言っていたが、それは悠花に心配をかけまいとする気遣いかもしれないと危惧《きぐ》していた。だが実際会ってみると、確かに杣屋の兄は穏やかそうな老人で、なおかつ、これほど怪しげで急なことにもかかわらず、一切の詮索《せんさく》めいた問いなどもしなかったのだ。

悠花は老人に「杣屋をよろしく頼む」と丁寧に願い、さらに杣屋に銀《しろがね》の釵子《さいし》や翡翠《ひすい》の玉飾りなどを持たせた。

悠花と離れることで、杣屋は今までよりも心穏やかに過ごせるだろう。あの兄の元であれば、辛《つら》い目にあうこともないはずだ。

昨夕の乳母《めのと》との別れを思い出しながら、悠花は、砂埃《すなぼこり》でざらつく杉板の床に端座していた。見るともなしに、板目にこぼれ落ちている月明かりに目を向ける。

使われなくなって久しいらしい、粗末な板葺《いたぶ》き屋根の家だった。土間の端は湿って苔《こけ》むし、床板は一部が反りかえって波打つ。床板に落ちる月明かりは、屋根板の隙間《すきま》から漏れているのだ。

（一人だ。そして自在だ）

杣屋の兄の邸《やしき》で厩舎《きゅうしゃ》を任されている若者が、この里《り》まで馬で送ってくれた。里につくと若者は引き返し、悠花はかねてよりの手はず通り、里の外れにある廃屋に身を隠した。

龍稜《りゅうりょう》を出て三日目の夜。

夏場ではあったが、豊かな水のおかげで吹く風が涼しい。

龍《たつ》ノ原《はら》の北には、北湖《ほっこ》湖沼《こしょう》と呼ばれる、沼や湖の集まった水の豊かな地がある。護領山《ごりょうさん》から流れ出た水は川となり、平地へ流れだす。北部の川のほとんどは、北湖湖沼の湖や池、沼に流れ込む。水底は常にゆらゆらと揺らぎ、水を吸い込んでいく。静かな夜など、水が吸い込まれる音が聞こえる。地の底で、微《かす》かに低く、何かが息継ぎもなく一本調子で呻《うめ》き続けているような音がするのだ。

ここはそんな北湖湖沼に点在する、里の一つ。戸数八の小さな里は、里人全員に何らかの血のつながりがあると聞いていた。

（幼い頃から憧《あこが》れ続けた、これが自在というものか）

寂しいものだと苦笑いする。

悠花が姿を消し、日織《ひおり》は今、困惑して怒っているだろうか、哀しんでいるだろうか。どちらにしても涙ぐみながら、悠花を呼んでくれているはずだと思うと、今すぐにでも彼女の元へ帰りたくなる。「すまなかったね」と言って、流れる彼女の涙に唇をあて、抱きしめたい。だが、そうしてはならないのだ。

煙抜きの隙間に目をやれば、半分の白い月が見える。雲のない夜だが、月の輪郭がなぜか幾分滲《にじ》んでいた。表面を、白く細い銀に輝くものが一筋横切る。耳を澄ましてみるが龍《りゅう》の声は聞こえない。

草を踏む音がした。

「おられましょうか」

囁《ささや》くように問いながら、壊れて開きっぱなしになっている引き戸の戸口から顔を覗《のぞ》かせたのは、黒の衣と袴《はかま》に髪を肩まで切り揃《そろ》えた護領衆、空露《うつつゆ》だった。手にある細い松明《たいまつ》を掲げ、小屋の奥を照らす。

「いるよ。待ちくたびれたけれどね」

「日織に気取られぬように龍稜を出るのに、時がかかりました」

「気を利《き》かせて、甘いものでも持ってきてくれていたら許すよ」

敷居の手前にある口が欠けた甕《かめ》に松明を立て、空露は腰につけていた袋から蠟燭《ろうそく》を取り出し、松明から火を移しながら呆《あき》れたように応じる。

「甘いものなどありません」

「気が利かないね」

蠟燭を手に、空露は土間から床へあがってきた。床に蠟を垂らして蠟燭を固定すると、懐《ふところ》から折りたたんだ料紙を取り出し、悠花の膝《ひざ》の前に置く。

「代祇《だいぎ》空露の名で書きました。『この書札《しょさつ》を所持する者は祇従《ぎじゅう》、悠火《ゆうび》である』と。これをお持ちになっていれば、あなたは護領衆。祇従の悠火という者であると証《あかし》だてされます。これで、よろしいのですね」

日織の即位にともない、空露は祇従から代祇へと位があがった。それによって彼の務めが特に変わることはなかったが、彼が祈社《きしゃ》で有する権限は多少大きくなっている。

にんまりとし、悠花は書札を手に取り中を検《あらた》めた。

「望み通りだよ。ありがとう、空露。でもこれは、祈社に問い合わせがあればどうなる？」

「衆録《しゅうろく》に、祇従として悠火の名を追記しておきました。問い合わせがあろうとも、衆録を確認すればそこに名があるため、確かにその者は護領衆だと返答がありましょう。新たな従氏《じゅうし》が年に三度、春夏秋に祈社に入ります。その都度、従氏は衆録に追加され、さらに従氏から祇従に位替えがあるので、祇従と従氏の衆録は頻繁に書き換えられる。わたしのように、祈社の外に勤める護領衆もおります。祈社で姿を見たことがない護領衆だとて、衆録に名があれば、怪しまれることはありません」

思った通りに空露は頼りになる。長年日織の秘密を護《まも》り続けていた彼は、些細《ささい》なことで謀《はかりごと》が破綻《はたん》するのを恐れていただろう。全《すべ》てにおいて注意深い。

「抜け目がなくて、助かるね。お願いした例のものも、持ち出せた？」

「外に馬引を待たせております。その者が引く馬の背に、積んであります」

「上々」

手にある書札に再び目を向け、悠花はわざと顔をしかめた。

「けれどこの悠火という名は、なに？」

「あなた様に縁のある字でつけた名です。悠花様の悠と、芦火皇子《あしびのみこ》の火をとって」

「なんとまあ、ぞんざいにつけた感じの名だね。おまえの愛情のほどが知れる」

「お気に召しませんでも、もう、そのようにいたしましたので」

淡々と、しかし文句を言うなと言わんばかりの空露の態度に、悠花は微笑を返す。

「別に、名などなんでもいいから、かまわないよ。なにしろ助かった。礼を言う」

書札をたたんで懐に仕舞う悠花を見つめながら、空露が問う。

「本当に向かわれるのですか？　逆封洲《さかのほうしゅう》に」

戸口から湿り気のある風が吹き、蠟燭の炎が揺れ、悠花と空露の影も揺れた。

龍ノ原の真北に位置し国境《くにざかい》を接する国、逆封洲。

国主《こくしゅ》は十四歳の少年でありながら、商人たちを優遇し貿易を盛んにして国を栄えさせている。俊秀の少年国主の国として知られているが、内情はそれほど御伽噺《おとぎばなし》めいたものではないと、国主の生母遠音《とおね》が龍ノ原を訪れたことで明らかになった。

そんな国で何をなさるおつもりなのかと、空露は暗に訊《き》いているのだ。彼は悠花の注文であれこれと動いたのだから、その目的を知りたいのだろう。

ただ悠花は答える気はない。

察しの良い空露のことだから、おおかた予想はついているだろうが、しかとは伝えたくなかった。もし悠花の身に何かがあった場合は、空露は気に病むだろう。気に病んで欲しくない。それどころか悠花の存在など、最初からいなかった者として忘れられる方が良いのだ。空露のために——日織のために。

「行くよ。お願いしていた、八社《はっしゃ》への文は届けた？」

「今、外に待たせている馬引が届けました。あの馬引はわたしと同里の出で、気性が良く信頼できます。逆封洲まで、荷と一緒にあなた様をお連れするようにも、申しつけております」

「おまえと同里の出の者か。そういえば、ここはおまえの生まれた里なんだね」

「そのこと、お伝えしておりましたか？」

「いや。聞いたのは、住人全てに血のつながりのあるような、小さな里ということだけ。ただ、あれを見たから。ここはおまえが、祈社に入るまで過ごした家だね」

指さしたのは黒ずんだ柱で、大人の腰から胸の高さあたりまで、六本の横線の引っ掻《か》き傷がつけられている。三本の線の下には、消えかけの墨文字で空露と書いてある。残りの三本の線の下には別の名が書かれていたのだろうが、擦《こす》り消されていた。

「兄弟姉妹がいたか？」

「弟が一人おりましたが、わたしが祈社に入る直前に病で死にました。元気の良い、人なつこい子でした」

弟を幼くして亡《な》くした空露は、幼い日織と出会ったとき何を感じただろうか。

姉皇女《ひめみこ》への慕わしさに自身の弟の面影も加わって、可愛《かわい》らしく思えたかもしれない。

そして今もそれは変わらず、護りきれなかった者たちのぶんも彼の思いは日織へと注がれ、日織を護るという思いで生きている。

注ぎながら、注いだだけ逆に満たされるのが、慈《いつく》しみなのだろう。

地大神《ちのおおかみ》を敬い仕える護領衆でありながら神を欺《あざむ》くことに荷担し、今も顔色一つ変えずに偽りの書札を作り、祈社の名簿を書き換え、祈社の所有するものを持ち出す。

その在り方は褒められたものではないだろうが、悠花には好ましく思える。

「なんでしょうか」

見つめすぎたのか、空露が訝《いぶか》しげに問う。悠花は首を横に振ると、髪を一つにまとめていた紐《ひも》に手をかけた。

「なんでもない。自分でやるつもりだったけれど、ちょうど良いから、おまえに頼もうかと思って。鋏《はさみ》は持ってきてくれた？」

腰の袋を探り、空露は掌《てのひら》に載る小さな鋏を取り出す。金気の少ない龍ノ原では鋏は貴重なため、悠花の所有するものは龍稜に置いてきた。

悠花は髪をまとめていた紐をとき、手ぐしですく。

「わたしの髪を切れ、空露。このままでは護領衆らしくないからね。護領衆らしく、肩あたりまで切って欲しい」

「そうすると、女髪を結えなくなりますが」

「かまわないよ。もう、二度と結わないから」

微かに空露が息を飲んだ。真《ま》っ直《す》ぐに悠花を見つめ、細い声で言う。

「ありがとうございます。悠花様」

悠花は微笑《ほほえ》むと、「さあ、切って」と、何でもないことのように軽く促す。

無言で立ちあがった空露は悠花の背後に回り、片膝をつく。一房長い髪を手に取り、しばらく見つめていたようだが――しゃりっと、髪に刃が入った音がした。

ぱたりぱたりと、床に髪の房が落とされるごとに、こみあげるものがあった。軽く目を閉じ、深く息を吸い、吐き、あふれる思いを己の中から散らそうと努力した。

（これで二度と戻れないね、あなたの元へ。日織）

閉じた瞼《まぶた》の向こうが、蠟燭の灯りのために、明るく暗くちらちらと揺れる。

一章　護領衆《ごりょうしゅう》　悠火《ゆうび》

一

砂埃《すなぼこり》が薄く舞い立つ大路を歩きながら、悠花《はるはな》は、左右に整然と軒を並べる板葺《いたぶ》きの建物を飽きず眺め続けていた。見るものすべてが、珍しい。

大路に面しているのはどれも掘立柱《ほったてばしら》の建物で、正面が土間、奥が板張り。出入り口の戸は、昼間の今は取り払われて奥まで筒抜けに見える。

土間に甕《かめ》が並べられている建物もあれば、菰《こも》の袋が積まれた建物もある。あるいは土間のみならず、軒下にまで腰かけ用の丸太を並べ、土器《かわらけ》に入れた糟湯酒《かすゆざけ》に似たものを飲ませるところもある。様々ではあるが、並ぶ建物はすべて、ものを売り買いする場所だ。舗《みせ》と呼ぶらしい。

舗に出入りする者たちの活気ある話し声や、大路を行き交う荷車の軋《きし》みや、車輪が巻きあげる砂埃。夏の日射《ひざ》しに焙《あぶ》られる、路傍の馬糞《ばふん》の臭《にお》いと飛び交う虫の羽音。雑多なものが混じり合い、騒々しく、薄汚れた感じではあるが、だからこそ興味深かった。

「面白いな」

思わず口にすると、素っ気ない応《いら》えが背後からあった。

「面白いですか。こんな場所が」

悠花は微笑《ほほえ》み、肩越しに声の主をふり返る。

「ああ、とてもね。面白いよ、比多《ひた》」

左様ですかと淡々と答えたのは、悠花よりも背の高い女で、名を比多という。身につけているのは丈短の衣と裾《すそ》を絞った袴《はかま》という男子の衣装。肩幅があり、二頭を縦に連ねて馬の轡《くつわ》をとる腕には硬い筋肉が浮いている。

比多と会ったのは七日前。悠花と荷物を逆封洲《さかのほうしゅう》に届けるために、空露《うつつゆ》が用意してくれた馬引が彼女だった。

初対面のとき、比多を、日織《ひおり》のようだと思った。男の衣装を身につけていたからだ。しかし似ているのはその点だけで、他は随分様子が違う。

日織は男と偽っていた時さえも、線の細さがあった。比多は女であるのを隠していないし、並の男なら簡単にねじ伏せそうな強さが感じられる。衣の袖《そで》が短く、襟も広くつろげて着ているので、脇《わき》や胸の肌がちらちらと覗《のぞ》くが、艶《なま》めかしさより逞《たく》しさが勝つ。

不意に、傍らを急ぎ通り過ぎる荷車の車輪が蹴立《けた》てた砂と、それを押す男たちのかけ声におそわれる。悠花はそれらを避けるため、鼻から下を袖で被《おお》い、遠くなる荷車を見送りながら目を細めた。肌を焦《こ》がす光も、まといつく暑さも、全《すべ》てを弾《はじ》き返す人々の生き生きした姿に心が浮き立つ。

「来須《くるす》居《い》が国府《こくふ》となり、十年だったか。十年で、ここまで活気ある場所になるのだね」

悠花は、視線を大路の左右に向けながら歩く。

「逆封洲の国主《こくしゅ》が、うまくやっているからです。商人が動いて、荷が動く。そうなれば、わたしら馬引にもたんと仕事があって、ありがたい。そして、わたしらのような者が集まって栄える」

荷車四台がすれ違える幅広の大路が、建物の間を真《ま》っ直《す》ぐ貫くこの土地は、逆封洲の国府――都である来須居。

かつて逆封洲の国府は龍《たつ》ノ原《はら》により近い内陸にあったが、十年前に遷府《せんぷ》され、この来須居に国府が移った。

来須居は、来須《くるす》川北岸に広がる平地にある。

南北を貫く大路を中心に据え、縦横に整然と小路が交差し、その隙間《すきま》を家並みが埋めていた。

大路の最北端には二層の門が建ち、門の内側、築地《ついじ》塀《べい》で囲われた一帯には簀子《すのこ》縁《えん》が巡らされた高床の建物が並ぶ。そこが逆封洲国庁《こくちょう》だ。

　さらに大路からは見えないが、国庁の北側に接しているのが来須居城。国主の居城。計画的に造られた都であるために、立地と構造を見れば、おのずとこの都がなんのために造られたか察しがつく。

　来須居は逆封洲のほぼ中央にあり、洲内どこへ向かうにも起点となる立地。最大の港、戸津《とのつ》からも人の足で四日、馬で二日半の距離。川船を利用すれば、下りで一日半。近くとは言いがたくとも、遠すぎるということはない。

　都の路《みち》は、大路が莫迦《ばか》に幅広いのみならず、小路も荷車が二台並ぶ幅がとられている。これは明らかに荷車や馬を楽に通すため。

　来須居は、他国との小競《こぜ》り合《あ》いに備えて造られたのではなく、また権威を示すために造られた都でもない。荷を集め、動かすため――商いのために造られた都だ。

　しかし。

　地大神《ちのおおかみ》を崇《あが》めて央大地《ひさしだいち》が保たれるのを願いつつ、他国の侵入を防ぎ、勧農し、国を潤《うるお》す。それがおおよそ神代《かみよ》から、八洲《はっしゅう》の国主たちがすべきことと考えられている。そのように教育される国主が、神への畏怖《いふ》や国の護《まも》り、農作など考慮の外に押しやり、商いのためだけに遷府するという思い切った決断をしたのはなぜか。

（来須居が都となったのは、誰かの助言があったからに違いない）

遷府の経緯を調べれば、面白いことがわかりそうだ。

（ことによると助言どころか、操られたと言っても過言ではないかもしれない）

悠花が心に描いた誰かとは、会ったことはないが、彼の夫《つま》である皇尊《すめらみこと》を手玉に取ろうとした女。

（逆封洲国主、末和気《すえのわき》の母。遠音《とおね》）

来須居の雑多な活気の中に身を置く自分に、わずかな興奮を覚える。

（吾《わ》が夫を謀《たばか》ろうとしたのは、このような面白い場所を造りあげた女。その女が造ったもののなかに、わたしはいるのだね）

逆封洲国主は、三年前、齢《よわい》わずか十一歳で国主となった末和気。彼が国主となってから、逆封洲は津を大きくした。八洲の商人たちを広く受けいれ優遇することで、商いが盛んになり国が潤っているという。そのような政《まつりごと》を施《し》く俊秀の少年国主と、和気は名高い。

しかしその実、政を動かしているのは和気の母・遠音なのだ。戸津の商人の娘だった彼女は、国主の妾《みめ》となり、国母となり、陰の国主となっている。

口もとに笑みが浮かぶ横顔を見たらしく、比多が低い声で言う。

「つくづく護領衆らしくありませんね、あなた様は。せめて、それらしく振る舞う努力でもすればいいものを。護領衆らしく真顔でいるとか」

悠花は衣も袴も黒一色の護領衆の衣装を身につけていたし、髪も空露の手で、肩まで切り揃《そろ》えた。髪が肩にかかっているので、普通の護領衆に比べて少し長めだったが、問題になる長さではないと空露が保証してくれた。さすがの彼も、悠花の美しい髪を惜しみ、少し長めに残したかったらしい。

身なりは護領衆のそれで、身分も祇従《ぎじゅう》と称していたが、態度は特にそれらしく振る舞う気はなかった。龍ノ原の民でなければ、護領衆の態度が、らしい、らしくない、などという判断はつかないので、逆封洲でそれらしくする必要もない。

比多は龍ノ原の民である。おそらく悠花が本物の護領衆ではないと、会ったときからわかっていただろう。

「らしく、ね。察していながら、何も問わないのだね。比多」

歩調をゆるめて比多に並ぶと、彼女は轡を握りなおし、硬い表情をする。

「空露様に申しつけられたことは、何も問わず、詮索《せんさく》せず、為《な》すだけです」

「わたしが何者か気にならない？　こんなものを運ぶ理由を、知りたいとは思わない？」

比多は縦につないだ二頭の馬を引いており、先頭の馬の背には革布で何重にも巻いた、帛巾《はくきん》や竹簡《ちくかん》の巻物が二十数巻ほど乗せられている。

これが悠花の願いを受け、空露が祈社《きしゃ》から持ちだしたものだった。

揶揄《やゆ》するように顔を覗き込むと、鬱陶《うっとう》しげな目をされた。

「気になりませんし、思いませんよ」

悠花は含み笑う。

「空露には、随分忠義心の厚い手下がいるね」

「手下ではありません。同じ里《り》に生まれ育ったので、吾ら幼い子らは空露様のことを、賢い兄さんと呼んで慕っておりましたよ。空露様が祇従になられてからは、殊《こと》にわたしがみなし子だったものですから、様々にお助けくださった。そんな方のお頼みなら、つべこべ言わずに聞くでしょう、あなた様も」

日織の夫となる者を選び、悠花は姿を消す——。その決意をした悠花は、まず空露に協力を求めた。

自分一人で皇尊の夫の候補を選び、姿を消すのは難しい。護領衆の空露であれば、様々な手づるがある。しかも日織を護り続ける長い年月の間に、万一の事態に備えているはずだったからだ。

悠花の決断を語ったとき、空露は「そのように、よろしくお願いいたします」と叩頭《こうとう》した。感謝と心苦しさが入り交じったような声音だった。そして彼は、できる限りの協力をすると約束してくれた。

夏井王《なついのおおきみ》が日織の夫として相応《ふさわ》しいかについても、空露にははかった。

そして十日前。空露の協力を得て、悠花は杣屋《そまや》とともに龍稜《りゅうりょう》を出たのだ。

手を背中に組み、軽い足取りで悠花は嘯《うそぶ》く。

「どうかな。わたしは、どんな人が相手でも、気になればあれこれ、根掘り葉掘り訊《き》きたがる性分だから」

「相手が尊敬する方でも、慈《いつく》しむ方でもですか？」

「尊敬する方には無論遠慮しない。慈しむ人は……」

不意に、日織の手指の先や掠《かす》れがちな声が脳裏に浮かび、胸を抑えつけられるような息苦しさを感じた。

（わたしの文は、夏井王のもとに届いたはずだ）

夏井は既に、日織に会っているだろう。二人は今、何を語っているのだろうか。

野心がなく、性質が穏やかなのは、夏井に会ってすぐにわかった。平易で端的な語り口や、こちらを怪しむ察しの良さがありながら、あからさまにそれを見せない様子からも賢い男だと知れた。そしてなにより、月白《つきしろ》に雰囲気が似ている。

この男ならば日織の傍に近づけても良いと、判断した。日織の邪魔にならぬだろうし、苛立《いらだ》たせることもないはず。それどころか夏井の片えくぼを見た日織は、親しみを覚えるかもしれない。

かといって日織が、すぐさま夏井に心を許し、触れあうようなことはないだろう。

だがいずれは触れる。

いつ触れあうのだろうか。どんなふうに触れあうのか。何を語るのか。日織は何を思うのか。日織は、すぐに悠花を忘れるような人ではない。だが自分を見捨てて逃げ出した妻よりも、可愛《かわい》がった最初の妻によく似た優しく聡《さと》い男の方が、時を経るごとに身近になり慕わしくなり、いずれ悠花との思い出はかすみ、疎《うと》ましくなるかもしれない。

そして日織は夏井を夫とし、皇尊として足もとを固められる。悠花は、そうなることを願っている。

これから夏井と親しみ、悠花を忘れるだろう日織の様子や思いを、逐一知りたい。胸が掻《か》きむしられるような嫉妬《しっと》や哀《かな》しみを覚えるだろうが、それでも知りたいのだ。おかしな気持ちだと吾ながら思う。傷つくのに知りたいのだから、どうかしている。

「慈しむ人であればこそ、一層訊きたい。わたしは、未練がましく執着が強い」

自嘲《じちょう》ぎみに言う。

「お目にかかったとき、滅多にないほど綺麗《きれい》なお顔をされているので、この世の全て知ったことかという態度の、澄ました方なのかと思っていましたよ」

「澄まして生きるのは、もうたくさん」

胸にあるものを振り払うように口にして、大路の先へ目を向けた。最北は、大路と同様の幅広の横路と垂直につながっている。その横路に沿うように続く築地塀の向こう側が、国庁の建物群。

大路最北正面に建つ、檜皮葺《ひわだぶき》二層の門は開かれ、門の内と外と左右に一人ずつ、四人の軍士が護っていた。二層の上にも二人、軍士の姿がある。

そのあたりまで来ると、舗の構えも大きくなり、出入りの人々の様子も落ち着いたものになっていた。

比多を従えた悠花は、国庁の門前を左に曲がる。

槍《やり》を手にして直立する門前の軍士と目があったので微笑みかけると、相手も笑みを返す。その気を張っていない様子から、来須居の治安の良さが窺《うかが》えた。

「そういえば都の中で軍士の姿は見ないね」

国庁の門前にいた軍士が、来須居に入ってはじめて目にした軍士だった。

「国軍は来須居にいません。国軍も、郡の軍団である野津《のつ》軍も、野津柵《さく》におりますから」

「都を守護していないの？」

「城と国庁を警護する軍士は、千ほどいますけどね。軍士ばかりが目立ってうろつくと、商人たちが萎縮《いしゅく》するので、国主様が都に常駐する軍団は置かないと決められたらしいです。まあ、実際、隣国が来須居まで来るような大戦《おおいくさ》があれば、来須居は護るに難しい土地ですから、国主様はさっさと居所を移す手はずでしょうよ」

なるほどと感心しながら、続く築地塀を見やる。

この都は商いに特化しており、戦になれば放棄するのだ。とはいえ、隣国がここまで攻め込むような大戦の危険はさほど高くないからこその方策だろう。

「わたしは反封洲《たんのほうしゅう》国主の長子と、その配下を目にしたことがあるし、どんな人となりかも聞いたことがある。それで想像していたのは、八洲というのは国主は当然、都ですら常に戦に身構えているものだと」

屈強な兵《つわもの》である伴有間《とものありま》の姿を、思い出す。悠花は数回遠目に見ただけだったが、龍ノ原では見慣れない猛々《たけだけ》しさを感じた。国主長子があのように在らねばならない国の、過酷さが垣間見《かいまみ》えた。

「反封洲は国そのものが軍団であり、国主は国という軍団の将と聞きます。龍ノ原に隣接しない北の三洲は、そんなふうらしいですが。逆封洲は、龍ノ原に様子が近いですね。国主と周囲を固める家人《けにん》たちは、政をもっぱらにしています。軍団はそれらの配下に置かれている、といった感じです。国主や郡主《こおしゅ》が将にはなりませんね。龍ノ原の隣接五洲で、国主が将になるような国は、附孝洲《ふのこうしゅう》くらいでしょう」

「よく知っているね」

「馬引は、龍ノ原の隣接五洲全部に出向きますから。さすがに、反封洲や叛封洲《はんのほうしゅう》、葦《あしの》封洲《ほうしゅう》は、噂《うわさ》に聞くだけです」

八洲と一括《ひとくく》りに言っても、各々《おのおの》の洲によって政も大きく違う。

右手に国庁の築地塀を見ながら進むと、左手にも築地塀が現れる。左手の築地塀の少し先に、檜皮葺ながら国庁の門よりも一回り小さな一層の門がある。比多が指さす。

「あれが逆封洲の八社《はっしゃ》の門です。本当に行かれるのですか？」

八社とは、八洲の国毎《ごと》に一つ置かれる地大神・地龍《ちりゅう》を祀《まつ》る社《やしろ》である。龍ノ原の祈社から許しを受けた神職が護り、地大神を祀るのだ。

央大地には、あまた神が在《いま》す。それぞれの地に、それぞれの神を祀る社がある。

たとえば稲の神、畦《あぜ》の神、馬護る神、家護る神、山の神、石の神、川の神、水の神、波の神、船の神、病の神。さらに幾柱も幾柱も神は在し、それらは民の生活と願いに深く関わる神々。一つの国でしか信仰されない神、あるいは一つの里や郷《ごう》でしか信仰されない神もあり、住む場所により崇める神々は違う。

ただ央大地に住まう者全てが知り崇める神が一柱のみ在し、それが地大神・地龍。

そのため八洲には地大神を祀る社が、一国一社ずつある。

悠花は平然と比多に応じた。

「当然でしょう？　そのためにここまで来たのだから。なにか問題がある？　わたしは祈社の護領衆で祇従。逆封洲八社が以前から、鹿角音《かづぬね》の護領衆を遣わしてくれと求めていたのに応じ、代祇《だいぎ》の空露によって遣わされたのだからね。ここに空露が書いた、わたしの身分を証立《あかしだ》てる書札《しょさつ》も持っている」

悪びれることなく胸を叩《たた》く悠花に、比多は如何様師《いかさまし》を見るような冷めた目を向ける。

八社の門前まで来ると、比多をそこに待たせ、悠花は門を潜《くぐ》った。

門の正面には、高床に簀子縁を巡らした檜皮葺の殿舎《でんしゃ》。そこへ続く道の左右には、高さは悠花の背の倍もあるのに、幹周りは頼りない杉の若木が並ぶ。成長を考慮して間隔が広く取られているため、寂しい感じがするのは仕方ない。ここは造られて十年の新しい都なのだ。

そのかわり正面の殿舎は、杉の板目が美しく、檜皮屋根もみっちりして張りがある。階《きざはし》の下まで来ると、母屋《もや》の中から簾《すだれ》を潜って、高坏《たかつき》を手にした黒の衣と袴姿の男が出てきた。衣装は護領衆のそれと同じだったが、髪は切り揃えず、髻《もとどり》を布で包んでいる。

男は悠花に気づき立ち止まった。

「あなた様は？」

悠花は微笑む。

「祈社より、鹿角音として参りました。祇従の悠火でございます」

あっと声を出した男は、慌《あわ》てて高坏を簀子縁に置き、階を下りて地面に膝《ひざ》をつく。

「お待ちしておりました。よう、逆封洲八社にお越しくださいました。お迎えもできず申し訳ありません」

「到着の日時を事前に知らせず、気まぐれに参りましたのは、こちらの非です。お立ちなさい」

促されて立ちあがった男は、悠花の柔らかな物腰とおおらかな態度に感じ入ったように、潤んだ目で悠花を見つめる。

「ありがとうございます、祇従様。すぐに八社を預かる従氏《じゅうし》のもとへご案内をいたします。こちらへ」

「その前に、門前に連れを待たせているのです。荷物もあります。そちらを中へ入れさせてもらえませんか」

門の方へ視線を向けた男は、比多の姿と二頭の馬を認めたらしく、頷《うなず》くと、「おいっ！」と、母屋の中へと呼ばわった。

すると十二、三歳ほどの少年が二人、簾から顔を出す。どちらも黒の衣と袴姿だ。男は少年たちに、馬を厩舎《きゅうしゃ》に入れ荷物を運び、女には足洗いの湯や白湯《さゆ》など出してもてなすようにと指示した。さらに自分の鞋《わらじ》を、こちらに持ってこいと命じる。

少年たちは「はい」と素直に返事し、機敏に駆け出すと簀子縁の角を曲がっていった。程なくして少年が一人駆け戻って、男の足もとに鞋を置く。悠花の顔をちらちらと興味深げに盗み見るので微笑んでやると、びくりとして顔を伏せ、さがっていった。

居《い》鹿《しか》や与理売《よりめ》に会ったときを思い出す。

「では、ご案内いたします。こちらにどうぞ、祇従様」

先に立って歩きはじめた男についていく。

ふり返ると、少年たちに案内されて門を潜った比多と遠く目があった。彼女の目には、胡《う》散臭《さんくさ》いものを見る色がある。初対面の時から度々そんな顔をされるが、ことに今はそれに加え、責めるような憂慮するような感じがあった。

あなたは何者で、ここで何をするつもりなのかと、無言で問われているようだ。

比多は、悠花を心配しているのではない。悠花が何か良からぬことをして、この一件に関わっている空露の立場が悪くなる、あるいは彼に禍《わざわい》がふりかかるのを危惧《きぐ》しているのだろう。

（安心おし、比多。空露は、わたしのためには危険を冒さないから）

空露は悠花に協力したが、それは日織のためなのだから、自分の身を危うくするところまでは踏み込まない。空露自身が危うくなれば、彼は日織を近くで護れなくなるからだ。

可能な限り協力する。しかしそこから先は、あなた様が勝手になされよと、空露の態度はそういうこと。

もとより悠花も、誰かに頼ろうなどと考えていない。ただ使える手づるを使うだけ。

空露が悠花のためになした偽計は、三つ。

一つ目。逆封洲にある八社は、龍ノ原の祈社に対し、指導者となる神職・鹿角音を遣わして欲しいと十年前から願い出ていた。それに対して、ようやく人選ができたので鹿角音を遣わすと、代祇の権限で返答したこと。

二つ目。悠花に、空露の配下にある祇従・悠火であるという証明の書札を持たせ、また祈社の護領衆の名簿である衆録《しゅうろく》に悠火の名を加えたこと。

そして、最後三つ目。皇尊の用命により御高覧に供すとし、祈社から、巻物二十数巻を持ち出したこと。

三つの偽計は、悠花の求めに応じてのことだ。

社の奥へ向かいながら、悠花は緊張しつつも、心が浮き立つ。

（日織。わたしは、あなたから離れなくてはならなかった。けれどそれを惨《みじ》めに哀しむだけでは、つまらない。あなたを諦《あきら》めるだけでは、つまらない。ともにいられなくても、あなたのために何かができたら、それがわたしの価値になり、わたしを満たすだろう）

社の築地塀沿いに植えられている杉も細いが、特有の香りは強い。白杉《しらすぎ》のない八洲では、代わりにただの杉を社に植えるのだ。青々とした、白杉よりも野趣ある香りがする。

歴史の浅い都の、歴史の浅い社は、龍ノ原に比べてすべてが軽々しいが、逆にそれが好ましい。悠花を縛り続けていたものが、ここにはない。

今の悠花は禍皇子《まがつみこ》でも悠花皇女《ひめみこ》でもないし、自在にどこへでも行ける。ただそれは反面虚《むな》しく、からっぽの何者でもない自分が生まれただけ。

からっぽなので、自分のためにやるべきことなど何一つない。やるべきことを求めると、必然的に自分の外側になる。外側で、今最も身近で大切なのは夫《つま》、日織。彼女のためにやるべきことをやれれば、それは己を満たすはず——空露がそうであるように。己の内を満たし、何者かになるために、悠花はここに来た。

挑むように薄ら笑う。

（わたしはこれから、何者になれるのだろうね）

国も、人も、景色も、すべてが未知のものであったが、恐れはなかった。もし何ごとかあったとしても、最悪命を落とすだけ。日織にも空露にも迷惑はかかるまい。

（面白いではない？　命いっぱいに生きてみるというのは）

生涯狭い場所に押し込められる宿命だと、幼い頃から教えられた。それが、たまらなく嫌だった。

しかし日織に出会い、彼女のためにその狭い場所にいるのならば、悪くないと思えた。だが自分が日織を抱きしめ可愛がっていることが、彼女の枷《かせ》になるという事実には、ぞっとした。枷になりながら日織を抱き続ける真似《まね》は、滑稽《こっけい》で惨め。日織が望んでいたとしても、それに応じるのは、毒と承知で日織の肌に毒を塗り続けるようなもの。悠花の望む慈しみ方でもないし、望む生でもない。

自在に振る舞い、誰の枷にもならないでいられるなら、不意にぱたりと息の根が止まっても後悔しない。そしてもし息が続いて何者かになれるとしたら、悠花は己で、新たに己を生むことができるのだろう。

二

蜜蠟《みつろう》で磨かれた杉の床板に藁蓋《わろうだ》が並べられ、逆封洲八社の神職たちが五人座っていた。枢戸《くるるど》も蔀《しとみ》も全て開かれ風が吹き抜けるようになってはいたが、それでも座っているだけで汗が滲《にじ》む暑さ。

　五人の神職たちの額に浮く汗は、暑さばかりのものではない。五人ともがわずかに腰を浮かし、彼らの正面に座る悠花の手元を注視している。その目は驚きに見開かれ、ごくりと唾《つば》を飲む者もいた。暑さ以上に神職たちに汗をかかせているのは、極度の興奮。湿った掌《てのひら》を、無意識に握ったり開いたりしている者もいる。

　そこは八社の正殿《せいでん》の背後に位置する殿舎だった。儀式のための建物ではなく、合議や控えのために利用されるものらしい。白杉で建てられた殿舎ではないので、祈社のような特有の清々《すがすが》しい香りはしない。その代わりに蜜蠟の微かに甘い香りが漂う。龍ノ原から馬に乗せて運んできた巻物を殿舎に運び入れさせると、悠花は一巻ずつ手に取り、慎重に革布をとき、その下に巻いてあった紙をとき、さらに直接巻物をくるんでいた絹布《けんぷ》をとく。現れた瑠璃《るり》軸の、くすんだ朱色の帛巾の巻物を、厚手の敷物の上へ置いていった。

帛巾の巻物は九巻。竹筒の巻物は十五巻。

「このようなものを、間近に拝見できるとは」

五人の中央に座る従氏が、感動の震え声を出す。従氏は老齢で、黒の衣装から覗く手首や踝《くるぶし》が枯れ枝の節のように細く浅黒い。その枯れきった老人の目にすら、濡《ぬ》れたような輝きが見て取れた。

逆封洲八社を護る神職は、五人。社を預かる従氏一人と、従丁《じゅうてい》四人。

従氏は護領衆の最下位で、従丁は護領衆にはない位。

八社の神職には護領衆が一人しかおらず、しかも位は最も低いということだ。それは八社を守護する従氏には、土地の者が任じられるためだ。八洲の民は罪を背負う民であるから、たとえ社の護り手といえども、それ以上の位は与えられない。

悠花は微笑みながら、題簽《だいせん》に「臨模《りんも》古《こ》央記壱《おうきのいち》」と記された、朱の帛巾の巻物に手を伸ばし、広げる。神職たちが、汗でもしたたっては大変とばかりに身を引く。

「こちらの九巻が『臨模古央記』で、祈社の目録によれば三百年前に皇尊の命により作成されたもの。祈社所有最古の『古央記』の臨模本となります。あちらの十五巻は、三代前の大祇《おおぎ》が編纂《へんさん》を命じた『古《こ》央記《おうき》訓詁《くんこ》』。当時の代祇や博士などの『古央記』についての論や解釈をまとめたものです。現在、大祇を務める真尾《まなお》様の命で新たな訓詁の編纂が始まっておりますが、まだ完成しておりません。ですから、そちらの『古央記訓詁』が、龍ノ原において最も新しく詳しい『古央記』考究の書です。持ち出しを禁じられている書ではありますが、特別のはからいで持参いたしました」

気負いなく口にした悠花に、神職たちは遠慮がちな視線を向けた。

今、悠花は祇従と名乗っている。祇従は祈社にあれば、雑事をこなす若造から中堅どころといった立場だが、ここでは社を預かる者よりも上位。当然この場にいる神職たちは、悠花をあたかも祈社そのもののように畏《おそ》れ憚《はばか》る気配があった。

しかし神職たちがまともに悠花を見ないのは、畏ればかりでなく、彼の整いすぎた容《よう》貌《ぼう》に気後れしているからだろう。

「なぜにかような貴重な書の持参、祈社からお許しが出たのでしょうか、祇従様」

従氏の声は怯《おび》えすら含む。

「わたしは鹿角音として遣わされました。鹿角音は、八社を教え導くために遣わされるのですから、教書が必要と判断したまでです」

「教書というには、あまりにも貴重な」

「さらに、逆封洲国主様は、『古央記』を傍らに置いてお育ちになった方とも伺いました。そのような方が治める地に参るのですから、相応の敬意を払わねばなりませんでしょう？　祈社はそれを考慮しました」

　おおっと、神職たちが顔を見合わせどよめいたのは、龍ノ原からやってきた祇従が、八洲の国主に対して敬意という言葉を使った感動のためだろう。

　八洲の者は、それがたとえ国主であろうとも、地龍信仰においては科人《とがにん》なのだ。にもかかわらず、地龍信仰の大社である祈社の護領衆の口から敬意などと言う言葉が出れば、八洲の者は驚き喜ぶ。

　それを見越して悠花は言葉を選んでいる。

「国主末和気様は、俊秀の国主。大変聡明《そうめい》な方と噂に聞いております」

「それは、もう」

　従氏が膝を乗り出す。

「幼き頃より『古央記』を読み解かれておりました。わたしは国主様が五歳の時に、『古央記』通読をお手伝いせよと御前衆《おんまえのしゅう》に申しつけられて来須居城に出入りしました。しかしお手伝いどころか、わたしの注釈など必要はなく、かえって、わたしの解釈は百年も前に矛盾が指摘されているものだと、お示しくださるほどで」

「それは……驚きですね」

　これは心からの言葉だった。

噂には尾ひれがつく。賢いの俊秀のと言われていても、実態はそれ程ではないことが多い。さらに母親の遠音が政の実権を握っていても、表向きは和気が政を動かしていることになっている。少年国主が政の舵《かじ》取りをしても不審に思われないように、あえて遠音が、和気の誇大な優秀さを広めている可能性もあった。

しかし和気が並外れて賢い少年だというのは、事実らしい。

「そのように賢いお方であれば、さぞ周りの者も気が抜けないでしょうね。あなたも、大変でしたか」

「いいえ。それが、とても穏やかな御気性なのです」

自慢の孫を語るように、従氏の目元に柔らかな皺《しわ》が寄る。

(幼い頃から『古央記』を読む、賢い少年。そして穏やかな気性。齢《とし》は十四歳)

逆封洲の少年国主の輪郭を、おおざっぱに摑《つか》む。

黒の袖を軽くさばいて、悠花は惜しむように呟《つぶや》く。

「そのような国主様であれば、この『臨模古央記』『古央記訓詁』にも興味がおありでしょうに。八社の神職であれば、ご覧頂けましたのにね」

従氏がはっとしたように、左右の従丁に視線を向ける。左側に座るのは、悠花が最初に挨拶《あいさつ》した男だ。彼も従丁であった。

「御前衆の関金蒲生《せきがねのがもう》様か、狗栖雨屋《いぬすのあまや》様にご相談して、このような貴重な書を祇従様がお持ちになってくださったと、国主様にお伝えできぬか。これらをご覧になれば、国主様は必ず喜ばれる」

従氏の問いに従丁たちは顔を見合わせて、一人が答えた。

「関金様は……。狗栖様であれば、真面目《まじめ》に取りあってくださるやもしれません」

「ならば急ぎ、狗栖様に伺ってみよ」

嬉《うれ》しげで前のめりな神職たちの会話に関心がないように装《よそお》い、開いた巻子本《かんすぼん》を丁寧に巻き取りながらも、悠花は内心ほくそ笑む。

「では早速」

従丁が一人立ち、早足に出て行く。御前衆の誰かと連絡をとるのだろう。

逆封洲国主に仕える御前衆は現在二人と、悠花は記憶していた。

名は、狗栖雨屋と関金蒲生。

逆封洲に旅立つ前に悠花は、祈社が把握している逆封洲の情報を、空露に頼んで手に入れていた。神職たちの会話を聞く限り、集めた情報は正しいようだ。

神職たちは静かに興奮している。龍ノ原の祈社からもたらされた本、しかも持ち出しを禁じられている稀少本《きしょうぼん》となれば彼らの昂《たか》ぶりは当然だった。

「これらの書を見たいと国主様が仰《おっしゃ》ったら、それはかないましょうな？　祇従様」

「ええ、勿論《もちろん》。稀少なものゆえに、わたしの立ち会いのもとにはなりましょうが」

悠花の返答に、従氏の表情はさらに明るくなった。悠花も微笑み返す。

従氏や従丁たちと夕餉《ゆうげ》を取った。歓迎の意味もあったらしいが、神職らしく食は質素で酒肴《しゅこう》が饗《きょう》されるでもなく、当たり障《さわ》りのない会話が続き、和やかに場は終わった。

夕餉での話題は、悠花が持参した本に終始した。御前衆の狗栖雨屋を介して国主にお伝えしたが、果たしていつお召しがあるだろうかと、気を昂ぶらせているようだった。彼らはお召しがあると確信しているらしい。

夕餉の後、客殿に案内された。八社の奥、南の築地塀に寄り添うように建つ客殿だ。

客殿と言えば聞こえは良いが、御床《ごしょう》を置き、二十数巻の巻子本を納めた箱を重ね置き、几帳《きちょう》を二つ立てれば、それで母屋の半分を占める小さな殿舎だ。ただ新しい建物なので、床板の反りやささくれがなく、こざっぱりと整えられて居心地は良い。

日は沈み八社も静まりかえっていたが、まだ眠れそうになかったので、簀子縁に座り、欄干に肘《ひじ》をかけて月を見あげていた。

（ここまで来た）

龍ノ原を出たときには半分だった月が、白々と明るく満ちている。ただもの足りないのは、月を横切る龍の光の筋が、いくら見つめていても現れないこと。そして声も聞こえず、静かなこと。それで異国にいるのだと実感する。
（これで末和気に日通りが叶《かな》えば、目論見《もくろみ》通り。遠からず窮地に立つだろう日織に、必要なことを知れる、そのとっかかりになる）

八洲のあちこちで不津王《ふつのおおきみ》が立つという噂が流れているが、噂は事実に近い。日織に跪《ひざまず》くのを嫌って龍ノ原を出た男が、当然そのままで終わるはずはないのだ。

附孝洲の助力を得て、不津は日織を追いつめようと試みるはず。それを退けなければならないが、龍ノ原には不可能だ。龍ノ原に兵はおらず、武器すらない。

不津を退けるには、信頼に足る他国の力を借りるのが不可欠。

どの国と、どのような関係を結ぶか。それが日織の行く末を決めるだろう。
日織の友である伴有間の国、反封洲は内乱のさなかにあるが、それが終息して有間が国主として立てば、頼もしく信頼できる国になるのは間違いない。ただ惜しむらくは、彼《か》の国と龍ノ原の間には少なくとも二洲が横たわり、隣りの洲の津から海路を使っても、さらに一洲が行く手を阻《はば》むこと。力を借りたくとも難しい。

となれば――地理的に龍ノ原と近く、さらに信頼できる、力ある国を捜し選び助力を請《こ》うのが最善だった。
（逆封洲は、龍ノ原にとって条件が良い国。隣接国であり、貿易で潤っている）

逆封洲の実権を握る遠音は、策略をもって龍ノ原と約定《やくじょう》を結ぼうとした。到底信頼できる者ではない。だが遠音以外の者はどうだろうか。

もし遠音以外の者、例えば国主である和気、あるいは御前衆や家人たち。それらの者たちが信頼できるのならば、さらに彼らが遠音を押さえ込めるのであれば、逆封洲が約定を結ぶに足る相手になる可能性はあるはず。

遠音一人のことで、逆封洲を見限るのは惜しい。彼女が陰の国主だったとしても、あくまで陰。そこに歪《ゆが》みがないとは言い切れず、実情も知らず決断するのは早計だ。

悠花は、この国の政の真の姿を知りたかったのだ——日織のために。

身分と名を偽り逆封洲の八社に来たのも、また、稀少な巻子本を持ち込んだのも、逆封洲という国の実情を知るためだった。

国主によって信仰心の違いはあれど、央大地にある者は全て地大神の信徒。どんな国主も最低限の祭礼は執りおこなうので、その際に八社の神職は国庁や城に出入りする。八社に身を置けば政の内情が探れると予想した。

さらに餌《えさ》として、祈社から稀少本を持ち出した。国主の和気が噂通りの少年なら、稀少本のことを耳にして興味を抱くはず。国主に近づけるかもしれない、と。

「おやおや、これは。なんとお美しい鹿角音か」

突然、声がした。

驚き地上に目を戻すと、前庭をこちらに向かってくる男がいた。月が明るいので、姿がはっきりと見えた。乾いた地面には影も落ちている。

年の頃は三十代半ば。洒落《しゃれ》た蝶《ちょう》の図案を地模様に織りこんだ濃紺の大衣《おおきぬ》を身につけた、顔立ちの整った優男だ。右の目尻《めじり》の下から唇の横にまで、うっすらと白い古い傷跡があり、甘いだけになりそうな顔貌に凄《すご》みを添えていた。声は低いが口調が軽かった。手には、首に紐《ひも》をかけた小さな瓶《へい》をぶらさげ、ふわりふわりと足取りは心許《こころもと》ない。

「どなた？」

神職ではない。しかも既に社の門は閉じているはず。門を開かせて入ってきたのだろうか。

男は簀子縁の下まで来ると、目尻を下げ、懐《ふところ》を探り、文を取り出して差し出す。

「これを届けるという者がいたのでな、それなら、わたしが代わりに届けようと預かってきた。鹿角音のお顔を拝見したくてな」

鹿角音は祈社から八社に遣わされる指導役の神職を指す。八洲に破邪の音を響かせる者として鹿角音と称する。

指導役という位置づけながら、実際は派遣されることそのものに意義がある。鹿角音が遣わされた国は、祈社から破邪の音を授けられたということ。名誉なことで各国の八社は常にそれを求める。

しかし鹿角音として八洲へ行きたい護領衆などほとんどいないために、鹿角音がいる八社は今のところ二社に留まっている。悠花が遣わされて、やっと三社だ。

「わたしにですか？　どなたから？」

差し出された文を受け取りながら、男を見おろす。

「それに、まだお答えを頂いておりません。あなた、どなたでしょう？」

男は悪戯《いたずら》そうに笑うと、瓶の口を塞《ふさ》ぐ栓を抜き直接口をつけた。そこで酒の匂《にお》いがはじめて香る。

「どうして祈社は、鹿角音を遣わす気になった？　遷府したときから逆封洲八社はずっと、鹿角音を遣わしてくれと願い出ていた。それが十年後の今に、突然だ。どうした気まぐれかな」

悠花の問いには一切答えず、男は怪しい呂律《ろれつ》で問う。

「新たな皇尊の即位がありましたので、祈社も祝意で八洲に鹿角音をくだそうと代祇たちが考えたようです。わたしは天涯孤独の身なので、八洲に行ってもかまわないと、代祇に伝えておりました。ただ、あまりにも遠国《おんごく》は遠慮しますとも申し上げておりました。さあ、わたしは答えました。あなたは、わたしの問いに答えてください」

男は悠花の手にある文を指さす。

「そこ、それを読めばわかる」

男が再び瓶に口をつけたのを見おろしながら、文を開く。端正な文字で、明日、迎えを差し向けるので、祈社より運ばれた全ての書をたずさえて来須居城に参上せよと綴《つづ》られていた。最後にある差出人の名は——末和気。

「国主様直々のお召しですか？」

　来たかと、思わず笑みが浮かびかけるが、男の視線を気にして驚いた声だけ出す。

「今しがた従氏には、狗栖雨屋からの文を渡してきた。確かに、渡した。鹿角音の顔も見て、満足したしな。では、これにて」

　ひらひらと手を振ると、男は背を見せて歩き出す。

「あなた、お名は？」

　問うが、男はふり返らなかった。

　男の姿が消えると、手にある文を見おろし、悠花は薄ら笑う。

（期待はしていたが、書は良い餌だった。予想以上に食いつきが良い。末和気に会える。けれどあれは何者か。文を渡すのにかこつけて、わたしを品定めに来ていた）

　再び目を上げ、男が去った方を見やる。

　身なりからも、国主の文を預かってきたことからも、それなりに地位のある家人だ。御前衆の狗栖雨屋を呼び捨てにしていたので、彼と同格、もしくは上の地位。となれば同じく御前衆か国主一族か。

　御前衆であれば、あれが関金蒲生かもしれない。

（油断ならない、あの男は）

酔いに任せてやってきたように見せていたが、あの男が瓶の栓を開けるまで、酒の香りは微《かす》かもしなかった。さらに彼は瓶に口をつけたが、喉《のど》は上下しなかった。あの男は素面《しらふ》だったのだ。

（あんな者たちが、末和気の周囲にいるのか。面白いこと）

ことの成り行きを面白がる熱が、彼の中にはあった。日織のために動いているのだが、同時に、自分がどこまで何をやれるのか興味深い。


几帳の陰で、悠花は身なりを整えていた。

皇女として生きた十九年、衣や背子《はいし》、裳《も》の色や模様を吟味して毎日身なりを整えてきた。そのときの身支度に比べ、護領衆の黒の衣と袴は、楽ではあるが物足りない。化粧も必要ないし花鈿《かでん》を描く手間もない。

最も気に入っていた釵子《さいし》や、手首足首に巻く玉の飾りなどの一部は龍稜に残してきた。日織が気づき、使ってくれているかもしれないと一瞬思ったが、すぐに「それはないか」と苦笑する。悠花の夫《つま》は、着飾ることに無頓着《むとんじゃく》だ。

（日織は面倒がって、毎日同じものばかり髪に挿していそうだ。わたしがいないと）

そう思った自分が滑稽になる。日織はもう悠花のものではない。そうなることを自ら決断したにもかかわらず、気を抜くとこんなことを考える自分が、莫迦のようだ。

首を軽く振って思考を散らす。

(頭が軽い)

頬に触れる毛先の軽さに、悠花は己の今を実感して姿勢を正す。

几帳の陰から出て、枢戸を開くと朝風が頬を撫《な》でる。

昼間はまだ強い日射《ひざ》しにさらされるが、朝夕は涼しい風が吹く。特に朝の湿った風の涼しさには夏の終わりを感じる。

外へ出ると、簀子縁の下に従丁が二人待っていた。二人は悠花の姿を見ると、頭を低くして告げた。

「来須居城より迎えの兵と輿《こし》が参っております。書を運ぶ輿もあるとのことです」

「書は中にあります。輿に移してくださいます?」

母屋の方を示すと、従丁は「はっ」とかしこまり、「輿をこちらへ運んで参ります」と駆けていった。

従丁たちが輿を運ばせてくるまでの間に、悠花は自らの手で蔀や枢戸を開けた。

程なくして人足たちが担《かつ》ぐ腰輿《ようよ》が階の下に運ばれてきて、従丁が、母屋の箱から恭《うやうや》しく巻子本を取り出して捧《ささ》げ持ち、階を降り、腰輿に乗せはじめる。

階の近くに立ちそれを見守っていた悠花の背に、「悠火様」と声がかかった。慣れない名で呼ばれてすぐに反応は出来なかったが、瞬《まばた》き二つしてから自分のことと気づき、ふり返った。

比多の、日焼けして引き締まった顔がそこにある。

「おはよう、比多。良く休めた？」

「充分、もてなしてもらえました。悠火様の指示と聞きました。ありがとうございます」

「世話をかけたからね。もう、出立？」

比多は頷く。

「龍ノ原に戻って、空露様に報告にあがるつもりです。あのお方にご伝言は？」

「ないよ、ありがとう。お別れか、比多。七日間、良く助けてくれたね。感謝するよ」

「頼まれましたので」

なんでもないことだという風に首を横に振った後、比多は眉《まゆ》をひそめつつ、運ばれる巻子本を見やった。

「あなた様は、何をなさるおつもりなのですか」

「祈社から遣わされた鹿角音として、逆封洲八社につくすのだけど？」

「空露様がわたしに頼み事をなさるのは、あの方がお護りする方のためだけですよ。ということは、あなた様も、空露様がお護りする方のために、なにかするんでしょうね」

比多は、察しが良い。空露が頼みにしているだけのことはある。

「では、これにて」

「ねぇ、比多」

きびすを返そうとするのを呼び止めた。

「おまえに連絡をしたかったら、どうすれば良い？」

「来須《くるす》居《い》の駅家に、馬引の比多あてに伝言を預けてください。ただ、わたしはいつ来須居に来るかわからないので、すぐに受けとれないかもしれませんが」

無愛想に言って背を向けた比多を見送り、また従丁たちの動きに目をやった。

全《すべ》ての巻子本が腰輿に移されると、別の腰輿が運ばれ、悠花も乗るようにと促された。

来須居城から来た迎えは、兵一人に腰輿三台。腰輿の一台は本のため、一台は祇従である悠花のため、もう一台は八社を預かる従氏のためだ。

来須居は平地にあり、八社から城までたいした距離でもないが、こうした気遣いがあることで、国主《こくしゅ》末和気が地大神にある程度の敬意を払っているのだと知れる。

腰輿に乗り込むと、ゆらゆらと幅の広い路を来須居城へ向けて運ばれた。

三つの腰輿の背後から神職の従丁が四人も徒歩《かち》で追従するので、人目を引く。すれ違う民は足を止め、過ぎていく列を見送っていた。

「ご覧ください、祇従様。あれが来須居城の門です」

腰輿の傍らに馬で付き従っていた兵が、指さす。

国庁を囲む築地《ついじ》塀《べい》を回り込み北側に出ると、二層の檜皮葺の大門が聳《そび》えていた。国庁の門も二層だが、幅と高さがその倍はある。樹齢千年の白杉よりも高く、大屋根が空にせり出していた。

「これは……豪壮」

おもわず口にした悠花の言葉に気をよくしたのか、兵が胸を張る。

「逆封洲《さかのほうしゅう》が誇りまする、来須居城南門です」

近づくにつれて、大きすぎる門の全容が視界に入らなくなった。腰輿から見あげても、一層目に巡らしてある軒裏の垂木が見えるだけだ。

南門の扉は四枚。門はあまりに高く、そしてあまりに幅があるため、門扉《もんぴ》を二枚にすると一枚がとてつもない大きさと重量になる。それを嫌い、門の中央に太い柱を通して出入り口が横に二つ並んだ構造にし、門扉を四枚もうけたらしい。それほど図抜けた大きさなのだ。その南門から東西へ、これも高さと幅のある築地塀が続く。

平地の広さを存分に利用した広大な城だ。

龍稜とはまた違う、人を圧倒するものが来須居城にはあった。

龍稜は髭平《しのひら》の真っ平らな中に聳える巨岩で、天然の荘厳《そうごん》さと大きさを見せつけられ圧倒される。来須居城南門は、人の営みが造り出すものがこれほどになるのかという、人の技の極大を見せつけられるという意味で、圧倒される。

南門を潜ると、正面は石敷の広場。その奥に大屋根の正殿。広場の左右には東西の脇《わき》殿《どの》が建つ。

正殿や東西脇殿や東西殿など、殿舎はほとんどが回廊でつながれている。

腰輿は東脇殿に向かい、悠花と従氏は腰輿を降りた。

母屋に通されると、一緒に運ばれてきた巻子本を従丁たちが腰輿からおろし、悠花と従氏が見守る前で白木の盆に積んでいく。積み終わると間もなく、兵が「正殿へお願いいたします」と、呼びに来た。

兵の背後に従氏が立ち、その後に悠花が続いていく。そしてさらに、各々一つ、巻子本を積んだ白木の盆を捧げ持った従丁が続く。

正殿も南門に劣らぬ大きさだ。高床一層の殿舎だが、まず床が見たこともないほどに高い。悠花の頭一つ分高く簀子縁の床板が巡っており、それに呼応するように檜皮の大屋根は分厚い。

中に踏み込めば、温檜《ぬくひ》葉柱《ばばしら》が母屋の左右に十本ずつも並び、天井も見あげれば首が反り返り軋《きし》むほどの高さ。天井には顔料で鮮やかに、四季折々の花が描かれていた。母屋最奥《さいおう》には、分厚く藺草《いぐさ》を編んで絹の縁をつけた敷物が置かれ、背後に几帳が三つも立てられている。国主の座らしい。

左右の柱の前には、幾人かの家人が既に座していた。彼らは、色も模様も様々だが、大衣と袴《はかま》を身につけている。反封洲の者のように肩脱ぎにはしておらず、腰に毛皮飾りなどもつけていない。髪を結い、小さな黒い冠をつけている。

（反封洲と逆封洲、習俗が随分と違う。人の思考も大きく違うはず）

伴有間と配下たちの様子に比べ、逆封洲の兵はこぎれいでお行儀良く見えた。八洲はおのおの独自の国風があるのだ。

国主の座に近い場所に、見覚えのある顔が座っていた。昨夜悠花を訪ねてきた、蝶柄の大衣を身につけた、頬に傷のある甘い顔立ちの男だ。彼よりもさらに国主に近い座には、鬢《びん》と口髭《くちひげ》に白いものが混じる家人が座っている。

二人の座する位置からすると、あの二人が御前衆だった。

（思った通り、あの男が関金蒲生。となると、その隣が狗栖雨屋か）

悠花と目が合うと、蒲生が薄く笑む。悠花は黙礼を返す。

広い母屋をざっと見回したが、居住まいを正して並ぶ家人たちも、雑事に立ち働く者たちも男ばかりで、女の姿はない。

（遠音はいないか）

悠花は遠音に会ったことがない。その様子は日織から聞いており、興味深かったので、どんな顔なのか見てみたかった。

国主の座の正面に置かれた藁蓋に、悠花は座した。その斜め背後に従氏。巻子本を積んだ四枚の盆は、悠花の前に横一列に並べられ、従丁たちはさがった。

視線を巡らし、悠花が母屋の中をゆっくり眺めていると、「国主様、お出ましです」という声が背後から聞こえた。

左右の家人たちが叩頭《こうとう》したので、悠花も倣《なら》った。

衣擦《きぬず》れの音がして、正面に人の気配が立つ。

「顔をあげよ」

声変わりしたばかりなのか、音が喉に引っかかるような調子の、少年の声が命じる。

促され一同が顔をあげ、悠花も顔をあげた。

三

国主の座に立っているのは、その年頃にしては背の高い少年だった。濃紫《こむらさき》の大衣に白の袴を身につけており、頭には家人と同じく小さな黒い冠をつけている。髪の色が薄く、茶色がかった軽やかな色味だった。彫りの深い顔立ちで、睫《まつげ》が濃い。瞳《ひとみ》は濃い茶色で大きい。頬はつるりとし、髭もまだ生えていない、子どもの肌だった。

「お召しにより参上させました。祈社《きしゃ》より遣わされし鹿角音の祇従《ぎじゅう》悠火殿と、八社従氏水魚《みお》殿です」

国主の座に一番近い位置の家人、おそらく狗栖雨屋が躙《にじ》り出て告げる。

続いて悠花の斜め背後で、従氏が礼を取った衣擦れの音がする。

「お久しぶりでございます、国主様」

「水魚。懐《なつ》かしいな。元気だったか？」

少年らしい弾んだ声と笑顔に、「はい」と応じた従氏の声には、親しく名を呼ばれた嬉しさが滲んでいた。

次に、少年国主の視線が自分に向けられたので、悠花は礼を取る。

「祈社より、逆封洲八社に鹿角音として遣わされました祇従、悠火でございます」

和気は瞬き少なく悠花を見つめた。

「祈社の祇従というから、もっと、お年をめした方かと思っていた」

「十九にございます。祇従としては若輩ですが、鹿角音としてお役に立てる知識などはございます」

和気はよほど驚いたらしく目を見開く。

「わたしと五つしか違わないのか」

素直な様子に、悠花は思わず微笑《ほほえ》む。その笑みを直視した和気は、はっとしたように慌てて目をそらす。

「そ、そうだ。あなたが祈社から持参した書を見たくて、呼んだのだった。わざわざ足を運ばせてしまったが、これか？」

「はい。ご覧になりますか」

「見たい。すぐに」

かしこまりましたと応じると、母屋の端に控えていた従丁が立ち、巻子本を積んだ盆の前に花氈《かせん》を広げた。悠花は袖《そで》をさばいて立ち、瑠璃軸の巻子本を手に取り花氈の上にするすると広げる。

和気が国主の座から覗《のぞ》き込む。

「お近くでご覧ください。こちらが『臨模古央記』の巻壱《いち》。祈社所有最古の『古央記』の臨模本であり、全部で九巻。竹簡の十五巻は、現在編纂されている中では最も年代の新しい『古央記訓詁』です」

促すと、国主の座を降りた和気は、花氈を挟んで悠花の正面に胡座《あぐら》をかき、身を乗り出す。

悠花は、巻物書面の冒頭を指さした。

「祈社が所有する最古の『古央記』の臨模ですから、内容は勿論、文字も字間も改行も、そっくりそのまま写しとられています。一部『古央記』の古の字が、こちらの詁という字になっておりますのは、原文のままなのです」

「古《いにしえ》の央大地《ひさしだいち》のことを記すゆえに『古央記』というのだろう。古の字が違うとは、どういうことだ。古い文書に良くある、音のみを重用した書き手が当て字をしたのか」

悠花を見やった和気の目には、鋭い輝きがあった。

「そういう説もございます。書の形になる途上で、定まりたる文字がなかったと。しかしもう一つの説に、現在通説となっている『古の央大地のことを記す』という意味でコオウキの名が成立したのではなく、『央大地に昔から伝わることを読み解き記す』ゆえにコオウキとしたのが、始まりではなかろうかという説もあります」

「二つの解釈、ともすれば同じに聞こえる。その違い、もっと砕いて教えてくれ」

和気の問いに、控える家人たちは意味がわからぬと言うように、顔を見合わせた。

（おや。この子）

少年国主の打てば響く反応を、悠花は心地よく感じる。

「現在定まっている『古央記』の名は、記されている事々は事実と断定し、著者の解釈が入る余地がないものという意味が強い。一方の文字違いの『詁央記』の詁の文字は、昔の言葉を読み解くという意味があります。ゆえに文字違いの『詁央記』の名は、記されている事々は口伝であり事実とは断定されず、かつそれを著者の解釈を交えて記しているという意味にとれる。口伝を解釈して書に起こしたものが最初であり、それが時とともに断定的に伝わるようになってから、現在の『古央記』の文字に変化した」

悠花の指さす詁の文字に、和気は再び視線を向ける。

「もしその説が正しければ、文字違いの『詁央記』の記述がある文書ほど、成立が古い可能性があるのか」

唇に手をやって呟いた和気の独り言に、悠花は目を見開く。

(この子は……。解釈を理解できぬ者すらあろうことを、明快に理解したのみならず、その解釈がどのような役に立つかも察した)

小さな黒い冠が乗る頭を見やりつつ、好奇心が疼《うず》いた。

この少年が並外れて聡明なのは、間違いなさそうだ。鮮やかに切れの良い頭の持ち主が、国主という座にありながら政《まつりごと》を母に委《ゆだ》ねているのはなぜなのだろうか。

聡明でありながら無気力なのか。もしくは政に興味がないのか。そうであっても周囲がそれを惜しまないのだろうか。周囲の誰一人、国主自身が力を振るうべきだと、献言なり諫言《かんげん》なりしないのか。

「そういった解釈が、あなたの後ろに積んである十五巻の『古央記訓詁』に記されているのか？」

「今、わたしが申したようなことは書かれておりません。祈社の護領衆《ごりょうしゅう》で、あるいは皇《すめら》尊《みこと》の一族で、『古央記』を学ぶ者にとって基本的な知識だからです」

顔をあげた和気の目に驚きがある。

「基本的な知識と？　ならば『古央記訓詁』を読むにも、あなたの言う基本的な知識がなければ難儀するのではないか。では、その基本的な知識を教える書には、どのようなものがある。わたしが、手に入れられるものか？」

「こちらの書のように公《おおやけ》にまとめられたものは、ございません。『古央記』を読み解く際に、師から教わります」

悠花は父皇尊から教えられたが、護領衆は自分が仕える上位の護領衆から教えを受ける。日織もおそらくこの程度のことは学んだであろうが、教えたのは空露だろう。

和気はふぅっと深く息をつき、再び文字に目を落とす。

「龍《たつ》ノ原《はら》の者たちに比べ、わたしはまだまだ『古央記』を読み解きされていないのだろうな、読み解けたような気になってはいても。龍ノ原の者のように読み解けたら、さぞ面白いだろうな」

「わたしでよろしければ、お手伝いをいたしましょうか？」

すかさず言うと、和気の表情が明るくなる。

「しかしあなたは、八社《はっしゃ》の鹿角音《かづぬね》としての役目もあろう」

「八社の神職の学びより、国主様の学びの方が比ぶべくもなく大切です」

背後から従氏が、張り切った声で口を挟む。

和気の目に、さらに生き生きとした光が宿る。

「では、祇従《ぎじゅう》殿にわたしの『古央記』通読を、お手伝いいただきたい。さらに可能であれば、こちらの『臨模古央記』『古央記訓詁』の写しを作らせてもらいたい」

「写しを作られるのはかまいませんが、わたしの監督監視のもとでなければ、承知いたしかねます」

「それは当然だろう。ならば、あなたとこちらの書、ともに来須居城に入ってもらうのはどうだろうか。そうすれば」

(来須居城に!?)

和気の無邪気そうな、しかし悠花にとっては願ってもない提案に、ぞくぞくとした喜びがこみあげたその時。

「国主様。嬉しがっておられるのはお察ししますが、待たれよ」

弾む和気の声は、からかうような調子の男の言葉に遮られた。

「なんだ、蒲生」

和気が蒲生にふり返る。

「御母君のご意向を伺わなくて、よろしいので?」

蒲生の一言に、彼の隣りに座る狗栖雨屋や控える家人たちに、無言の緊張が走るのがわかった。彼らは、吾《われ》らは関係ないと言いたげに視線を床に落とし、動かなくなる。背後を横目で見やると、従氏《じゅうし》も同様に自分の膝《ひざ》を見つめていた。

　蒲生の言う母君とは、遠音のことだ。彼は国主に、母の許しを得ろと言っているのだろうか。それは国主に献言諫言する御前衆だとて、許されざる侮《あなど》りではないのだろうか。しかしそれに対して誰もなにも言わない。同じ御前衆の雨屋すら。

　和気と蒲生の視線が絡《から》み合うのを、悠花だけが注視している。

「母君の許しが必要か？　蒲生」

　眉根を寄せ、和気が問う。

「さあ、どうでしょうか？」

　自ら訊《き》いておきながら、蒲生は惚《とぼ》けたように首を傾《かし》げた。

　沈黙が続く。しわぶき一つなく、また和気も蒲生も動かない。蒲生の目は笑ったままぶれることなく、無言で追いつめるように和気を見つめ続け、和気の目は蒲生を見ているが、濃茶の瞳が小さく揺れている。

　和気の目にあるのは、迷い。

（迷っているならば、押してみる価値はあるか）

　試してみようと、すぐに心が決まった。しかし、悠花はぐいぐいと押せる立場にない。何しろ初対面だ。

　ついと悠花は、広げ置かれた巻子本に手を伸ばす。その動きに、止まっていた全員の視線が集中した。それを充分意識し、悠花はゆっくり巻き取りはじめる。

「書もわたしも、求められれば応じます。国主様のご意向に沿います」

巻き取り終わった巻子本を盆に戻すと、悠花は改めて和気に向かって微笑む。

「国主様がお求めであれば、その通りに」

甘く優しく、慰撫《いぶ》するような声音で、やんわりと和気の背を押す。押すよりも、撫でるといった程度だ。しかし和気は反応した。両掌《りょうてのひら》を軽く握り、蒲生を見やる。

「わたしは、この人に通読の手伝いをしてもらいたいし、これらの書の写しも欲しい。だから城に入れたい。悪いか？」

「いえ、悪いとは一言も。ただ書はともかく、祇従殿を城に入れるのであれば、内郭に滞在のための殿舎《でんしゃ》なりを用意しなければならんでしょう。内郭は、御母君が取りしきっておられる」

「この人を招くから準備が必要と、母君に言えば良いのだろう」

「それで御母君がご納得されるなら、どうぞお望みのままに」

「おまえから母君に伝えよ」

芝居がかって蒲生は、顔の前で手を振る。

「それはお断りいたしましょう。吾ら御前衆は国主様のご相談役。御母君とは関わりございませんので、御母君には国主様から、お伝えをお願いいたします」

不満そうにわずかに眉根を寄せたが、和気は淡々と応じる。

「わかった。わたしが伝える」

蒲生は終始、国主を愚弄《ぐろう》しているようだ。さらに、いかな御前衆といえどもあまりに不遜《ふそん》な態度にもかかわらず、周囲は見て見ぬふりでいる。

いびつなものが、わずかなこの時間に見え隠れしていた。

熱をふくむ風が枢戸から母屋《もや》に吹き込む。どこかで、しゃらりしゃらり、ちりちりと、鉄同士が打ちあわされたような高い音が響く。なんの音かわからなかったが、耳に心地よい。澄んだ遠い音色が、この場の游気《ゆうき》の歪みの外側を滑る。

一度表情を引き締め、和気は悠花に言った。

「わたしは、あなたと、これらの書を求める。城に入ってもらいたい。良いか」

城に入れる。しかし。

蒲生を横目で盗み見るが、彼はただ薄ら笑っているのみ。こちらを見る目つきも、面白がっているのか、警戒しているのか、真意が読めずに嫌な感じだ。

(気を抜けないだろうね、きっと)

それは間違いなかったが、もとより暢気《のんき》に生きるつもりがないからこそ、ここにいるのだ。優雅な仕草で衣の袖をさばき、悠花は叩頭する。

「仰《おお》せに従います、国主様」

「嬉しい、祇従殿。では、東殿《ひがしどの》でしばし待っていてほしい。準備を整えさせる。誰か、祇従殿を東殿へ案内し、もてなしをせよ。水魚もご苦労だった。さがっていい」

命じると、和気は早足で出て行った。彼の後を帯刀《たちはき》らしい兵がついていく。悠花をはじめ従氏も家人《けにん》たちも叩頭して見送り、足音が消えると皆顔をあげた。

御前衆の雨屋が立ち、悠花の方へと向かおうとしたが、それに蒲生が声をかける。

「お待ちを、狗栖殿。祇従殿は、わたしがもてなしましょう」

雨屋は、胡乱《うろん》げに蒲生を見おろす。

「おまえが？　なぜ」

「わたしも国主様に倣って、『古央記』についてご教授願いたいと思いましてね」

立ちあがった蒲生を、雨屋が侮蔑《ぶべつ》含みで鼻で笑う。

「『古央記』？　八社を焼いた男の息子が？」

その言葉に、悠花はぎょっとした。

八社は地大神《ちのおおかみ》を祀《まつ》る国に一つの社《やしろ》だ。それを焼くとは、八洲《はっしゅう》の民だとしても、あまりにも畏れ知らずな蛮行。

悠花は背後の従氏にふり返り、目顔で「本当か」と問う。従氏は微かに頷《うなず》く。

蒲生は悠然と近づいてくる。

「吾が父が旧府の八社を焼いたのは間違いない。だから八社を焼いたのが、わたしではないのも間違いない。わたしには罪はない」

堂々と言ってのけ、悠花の前まで来ると腰をかがめて覗き込む。

「とはいえ、祇従殿はどうお考えになるか。わたしを厭《いと》いますかね？」

「いいえ」

微笑むと、彼も笑みを返す。

「それでは問題ない。さあ、参られよ。祇従殿」

蒲生は頭を下げる家人も、こちらを冷ややかに見やる雨屋の視線もまるで目に入っていないかのように、簀子《すのこ》縁《えん》へと出て行く。悠花は従氏と従丁《じゅうてい》に黙礼し、蒲生の後について外へ出た。

簀子縁から回廊へと進むと、蒲生の歩調がゆるむ。

「昨夜は失礼した。鹿角音が遣わされたと聞いて、お目にかかってみたくて文を届けた。酔った勢いで」

酔った勢いなどではなく、蒲生が昨夜、国主に目通りする龍ノ原からの祇従がどのような者か、事前に確かめに来たのは明らかだった。少年国主が悠花に強い興味を示すのを、予想してのことだろう。

（この男、かなりの嘘《うそ》つきだ。しかも用心深い）

そんな思いをおくびにも出さず、悠花は答えた。

「気にしておりません」

蒲生は、唆《そそのか》すような声で言う。

「そうか？　それはありがたいが。しかし別に、護領衆ならば気になることはあるだろう？　八社を焼いたなどという話が出れば」

「気には、なります。お話しくださるのですか？」

「有名な話だ。わたしの父の関金建部《たてべ》という人は、粗暴で突飛な行いが目立つ人だったがな」

そこでつと、自分の頬の傷に触れる。

「ああ、そうだ。これも気になるだろうな。ついでだから言っておくと、その粗暴な父が酔って面白半分に、わたしに斬《き》りつけた傷だ。わたしは十歳だった。酔っていない時が珍しいほどに酒をよく飲み、癖も大変悪かった」

思わず悠花は眉をひそめたが、蒲生はにやりとする。

「そのような顔をするほどではない。命を取られなかったので、良しとせねばな。その時、母と乳母《めのと》はわたしを庇《かば》って深手を負い、その傷が元で死んだ」

「父君へのお咎《とが》めは」

「なかったな。父は若かりし頃、叛封洲《はんのほうしゅう》が良質な温檜葉《ぬくひば》を求めて国境《くにざかい》を侵した戦《いくさ》の際に、国主の命を救った功によって兵守《つわもののかみ》として重用され信頼されていた。母に不義があったので罰したと言えば、通用したのだ。前国主様は、実によく家人を信頼されていた」

皮肉に言うと、さらに続ける。

「咎めはなかったが、莫迦《ばか》のように死んだのだ。十二年前に乱心して八社に火をかけ、自らが起こした火に巻かれてな」

話の内容にそぐわない軽い調子で、さらに続ける。

「それがきっかけで遷府が決まった。先代国主は土地に悪縁がついたとして、旧府の土地を疎《うと》んじたゆえ」

「そのようなことがあったにもかかわらず、……蒲生様は立身なさいましたね」

幼い頃に父親により傷を受け、母を失い、よくその父親のもとで成人できたものだ。

（良しとせねばと言ってはいるが、憎まずにいられようか？）

さらに父親が八社を焼くという蛮行により、子であった蒲生は、国主の家人でいられなかった可能性もあっただろう。それが今は、御前衆であり郡主《こおしゅ》である。それには不可解を覚える。

蒲生の背中が笑う。

「わたしは運が良かった」

（運？）

おそらく運だけでは片付けられまい。地大神の社を焼いた男の子どもが、御前衆となり郡主となれるだけの事情があったのだろう。

逆封洲の政の内情は、思った以上に複雑そうだ。

蒲生は、父と己を関係のないもののように淡々と語った。それは正しい割り切りだと思うが、同時に父に対する一片の情もなく、他人の昔話を語るようだった。さらに八社を焼いた父に対しての批難も感じ取れない。八社を焼いた事実に対して、それがどうしたと言ったような無頓着な感じがある。

蒲生は、地大神を畏《おそ》れていないのかもしれない。

遠音にしろこの男にしろ、八洲には地大神を畏れぬ者も多いと聞くが、目《ま》の当《あ》たりにすると、今まで当然と感じていたものが、霞《かす》んで消え失《う》せるような心許なさと同時に、全身が微かに粟立《あわだ》つような怖気《おぞけ》を覚える。自分はいったい、どんな場所に入り込もうとしているのか、と。

（このような男が逆封洲の御前衆の一人か）

しかし怖気にすら興を覚える。

□□□

回廊の向こうから、涼しげな、しゃらしゃらちりちりという風鐸《ふうたく》の音が流れてくる。

逆封洲の者は風鐸を好む。

来須居城内郭でも、重要な殿舎の軒の四隅には風鐸を下げていた。鉄が擦《こす》れる澄んだ音は、鬼を退けると逆封洲では信じられている。そのため怨念《おんねん》を受けやすい国主は、風鐸を城に多く吊《つ》り下げるのが常だった。

和気は音に導かれるように内郭へ向かっていたが、ほとんど上の空だった。先ほどまで対面していた、龍ノ原から遣わされた護領衆の姿が瞼《まぶた》にちらつく。

悠火という名の祇従の彼は、和気の言葉で形容しがたいほどの美しい容姿をしていた。肌が白く、目鼻立ちが整い、微笑みは上品でありながら、心がざわつくような妖《あや》しさもある。さらに容姿の美しさ以上に挙措に隙《すき》がなく、学識もある。『古央記』についての会話で、自分以上に語れる者に初めて出会い、胸が躍った。

（あんな人には会ったことがない。もっと話を聞きたい）

歩む和気の斜め背後に従っている帯刀は、無口な壮年の兵で、一日一緒にいても、彼の声は滅多に聞かない。十日に一度はこの男に太刀の稽古《けいこ》をつけてもらうが、彼が本気で和気を鍛えようとしている気配はない。「この程度であろう」という手加減と惰性が見て取れた。

しかしそれは仕方がないことで、和気も、体の鍛練や太刀に興味がない。

代わりに幼い頃から好きなのは、文字や理屈や、算術。そういったものは寸暇を惜しんで知識を欲した。知るという行為に興を覚えた。料紙の上で、あるいは頭の中で、言葉や数字を弄《もてあそ》ぶのは楽しい。

　来須居城の外郭と内郭は、明確に仕切られていない。外郭北殿《きたどの》と内郭正殿の間に石積みで腰の高さに作られた回廊が伸びているのが、おおよその境である。

　来須居城が作られて、まだ十年。城内に背の高い木々はなく、夏場には地面が乾き砂《すな》埃《ぼこり》が舞って檜皮《ひわだ》屋根を白く汚す。せめてもの砂留にと、回廊の脇《わき》や殿舎の周囲には成長の早い低木や多年草の花々が植えられている。夏場から今の時期まで目につくのは、桔《き》梗《きょう》だった。夏の早いうちから咲き始め、秋の初めまで青紫の可憐《かれん》な花を愛《め》でられた。

　来須居城には、心を慰めてくれるものが少ない。今、和気を慰めてくれるのは風鐸の音のみだ。

　桔梗の青紫の花も、かつては和気の心を優しく撫でてくれる数少ない慰めだったが、四年前、父国主の死をきっかけに桔梗が好きではなくなった。

　可憐な青紫の花から、和気はなるたけ視線をそらして歩む。

（あれは、わたしのせいではない。間が悪かっただけだ。母君も、皆も、そう言う。だから、わたしのせいではない）

　花を見る度に、自分に言い聞かせる。

　父国主は、来須居城に居を移した直後から体調が優れなかった。腹具合も良くないし、いつも熱っぽいと言って、横になっていることが多かった。心配した遠音は、根を煎《せん》じて飲むと腹に効く薬になるし、目を楽しませてくれるからと、城内にたくさんの桔梗を植えさせた。

　来須居城に移ってから二年後、父国主の妻も、いつも熱っぽいと言い出すようになって弱り、亡《な》くなった。それから風鐸の数が増えた。

　和気は父国主の容態がいつ悪化するのかと、ずっと不安だった。

　あれは十歳の冬。

　雪が舞う日には地面が湿って、薄《う》っすらとまだらに白くなる日が続いていた。

　父国主を心配し、日に二度、三度、容態を問う和気を安心させる方法を、遠音は思いついたらしい。毎日、桔梗の根を煎じた薬を父国主に運ぶのは遠音の役目だったが、それを和気にやらせることにしたのだ。

　毎日、父国主に薬を運び、ひと月ほど経《た》ったある日、父国主がひどい熱を出した。腹痛も激しく、和気は心配でたまらなかった。

　半日もすると、父国主の様子が落ち着いた。嬉《うれ》しくなって、父君が元気になるように、なにかを差しあげたいと遠音にねだった。遠音は、熱と腹痛で父君は弱っているから体に優しく、精のつくものを差しあげるべきだろうと言って、薯蕷《やまのいも》をするように廝《かしわで》に命じた。和気はそれと一緒に、その日二度目の桔梗の煎じ薬も運んだ。

父国主は目を細めて、薯蕷を啜《すす》り、薬を飲んだ。

しかしその後再び容態は悪化し、真夜中近くに父国主は苦しみ出した。

遠音を筆頭に、誰もがおろおろとして、薬師《くすし》を呼んだり呪師《まじないし》を呼んだりした。騒動に目が覚めた和気は、父国主のもとへ駆けつけたが、誰も和気の存在に気づかないほどの騒ぎになっており、明け方に父国主は息絶えた。

和気はその場に居合わせてしまった。

人の息が切れるのを目の当たりにして、震えた。怖かった。

せっかくの桔梗も役に立たず――自分は何の役にも立てず、父国主を死なせた。そんな思いが強くなり、桔梗と死を結びつけてしまうようになった。

「母君」

回廊を辿《たど》って内郭正殿まで来ると、開きっぱなしの正面枢戸《くるるど》には、簾《すだれ》が半分下りていた。潜《くぐ》って中に入ると、最奥に、車百合《くるまゆり》の刺繍《ししゅう》をあしらった衣を纏《まと》った遠音の姿があった。彼女は几帳《きちょう》の傍らに、挟軾《きょうしょく》にもたれて座っていた。その前には、蔵守《くらのかみ》を務める家人が畏《かしこ》まっている。

和気の声にこちらを見やった遠音は、今まで険しかった表情を改めて眉尻を下げた。

「あら、和気。どうしたのかしら」

「ひとつ、知らせがあり参りました。本日より……」

「妻たちとは仲良くしている？」

笑顔で、遠音は和気の言葉を遮った。彼女の癖のようなものなのだが、こちらが話しかけようとすると、まず聞く前に自分の言いたいことを言い、訊きたいことを訊く。喜びに昂《たか》ぶっていた和気には、もどかしかった。

「険悪になりようもありません、あのような幼い者たちと。それに妻たちという言い方は……。それよりも、知らせに参ったのです。祈社から遣わされた鹿角音の祇従殿を城に置きます」

「祈社？　何？　祈社とは龍ノ原の？　そこから遣わされた何ですって？」

遠音は蔵守に、手振りでさがるように命じる。蔵守は和気に一礼し、そそくさと出て行く。その代わりに遠音の前に腰を下ろし、和気は身を乗り出す。

「鹿角音です。祈社から、八社の神職を教え導くために遣わされる護領衆のことです。その人が龍ノ原から稀少《きしょう》な書をもって参りましたので、城に招きました。そしてこのまま城に留まってもらおうと考えています。『古央記《こおうき》』を深く学べるまたとない機会です」

「龍ノ原の護領衆？」

遠音の顔に嫌悪《けんお》が浮かぶ。

「わたしを罪人のようにあつかったのですよ、龍ノ原は。神国だとて、あのような辱《はずかし》めは許されません。そんな国の者を。しかも護領衆となれば皇尊の臣下と同様」

「護領衆とは皇尊の臣下ではありません。彼らは神に仕える……」

「似たようなものです！　ああ、思い出すと気分が悪い」

袖で口を被《おお》うと、遠音は顔を歪《ゆが》めた。嫌悪むき出しの皺《しわ》の寄る目元に、和気は厭わしさを覚えた。それが言葉になる。

「龍ノ原で、母君は何をされたのですか」

溜息《ためいき》交じりに問うと、遠音は眉を吊りあげた。

「わたしは皇尊に、あなたの名代で御即位の賀意を伝えに行ったのみです」

「母君。母君が龍ノ原に出向くと決められたときにも申し上げましたが、そのような慣例はないのです。慣例にないことを受け容《い》れてもらえただけでも、僥倖《ぎょうこう》だったのです。しかも母君は皇尊に直接お目にかかり、大桜宮《おおさくらのみや》まで招かれたと聞きました。そのような厚遇を受けておきながら、何をなさったのですか。母君が龍ノ原に滞在されている間に、わたし宛《あ》てに皇尊より、とてもおかしな文が届けられました。あれは……本当に奇妙なものでした。あれはなんだったのですか」

遠音は顔を背けて言い切った。

「皇尊のご乱心です」

こうして硬い横顔を見せると、遠音は取りつく島がなくなると幼い頃から知っていた。いくら懇願しても知りたいことは教えてくれないし、願いを聞いてもくれない。

もともとの顔立ちは優しげなのに、こんな時の顔は、どんな兵《つわもの》よりも手強《てごわ》そうに見えるのだ。だからこの横顔を見れば、会話を諦《あきら》める癖がついた。

「わかりました」

立ちあがった和気は、続けた。

「これ以上は訊きません。祇従殿を城に滞在させる、その知らせに来たまでですから」

「え？　お待ちなさい」

目を見開き、遠音が和気を見あげる。

「わたしは許していませんよ。龍ノ原の護領衆が城に入るなど」

「許しを求めに来たのでは、ありません。知らせに来たのです」

きびすを返そうとしたその腕を、慌《あわ》てて立ちあがった遠音が摑《つか》む。

「お待ちなさいと言っているでしょう。どうしたの、勝手にそんなことを言い出して」

遠音の目を見るために、和気はわずかに視線を下げた。昨年、和気は遠音の背を追い越した。

思い返せば、その頃からだろうか。

それまで心地よいとしか感じなかった遠音の声に、時々奇妙な苛立《いらだ》ちを覚えるようになったのは。そして彼女の言うこと為すこと全てが正しく思えていたのに、様々な場面でふと疑問を感じ始めたのは。

「わたしは『古央記』を深く学びたいのです。これは、またとない機会です」

「言いましたよね。龍ノ原はわたしを侮辱し」

「それとこれとは、関係のないことでしょう。母君は、わたしが学ぶ邪魔をなさるのか」

「いやだわ、和気。邪魔だなんて。わたしはね、あなたのために言っているのです。神国の権威をかさに着る皇尊。それに仕える護領衆など、ろくな者ではないのです」

「ろくな者であるか否《いな》かは、わたしは知りません。ですが祇従殿は、今までお目にかかった誰よりも『古央記』に造詣《ぞうけい》が深い。なので、わたしのためになるのです」

手を振り払うと、遠音がきょとんとした。

「まあ、和気。あなた」

「失礼いたします」

歩き出し、枢戸のところでふり返ると、仕方ないわねと言いたげに、呆《あき》れたようにこちらを見送る遠音の顔があった。慈愛に満ちた母の顔に、言いようもなく苛立った。

簾を跳ね上げ、和気は内郭正殿を後にした。

胸の中に濃い靄《もや》のようなものが不愉快に渦巻く。

(母君は昔から、あんなだったろうか？　言葉や表情やなさりようが目につき、嫌な気持ちになる)

早足に歩く自らの爪先《つまさき》を見つめながら、そこまで考えたときに、はっとした。

自分は母に対して、なんという冷淡な感情を抱いているのか。

商人の娘から国主の妾《みめ》となった遠音には、様々な苦労や苦悩があった。

幼かった和気には、具体的にそれがどのようなものだったかわからないし、遠音の口から聞いたこともない。その代わりにしばしば目にしたのは、悔しいと絞り出すように言葉を吐き、怒りを堪《こら》える顔で泣く遠音の姿。遠音は彼女なりに戦いながら、和気を慈《いつく》しんでくれたのだ。和気が国主となってからは特に、幼い和気を助けるために、国主としての務めをほとんど全て引き受けている。

小さな体で、自分の頭をはるかに超す背丈の家人に、毅《き》然《ぜん》と命令をくだす。その姿に和気は、吾が子を護《まも》ろうとする母の強さを見る。そして自分はこれほど慈しまれているのだと、嬉しかった。

そんな遠音に対して、近頃こうして度々、嫌悪に似た気持ちを抱く。むしろ自分こそが醜い。これは、どうしたことだろうか。

まるで鬼が、不意にするりと自分の胸の中に入り込んでしまうようだ。

憎悪、後悔、嫉妬《しっと》、嫌悪、恋着、執着――あらゆる負の感情を抱いて死んだ者は鬼となり、姿形もなく八洲を彷徨《さまよ》っている。そういうものだと知っていたが、幼い頃は存在を実感したことなどなかったのに。

鬼というのは、背丈が伸びるにつれ、近づいてくるものなのかもしれない。風鐸の音に耳を澄ます。これを歴代国主たちが城に飾った意味が、少しわかる。鬼を退け、自分の心を幼い頃のままに、清く美しいもので満たし続けていたい。

今日対面した、鬼のいない神国からやって来た祇従は、清く美しくいたいという和気の望みにかなう存在だった。姿を目にするだけで心が洗われ鎮《しず》まるような佇《たたず》まいが、気持ちを明るく軽くする。

神話の世界を描く『古央記』が和気は好きだ。その世界を連綿と引き継ぎ、龍《りゅう》が飛翔《ひしょう》し、皇尊が在《いま》し、金気もなく鬼もいない龍ノ原は、和気の理想の世界に近い。地大神を畏れ敬う気持ちよりも、龍ノ原という神国に対する憧《あこが》れが強く、大きかった。

（あの人は、まるで、龍に選ばれ、わたしのために遣わされた者のようではないか）

二章　正道を希《こいねが》う

一

軽く目を閉じた日織《ひおり》は、五色布が垂れる龍稜《りゅうりょう》大殿《だいでん》の最奥《さいおう》に立ち、重臣たちの反応を待っていた。背後には空露《うつつゆ》が控えていたが、目を閉じればその存在すら感じ取れないほどに、彼も緊張して気配を殺している。

枢戸《くるるど》から夏の終わりの風が吹き込む。日織の頬をかすめ、後れ毛を揺らすそれには、未《いま》だ熱が籠《こ》もっている。大殿背後の滝の水音に涼を感じられないほどの、真夏の余韻の風だった。立っているだけで、襟元にうっすら汗が浮く。

苛立《いらだ》つことなく、日織はただ待つ。

腹の中で煮える不津《ふつ》への怒りに比べれば、風も、汗も、気にならない。怒りの熱が体の奥深くに根付くほど、皮膚は冷えていくのかもしれない。

白杉柱《しらすぎばしら》が並ぶ正面左右には、大祇《おおぎ》の真尾《まなお》、太政大臣《おおまつりのおとど》たる淡海皇子《おうみのみこ》、左《さ》の大臣《おとど》、小勢乙《こせのおと》名《な》と右《う》の大臣《おとど》、造多麻呂《つくりのたまろ》が座していたが、彼らの息遣いはほとんど聞き取れない。ただ、不津王《おおきみ》からの書札《しょさつ》を回し読みしているので、料紙がこそと擦《こす》れる音が続くばかり。

しかしすぐにその音も途切れ、沈黙。

「それは昨夜、乙名のもとに届けられた書札。不津から、そなたたちへの命だ」

日織は目を開けた。

四人の重臣たちの視線は日織に注がれており、険しい。

「吾《われ》ら皇尊《すめらみこと》の臣でありますぞ。不津王は、吾らに命を下せるお立場ではない」

白い顔に不快げな色を滲《にじ》ませて淡海皇子が口にすると、大祇の真尾が黒衣の袖《そで》をさばきながら、首を横に振る。

「神職に、謀反《むへん》を犯せと命じられるとは……」

自分の前に置かれていた書札を、多麻呂は片手でぞんざいに押しやり、無言のまま白杉の梁《はり》をあおぐ。呆《あき》れて言葉もないといった態度だ。

多麻呂が押しやった書札を、小勢乙名が引き寄せ、睨《にら》むように書面を見おろす。

附孝洲《ふのこうしゅう》に身を寄せる不津王から重臣たちに宛《あ》てられた書札には、日織を譲位させ、不津王を皇尊として迎えよという命令が記されていた。さらに、もしそれが叶《かな》わぬ時は、不津は附孝洲の助力を仰ぎ重臣たちが成しえぬことを成し遂げよう、と。

皇尊の命がある限り、別の者が入道して御位《みくらい》に即《つ》くことはできない。地大神《ちのおおかみ》と縁《えにし》を成すのは地上に一人しか認められないからだった。皇尊自身、あるいは周囲の者全《すべ》てが譲位を願っても、神はそれを許さない。皇尊の死をもってしか叶わないのだ。

すなわち不津は、日織を重臣たちの手で殺せと命じている。それが不可能ならば、自分の手で殺すと——。

「吾らの総意は、お察し頂けましょう。あえて言葉にいたしますならば『莫迦莫迦《ばかばか》しい』の一言です」

乙名の声はいつものごとく、石のように重く静かだ。

「ではそなたたちは如何《いかが》する」

「わたしは不津王と師を同じくし、親しくしておりました。まず、わたしが不津王に返事を送りましょう。愚かなことを考え召さるなと、お諫《いさ》めいたす」

眉間《みけん》の皺《しわ》を深くして口にする乙名を、多麻呂が横目で見やる。

「それで治まるお方でしょうかね？」

多麻呂に応じたのは、目を伏せ、白杉の床を見つめていた真尾だった。

「御気性からすれば治まらぬでしょう。となれば附孝洲の助力を請《こ》われるはず」

淡海が戸惑った掠《かす》れ声で呟《つぶや》く。

「助力とは、どういった意味か……」

「何者かを差し向け、わたしを暗殺させるか。兵《つわもの》を借り軍団を仕立て、龍《たつ》ノ原《はら》に乗り込むか。何らかの方法で、わたしの命を奪うという意味だろう」

　淡々と告げた日織に、多麻呂が胴震いする。

「それは謀反の罪です。皇尊を手にかけた末路がどうなるか、三百年前の禍皇子《まがつみこ》の例を不津王が知らぬはずはないでしょうに」

「直接手を下さなければ、禍皇子の例とは異なります」

　真尾が答えると、多麻呂は不快そうに眉《まゆ》をひそめた。

「直接手を下さなければ良いと？　それが神に通用すると？」

「通用するかもしれぬな」

　冷めた声で口にした日織に、多麻呂がふり返る。

「なにゆえにそう仰《おお》せですか、皇尊」

「皇尊の血で穢《けが》れれば、禍皇子と同じ轍《てつ》を踏むだろう。だが皇尊の命が失われる例は、病や事故や自死、様々にある。皇尊の命が何者かの差し金で奪われても、神が原因まで考慮するだろうか？　神にとっては些末《さまつ》なことかもしれぬ。皇尊そのものすら、治央《おさのひさしの》尊《みこと》の流れをくむ者であれば誰でも良いのだから」

「しかし手を穢さなくとも、命じれば罪は同じではないでしょうか」

「それは人の尺度。神の尺度ではない」

日織の言葉に、多麻呂は目を見開く。人らしい心があればあるほどに、多麻呂のように考えがちかもしれない。

「不津は、神の御心《みこころ》を、己の命を賭《と》して知りたいのだろう」

そこまでの覚悟が不津にあるのかは、わからない。自分の考えや判断が正しいと思い込んでいれば、命を賭している自覚さえないかもしれない。ただ行動を起こせば、自覚があろうがなかろうが、命を賭して神に問いかけることになるのだ。

「乙名」

目を向けると、乙名は頷《うなず》く。

「不津王への返事で、問いましょう。命を賭して神の御心を問う覚悟がおありかと」

察しの良さが頼もしい。さらに淡海にしろ真尾にしろ多麻呂にしろ、重臣たちがそろって不津の書札を道理にあわないものとしている、判断の真っ当さに安堵《あんど》した。

（ありがたいことだ。彼らがある、ということは）

重臣たちの不忠に怯《おび》えていた日織は、信頼に足る臣下を得るのは幸いなのだと、身に染《し》みて知った。友である有間《ありま》の忠告が、どれほど核心を突いたものであったかも。

「まずは乙名から返事を送る。その後に不津がどう出るかで、吾らがいかにするべきかわかろう。おそらく何ごとか起こるはずだ。しかし、わたしは皇尊の御位を退くつもりはないのだ。だから皆、頼む」

真摯《しんし》な願いのこもる言葉に、重臣たちが叩頭《こうとう》した。それが終わりの合図で、日織は重臣たちの前を抜ける。

簀子《すのこ》縁《えん》に控える采女《うねめ》たちに見送られ、大殿を出て、大桜宮《おおさくらのみや》へ戻るために懸造《かけづく》りの回廊を歩む。

視線をあげれば護領山《ごりようさん》の青々とした連なりが、晴れた空に浮かぶ。薄い雲がたなびき、そこに銀の細い輝きが三筋ほど泳いでいた。

（乙名の文を受け取っても、不津は引き下がりはすまい。どう出てくるのか予想し、対処を急がねばならぬ。さらにもう一つ対処せねばならぬものが、西殿《にしどの》で待っている）

押し黙ったまま大桜宮の回廊に入り、西殿へ向かう。

追従していた空露が、たまりかねたように日織の背に声をかける。

「日織」

昨夜から日織は、空露とほとんど口をきいていない。

悠花《はるはな》の文をたずさえ、夏井王《なついのおおきみ》という男が西殿に現れた昨夜は、不津からの書札ももたらされた。そのため夏井はそのまま、西殿で待たせることとなった。

日織は、正殿《せいでん》で乙名と膝《ひざ》をつきあわせて相談し、翌朝に重臣たちを呼び集める段取りをした。その後すぐに御床《ごしょう》に入り、今朝の身支度は居鹿《いしか》に任せ、朝餉《あさげ》も彼女に運ばせていた。

空露は朝餉の途中に東殿母屋《ひがしどのもや》に顔を見せ、「夏井王と話をされましたか」と訊《き》いてきたので、無表情で「した」とだけ答え、そこからすぐに大殿へ出向いたのだ。

日織が空露に腹を立てているのは、彼もわかっているのだろう。

「わたしに当たられても困ります、日織。夏井王は悠花様の文を持参されており、そこには悠花様のお考えが記されていた。わたしは取り次いだだけです。ついでに申し上げておきますが、夏井王には当たらないで頂きたい。あのお方は悠花様のご指示に従われただけなのですから、責めるならば悠花様をこそ」

足を止め、日織は空露をふり返った。

「残念だな、空露。選んだ者が悪かった。いや、違う。良すぎたのか？」

言葉の意味をくみ取りかねたのか、眉をひそめた空露に、日織は続けて言う。

「悠花は、わたしの立場を護《まも》るために身を引いた。さらに周囲があれこれ勝手に事を進めるまえに、わたしのためになる夫として夏井を選び、よこした。他ならぬ夏井が、そうであろうと言っていた」

「夏井王のお考え違いです。悠花様は、お立場に倦《う》んで日織を見捨てた。その責めを負いたくないばかりに、代わりとなる夫を……」

「そのように言えと悠花に命じられたか？　悠花の失踪《しっそう》と夏井を選び出す過程に、おまえは噛《か》んでいるな？」

図星のはずだが、護領衆《ごりょうしゅう》らしく空露の表情は動かない。

「悠花はどこにいる？」

「わたしが知るはず、ありません。悠花様のことに、わたしは関わっておりません」

応じた声にも乱れはない。どれほど責めたところで、空露は口を割らないだろう。日織のためだと思えば、彼は日織に対してすら嘘《うそ》をつき通す。

「おまえは、そう言うだろうとわかっていた。だから訊かなかった。それがわたしのためを思ってのことと理解はしているが、腹が立つ。悠花にも腹が立つが、ここにいないので仕方ない。おまえに当たらせろ」

兄のように幼い頃から傍らにあり、気を許して我《わ》が儘《まま》を言える空露にだからこそ、腹立たしさをぶつけているのだと自覚はある。甘えているのと同じだというのも、わかっていた。だがそれでも甘えたいときはある。今のように、己が情けないときは特に。

ついてこなくて良いと告げ、空露に背を向けて西殿へ入った。

正面の枢戸《くるるど》近くに、夏井は胡座《あぐら》をかいて座っていた。子どものように藁蓋《わろうだ》も使わず、目の前の床に数枚の料紙を置き、考え深げに腕組みしている。西側の枢戸から日織が入ってきた気配に顔をあげると、居住まいを正し頭をさげた。

「昨夜から随分、待たせたな。退屈だったであろう」

「いいえ。母屋にある箱の中に、良いものを見つけましたので」

夏井が目で示したのは、床に置かれた料紙。悠花が書いた手習いの見本だ。視線を落とした夏井の斜め横向きの顔は、可愛《かわい》らしかった月白《つきしろ》を思い起こさせ、少しどきりとする。

「これは悠花皇女《ひめみこ》の手によるものと、朝餉を運んできた居鹿という子が申しておりました。しかし箱の中を探ると、悠花皇女とは別人の手跡が出てきたのです。並べてみると、微《かす》かに癖が同じ気がしました。どちらも悠花皇女が書かれたもののようですが、同じ方の手によるものと疑いながら見ても、確証は得られないほどです。実にお上手に手跡を変えられる」

護領衆と偽って抜け出たときなど、筆をもつ必要がある際に手跡を替えていたのだろう。悠花は書がうまい。はじめて手跡を見た時に、これは美しいと感心した。

文字の練習のはじめは手本となる癖のない文字を書くことを良しとされるが、次には名筆を臨写して個性を学ぶ。悠花も臨写は多くしたはず。他人の文字を真似《まね》ることに熟達すれば、そこから自分の手跡を替えるなど試しただろう。禍皇子として生を受け、本来の自分でいられなかった彼は、文字の中に何かを求めて、あれこれやっていたに違いない。

感心しきりの夏井の前に胡座をかき、日織は沈黙した。

料紙から日織へと視線を移した夏井は、日織の態度から何か察したらしく表情をやわらかくする。お言葉が見つかるまでいつまでも待ちますと、その目が言っていた。

　しばらくして、日織はようやく口を開く。

「正直に言おう、夏井。今、あなたをどう遇するべきか困っている。わたしはあなたのみならず、誰も夫にするつもりはない。わたしには悠花一人のみで良い。だが悠花が去り、なおかつ悠花の文を持ったあなたがここに入ったことは、既に周囲に知られているはず。この状況では、あなたを夫にしろと言われる。もしその気がないなら、別の者をはやく選べと言われる」

「そうでございましょうね。わたしも一晩、考えておりました」

　穏やかに応じ、夏井は料紙を重ねはじめる。

「そして思いつきました。皇尊さえよろしければ、わたしを西殿に置かれては如何《いかが》でしょう？　内々に夫として迎えいれたということで、置くのです。ただし正式な夫とするための儀式などはいずれ行うとし、中途半端《はんぱ》に受けいれるのです」

　夫にするつもりはないと告げた直後にもかかわらず、夏井は何を言い出したのか。日織が表情を曇らせると、彼はその困惑を察したらしく、苦笑いになった。

「ご安心を。わたしは皇尊の夫となるつもりはありません。しかし、まずは周りのうるさがたに口を閉じて頂くために、事実はどうあれ受けいれるのです。ただし中途半端な形で。そこが肝要です。後々、簡単にわたしを追い出してしまえるように。どうでしょうか？　時間稼ぎをするのです。その間に、わたしは悠花皇女をお捜ししましょう」

軒の近くに枝を伸ばした桜の葉に弾《はじ》かれ、枢戸の敷居近くに座る日織と夏井の膝に、夏の終わりの光が斑《まだら》に揺れ落ちる。

（捜す？　悠花を）

予想だにしない提案に、虚を突かれた。夏井はさらに世間話のような気軽さで続ける。

「皇尊には悠花皇女が必要と存じますので、捜し出してこちらにお連れします。お二人は夫と妻として生涯をともになさいませ」

日織はさらに驚いた。

央大地《ひさしだいち》において色恋を語るのは、男女が大半ではあるが、女と女、男と男のことも少なくはない。それは地龍《ちりゅう》信仰の影響でもあった。

龍は雌雄両性の生き物であり、性が淫蕩《いんとう》とも言われる。龍たちが空で寄り添い、あるいは争う様は奔放。龍を神として崇《あが》める人は、色恋の決まり事をも龍の姿に見てきたのだ。央大地にあまねく信仰される地龍信仰だが、龍が棲《す》み、常に龍の姿を見る龍ノ原においては、八洲《はっしゅう》に比べさらにその傾向は強い。

しかしそれはあくまで恋愛においてであり、婚姻となればまた違ってくる。

央大地において婚姻とは主に、子孫を残すために互いに結びつく意味が強い。

したがって龍は婚姻しない。叢雲《むらくも》に神気が凝《こご》って生まれる龍には必要の無い結びつきだからだ。

人は婚姻によって結びつき、子孫を残す必要がある。婚姻で子を生《な》さない関係の者が結びつこうとすれば、周囲から反対され、あるいは奇異な目を向けられがちだ。日織と悠花の表向きの姿がまさにこれなのだが――夏井はそれをせよと言っているのだ。

「簡単に言ってくれるが。わたしと悠花が生涯をともにしたいと願っても、周囲が許さない。わたしには世継ぎが必要だ」

「お世継ぎのことは心配ないと存じます。あなた様が、皇尊としてお立ちになったからには」

「どういう意味だ」

「皇尊の一族は、男子のみならず、女子も皇尊となれると証明なされた。皇尊の候補となる者の数は倍になります。その中からあなた様が、この者こそ次期皇尊に相応《ふさわ》しいと思う者を選び、公言しておれば誰も文句は言えますまい。子を生すのと何ら違いませぬ」

重臣たちが眉をひそめそうな前例のないことを、夏井は、それがあたかも常識のようにさらりと言う。

「そうだとしても、重臣たちは許すまい。悠花の決断が無駄になり、わたしの足もとがぐらつく」

「ぐらつかぬように、なされば良いと存じます。あなた様は自ら皇尊だと仰った。ああして強く宣《の》り賜う御方であれば、そうできると思いましたが」

はっとした。夏井が今言ったのは、日織が悠花と一緒にいるためにと考え決意したそのもののことで、彼は、それをせよと言っているだけなのだ。

（この男は……、聡《さと》く、穏やかで、柔軟）

悠花は、この男であれば日織を支えうると判断し、選んだ。その目の確かさに驚く。

「ですからわたしは、悠花皇女をお捜しします。慈《いつく》しみあう者同士が離れるのは、良いことのように思えません。人を想《おも》って流される涙を拝見すると、大変切ない。同時に、とても美しいものだと知りました。わたしは情念が薄いものですから、そんなふうに泣いたことがないだけに——その絆《きずな》は大変、美しいように思いました。このような美しいものであるならば、失ってはなりませんでしょう」

日織の姿を映す夏井の瞳《ひとみ》にあるのは、花を愛《め》でるような色だった。澄み切った賛美とでもいうのか。

「それに少し、興味が湧《わ》きましたので」

料紙を重ね終わり、夏井は一番上の書面をしげしげ眺める。その目にあるのは好奇心。珍しい生き物や草木を前にして、純粋にそれらの性質を知りたがる顔だ。

「これほど見事に手跡を変えるには、手技以前に知性が必要で、一朝一夕にできるものではありません。さらに動機が必要ですが、皇女として生まれ育ったお方に、どんな動機があって、このようなことをなさっていたのでしょうか。このお方に、興味がわきました。だから、お捜ししてみたくなったのです」

どうでしょうかと目顔で問われ、日織は面食らった後に、不意に笑いたいようなおかしみがこみあげてきた。

(悠花。あなたの目は確かだ。だが、失敗しているぞ)

皇尊の夫となり得る身分の男の中で、悠花は選びうる最上の者として夏井を選んだ。その悠花の目は確かだが、――失敗している。もうすこし夏井に抜けたところがあれば、悠花の思惑通りに事は運んだかもしれないが、良すぎる男を選んでしまった。

そうなったのは悠花の愛情だ。愛情でわずかに判断が鈍ったか。

夏井は楔《くさび》だ。彼を選んだのは悠花の慈しみであり、二人が結ばれていた証《あかし》で、それと同時に悠花と日織を別つものである。

しかしもう一つ、期せずして、夏井という楔は別の役割をも担《にな》うかもしれない。

(夏井は、悠花とわたしを、再びつなぐ楔になるやもしれぬ)

空露はおそらく悠花の行方を知っているが、どれほど責めても口を割らないはず。鳥手《とりて》たちに引き続き悠花を捜すように指示はしていたが、そこに夏井も力を貸すと言ってくれているのだ。彼がどれほど役に立つかは、わからない。だが一人でも多くの目があれば、悠花を見つけやすくなる。

日織は悠花を諦《あきら》めない。そのために請える助力は請い続ける。人を頼り力を貸して欲しいと請えるような、強く聡い皇尊となるのだ。

「献言を容《い》れよう。西殿にあなたを置く。そして悠花を捜してくれ。頼む、夏井」

願いを込めた最後の一言に、夏井の目がやわらぐ。片えくぼを見せると、彼は後ろに腰をずらし、宮内官《くないのかん》らしくきっちり叩頭した。

「御意のままに」

濃い緑の桜葉が風に騒ぐのに目をやり、美しい妻のことを思う。

悠花は今、どこで、何をしているのだろうか。会いたくてたまらなかった。

翌日、日織は重臣たちに知らせた。夏井王を、仮の夫として西殿に置く。日織自身で選び決めた、と。

重臣らは度肝を抜かれたようだった。夏井は皇尊一族でも末席。誰も彼の存在すら知らなかったのだ。

夏井王とは何者かと、重臣たちは慌《あわ》てふためいた様子だったが、すぐさま乙名が調べ、自らが統括する左宮《さのみや》の宮内に勤める宮内官だと皆に報告した。それをうけ重臣たちは落ち着き、胸をなで下ろしたらしい。

悠花皇女が失踪し、今も一部の鳥手は捜索を続けている。重臣たちも無論悠花の安否には心を痛め、早く見つけたいと思っているらしい。

だがそれとは別に、やはり日織は夫を持つべきだという考えは変わっていなかった。

そこに突然出現した、日織自身が選んだという仮の夫だ。しかもその男は末席とはいえ皇尊一族で、宮内官としての評判も良い。もっと上席で、皇尊という御位に馴《なじ》染みがある者の方が皇尊の夫としては望ましいだろう。だが日織は夏井を気に入っている。最上ではないが、許容できる。重臣たちはそう判断したらしく、数日後には夏井の居所となった大桜宮の西殿に、重臣たちの連名で祝いの酒肴《しゅこう》が届けられた。

届けられた酒肴を前にして夏井が「わたしは下戸です」と困った顔をしていたので、夏井の名で、采女や舎人《とねり》、鳥手たちに振る舞うように日織が命じた。

その間に、乙名は不津への文をしたためて附孝洲へと送った。それと同時に、重臣たちから献言があった。

柵《さく》を設けるべきだ、と。

二

「わたしが送った文は、おそらくあと三、四日で不津王の手元に届くでしょう。それから彼の方がどうなさるか。納得してくださるのが望ましいが、そうはならないでしょう」

馬を並べて歩む乙名が、石のように硬い横顔を見せたまま淡々と言う。

「刺客《しかく》を放ち皇尊の暗殺を謀《はか》る可能性もあり、無論それも用心しなくてはなりません。しかし皇尊の周囲には常に鳥手がいるのを、不津王もご存じだ。さらに膳《ぜん》に毒を盛るというのも、簡単ではありません。木《き》王門《おうもん》以外から龍稜に出入りするのは困難で、木王門を通れる者は限られております。不審な者は出入りできませぬ。よしんば龍稜に出入りする誰かを口説き毒を盛らせたとしても、皇尊に饗《きょう》される膳は必ず空露殿が毒味をする。暗殺は容易ではない」

柵を設けるべきである。

その献言のあった翌日、日織は乙名、多麻呂とともに祈社《きしゃ》へ向かいそこに一泊した。重臣たちからの献言を容れるべきか判断の材料が欲しいと日織が言ったために、乙名と多麻呂が、実際に柵を設ける場所に案内することとなったのだ。

皇尊を護るため鳥手も同行するのは当然だったが、そこで日織はあえて、鳥手の長《おさ》である馬木《まぎ》も必ず同行せよと命じた。彼の意見を訊きたいのだ、と。馬木は不可解そうではあったが、なんでもお答えできることはいたしますと応じ、同行した。

日織と乙名、多麻呂は日が昇ると同時に祈社の門を出た。馬木は三人の前を馬で行き先導し、背後と左右に徒歩《かち》の鳥手が七人つく。

白杉が林立する坂道を下り祈峰《きほう》を降りきると、麓《ふもと》を東へ進む。

のびきった稲穂が青々と広がる稲田。護領山から吹く風が、見えない細い龍が飛びすぎたかのように、筋状に稲穂を揺らす。

左手に稲田、右手に護領山の山並みを見ながら馬を進めていた。

日射《ひざ》しはいまだ強く眩《まぶ》しいが、畦《あぜ》を青々と覆《おお》う草の中に朱色の秋色の花が見える。人には感じとれなくとも、季節は移り始めているのだ。

日織の乗る馬をはさんで、乙名と反対側に、多麻呂が馬を進めて来る。

「暗殺の場合、間が悪ければ不津王は入道し損ねますからね。ご自身が、自分は御位が欲しいのだ！　と、文など送ってこられたせいで」

軽い調子の声だったが、多麻呂の切れ長の目には、不津に呆れ揶揄《やゆ》する色があった。

言われて日織は、なるほどと頷く。

「不津がわたしに譲位を迫ったばかりに、わたしは不津の謀《はかりごと》に備える。暗殺されることも無論考え、わたしの意思を嗣《つ》ぐ者を密《ひそ》かに決めておき、わたしが暗殺された際には、すぐさま入道させるようにするだろう。別の者が入道すれば、不津はわたしの命を奪ったとはいえ入道できぬ。また、新たに即位した皇尊の命を奪う算段をしなければならなくなる」

暗殺という方法を完全に捨て去りはしなくとも、積極的に選ぶとは思えない。

「それよりも附孝洲の兵や軍士を借り、軍団を仕立てて龍ノ原に入り、龍稜を蹂躙《じゅうりん》し、わたしを捕らえ処刑する。その方が確実か」

「しかも、その方が民心を操りやすい。龍ノ原に軍団を入れ信徒らの耳目を集め、己こそが正しき皇尊と喧伝《けんでん》するのです」

苦々しげに乙名が口にした。

「それを防がねばならぬからこその、柵か」

日織の呟きに、乙名は頷く。

「附孝洲で、大人しくお過ごしくださっていれば良いものを。せっかく皇尊が夫を持たれたのに、婚儀どころではありませんな。夏井王はご不満そうではありませんか？」

多麻呂の軽口に、日織は苦笑いする。

「あれは、そんなことで機嫌を損ねる男ではない」

「おや、これは。ごちそうさまです」

のろけた訳ではなかったが、多麻呂にはそう聞こえたようだ。

自分の邸《やしき》から西殿に居を移した夏井は、なにやらうろうろと龍稜を歩き回り、鳥手や采女、居鹿などに気軽に声をかけ話をする。そして時々、ふいと姿が消えた。悠花の行方を捜しているらしいが、何をしているのかは定かでない。

悠花が選んだのは、本当に邪魔にならない男だ。顔を合わせれば飄々《ひょうひょう》と挨拶《あいさつ》し、近所に住む気の良い爺《じい》のような毒気のなさだった。気配に乏しく、西殿にいるのかいないのか、わからない。

先頭を行く馬木が馬上からふり返り、道の前方を指さす。

「前を、ご覧ください。あれが孝路《こうろ》です」

今進んでいるのは護領山に沿う道で、前方の、幅のある路《みち》と交差していた。交差する幅広の路が孝路。

孝路はゆるく蛇行しながら南へ向かい、護領山へと続く。そのあたりは峰と峰の間だ。左右に立ちあがる峰の間をのぼり、そこから護領山の南、附孝洲側へと路は下っていく。

一行は孝路に入った。

斜面の路は徐々に細くなり、頂上あたりでは荷車がぎりぎり一台通れるか否《いな》かの細さになる。左右に峰が迫り、大きな岩もせり出しているので、これ以上の道幅がとれないらしい。

馬を止めてふり返れば、稲田が続く龍ノ原の平地。稲田の中は縦横に畦が走っている。稲田が霞《かす》む向こうに見える幅の広い道が、龍稜と祈社を結ぶ参道か。転じて、附孝洲へ続く方へ目を向ければ、濃い緑に覆われた下り坂の先もまた、雑木が生い茂った森が続く。附孝洲にとって護領山周辺は辺境なのだろう。栄えているのは海に近い南だ。

「ご覧の通り。ここに柵を設けると言っても、八洲が郡家《こおけ》とするような大掛かりな柵は作れません。路を塞《ふさ》ぐ、ある程度の大きさの門と櫓《やぐら》、それを護るための衛士《えじ》が控える小屋が幾棟か、といったものになるでしょう」

孝路の最も道幅が狭い場所で、乙名が左右にせり出す岩壁を指さす。

「柵というよりは、まあ堰《せき》ですね。水の流れではなく、人の流れを止める。幸い護領山の中なので、材木を運ぶ労力はあまりかかりません」

多麻呂の説明に頷き、日織は馬木をふり返る。

「馬木。おまえの意見を聞きたい」

黒革の布で片眼を覆った鳥手の長は、訝《いぶか》しげな顔をした。

「わたしですか」

「兵のいない龍ノ原において、鳥手が唯一《ゆいいつ》それに近い役割を担っている。その長であるおまえなら、わたしたちよりも、よほど正しく判断できよう」

乙名も馬木を見やる。

「それは是非伺いたい。馬木殿」

「鳥手は身分もない者ですが」

腰が引ける馬木に、日織は強く言った。

「かまわん。身分がないから答えられぬと言うなら、与える。だから、おまえの知恵を借りたいのだ」

「身分など賜らなくても結構ですが。しかし、かようなお行儀の皇尊も大臣方も、存じません」

「最初から言っている。わたしはお行儀が良くない」

「そうでございましたな」

呆れたような馬木は、それでも表情を改め、配下の鳥手三人を走らせて路の左右の山肌へと登らせる。その間に馬木は、地形を吟味するように辺りを見回し、坂の上りと下りを確認した後に馬をおりた。

暫《しばら》くして配下の鳥手が戻ると、何ごとか馬木に耳打ちする。聞き終えると馬木は轡《くつわ》を配下に預け、日織と乙名、多麻呂の前に膝をつく。

「これは独り言でございます。身分ある方々に、お話ししているのではございませんので、聞き流して頂きたい」

律儀《りちぎ》にもそう断ると、続けた。

「龍ノ原には兵がおりません。そこに巨大な軍団を引き連れてくる必要はなく、また孝路の道幅を考慮するに、軍士が多ければ混乱しましょう。必要なのは龍稜を襲い、皇尊を手に入れるための人数。木王門を打ち壊してなだれ込めば、あとは探索するのみ。となれば万単位の軍団は考えられません。妥当なのは千の単位。おおよそどの洲の軍も、一軍の単位は三千。多く見積もって、ここに来る軍士の数は一軍三千。それ以下のことも考えられますが、見栄《みえ》もありましょうから千はくだらないはず」

「寄せてくる軍団の数は、千から三千と予想される。そういうことだな」

　確認した日織に「左様にございます」と頷き、馬木は岩肌へと目を転じる。

「この場所が孝路の要《かなめ》です。狭隘《きょうあい》で防ぐに容易《たやす》い。こちらも同数の軍士で対抗するならば、拒馬《きょば》を作るだけでも敵を足止めする助けにはなりましょう。しかしこちらは、武器すらろくに持たぬ衛士」

　龍が嫌うため、龍ノ原には極端に金気がすくない。衛士は、種々の石を磨き刃にした穂先の槍《やり》や矢を手にしてはいるが、金気のものよりはるかに脆《もろ》い。太刀はない。八洲の軍士と比べれば、武器をろくに持たぬと評されるのも当然なのだ。

「衛士は、軍士と対峙《たいじ》するのが恐ろしゅうございましょうから、直接相対するのを避けるため、扉を閉じられる門を作るのが最善かと思います。それがあれば軍団の侵入を止められます。左右の山は深く、猿捕茨《さるとりいばら》も茂っております。雪が降り冬枯れするまでは歩行すら難しいので、一人、二人ならばいざ知らず、千を越す軍士が一気に門を迂回《うかい》する心配はありません。通るにはまず道を作らねばならぬので」

不意に多麻呂が馬をおり、道幅を測るために、歩数を数えて歩く。おおよその幅を確認したらしい。

「この程度の門であれば、作るのに二十日はかかりますまい。ここに門を作り、奥に簡易な櫓を置き、路の左右には、衛士が休む小屋などを建てれば良いでしょう」

「しかし。この門は先ほど左の大臣が仰ったごとく、堰にしかなりません」

馬木が低く重く告げた。険しい顔で続ける。

「相手は戦《いくさ》慣れした軍団。門が作られたのも事前に知り、梯子《はしご》なども用意していましょう。武器もない衛士がおろおろと護っている門ならば、梯子をかけて乗り越え、護りの衛士たちを散らし、一日で門をこじ開けるはず」

「門を作っても一日の猶予《ゆうよ》しかないと?」

多麻呂が目を見開く。

「よくもって、一日です。相手が果断であれば、半日」

結局は、防ぎようがないのだ。すると乙名が静かに言う。

「一日もてば、良いとしなければな。永久に防ぎきれると期待したわけではない」

「どういうことだ」

ふり返って問うと、乙名は苦い顔で応じた。

「わずかでも足止めできれば、猶予ができます。不津王が軍団を率いてこられたら、龍稜に鳥を飛ばさせます。それを受け取ったわたしと太政大臣が、不津王が足止めされている間にここに駆けつけて話し合いの場を設けます」

「不津が話し合いを拒否したら、どうする」

「命がけでお止めします。そのようにしようと、太政大臣も申しておられた。しかしそれでも止まらぬならば……、相手が不津王であれ、龍ノ原を侵す者と見なさなければなりません。そして力をもって龍ノ原を侵す者に対抗するすべは、ありません」

沈痛な乙名の面持ちと、日織から目をそらす多麻呂に、恐怖よりも虚《むな》しさに似た絶望を覚える。

「そうか。確かにな」

重臣たちはあらん限り知恵を絞り、日織を護ろうとしている。命すら賭《か》ける覚悟があるのだが、それでも、相手の出方次第によってはどうすることもできない。

それが龍ノ原の現実なのだ。

兵も金気もない神国。この国が神代《かみよ》より、地龍と縁を成す皇尊への畏《おそ》れのみで護られてきた結果がこれだった。

（皇尊も国も、龍が護ってくれるものではない）

日織がどんなに悩み、間違いを犯しそうになっても、龍は見守るだけだ。何代か前の皇尊の時代、警告や助言めいたものを龍が発するのを一族の女が聞いたこともあるというが、具体的にどんなものだったかは伝わっていない。

　伝わっていないということは、たいしたことではなかったのだろう。

　険路から視線を上に向けるが、左右からせり出す岩と木々の枝葉で空はほとんど見えない。

「重臣たちがそこまで考え、力を尽くそうとしてくれていることに感謝する。それに、わたしも賭ける。まずは打てる手を打つ。ここに門を――柵を設けよう」

　力強く応じながら、日織の視線は緑の深い附孝洲側へと向かう。この緑の森を抜け、不津が来る。皇尊一族の男が、龍ノ原を侵す者となるのだろうか。

「もし不津が附孝洲の軍団とともにやって来るとしたら、いつ頃になるだろうか」

「わたしが知る限り、附孝洲も国境《くにざかい》の護りがございますので、軍士の数に余裕はありません。各所に配置されている軍士を集めるだけでも、ひと月。そこから備えをし、こちらの様子を窺《うかが》いつつ機をみるとして、早ければ初秋。遅くとも晩秋には動くかと。冬になれば寒さで難儀しますから、それまでに動くはずです」

　乙名の予想を聞いた多麻呂は、こめかみの鬢《びん》を掻《か》きながら、考え考え言う。

「相手が軍団を整える間に、こちらは柵を作る余裕も、衛士を集める余裕も、あるということですかね」

「冬前か」

狭い空を見あげた。夏の名残の日射しが強く、冬など遠い先のような気もするが、きっとみるみる時は過ぎていく。

（誰かが護ってくれるものではない。ならば、わたしが、わたし自身を護り龍ノ原を護らねばならない。だから考えねば）

手綱を強く握った。

日織の治世が今終われば、龍ノ原は、日織が水に沈めば良いとさえ憎んだ龍ノ原のままになるはずだ。そうならないために、日織は生きのびることを考えなければならない。

龍も神も、しかとは人を教え導かない。しかし日織は龍と縁を成し、胸に刻んだことはある。どこかには希望があるものだ、と。諦めず、執念深く、もがいていれば、いつか何かが見いだせるはず。

（わたしが皇尊としてあり続け、わたしの望む龍ノ原にするために。考えろ。わたしは、どうすれば生き残れるか。そして武器もない兵もいない龍ノ原を侵されるときに、どうやってこの国を護る？）

重臣たちが命を賭けようと口にしたということは、日織を肯定してくれたのだ。まだ何もなしえていない日織だが、見つめる方向は間違っていない。

正面から強い風が吹き、ゆるく束ねた髪を揺らす。悠花が去ってから、おざなりにしか結ばない髪はすぐに乱れる。慣れているからと男の衣装ばかり身につけて、ほとんど化粧もしない今の日織を見たら、悠花は呆れるだろう。そうして呆れた顔をしてもらうために、日織は強い皇尊となり、悠花を自分の傍らに取り戻すのだ。

多麻呂が大蔵上《おおくらのかみ》と大首《おおおびと》たちにはかり、すぐに孝路の柵作りは開始された。多麻呂の予想よりはるかに早く終わりそうだと、建設が始まって十日過ぎた頃に知らせが来た。

今、出来る範囲で、不津への対策が着実に進められている。

だが不津が龍ノ原を侵す者となった場合に手詰まりである現実は、変わらない。そしてそれに対抗する手段を日織は考え出せずにいた。

当然、乙名も考えてはいるようだが、彼からも妙案はない。

何かのきっかけになるかと考え、祈社から、八洲のことをまとめた折り本などを取り寄せ眺めたりもした。その時に祈社の本を管理する代祇《だいぎ》からの「お貸しした二十四巻の書を早く戻して頂きたい」という文が添えられていた。身に覚えのないことだったので空露に問うと、彼は、「代祇の思い違いでしょう」と、代わりに返事を書いてくれた。

「一原《いちげん》八洲……」

文机《ふづくえ》に頬杖《ほおづえ》をつき、行儀悪く片膝を立て、日織は折り本を広げて一原八洲図を眺めていた。なんとなく口に出すと、何かが胸に引っかかる。

（なんだろうか。龍ノ原を侵す者から、国を護る方策を考えなければならないようなこの時に、一原八洲図がどうにも気にかかる）

ふと、遠音の顔を思い出す。

あの女に手玉に取られ、逆封洲《さかのほうしゅう》と約定《やくじょう》を結ぶのが正解だったのだろうか。もしそれが逆封洲に対して門を開くことになったとしても、それが日織の助けになったのか。

（当面の助けには、なったはず。だがその先は、今度は龍ノ原に恩を売った逆封洲に蹂躙されるのだろう。軍団によってか、はたまた政《まつりごと》によってかは、わからないが）

どちらにしても、確かなことがある。龍ノ原一国だけでは、龍ノ原を護る術《すべ》はない。

「日織」

ゆるい風が吹き簾《すだれ》を揺らしたその時に、空露が早足に母屋に入ってきた。彼は日織の傍らに膝をつくと、手にある文を差し出す。

「東二《とうに》という例の商人から、皇尊にと、このようなものが届いたとのことです。皇尊にご覧いただくべきか否か、宮内より問い合わせがありました。わたしの判断で、お持ちしました」

「なんだ？」

「ご覧なさい」

開くと、勢いのある崩し文字で、こう綴《つづ》られていた。

報
反封洲《たんのほうしゅう》内乱終わる。
国主《こくしゅ》、伴《ともの》有間様立つ。

日織は息をのみ、料紙を持つ手に力がこもった。

「……有間」

安堵と喜びが胸に広がる。

（やったのだな、有間）

どれほどのことがあったのか。どれほどの思いをしたのか。日織には想像すらつかない様々なことをくぐり抜け、生き抜き、国を手に入れた友を、ひたすら称賛したかった。

「言祝《ことほ》ぎの文を送る」

折り本を文机から取りのけると、硯《すずり》と料紙を空露に用意させた。

反封洲の新たな国主伴有間に文をしたため、それを彼《か》の国へ届ける手はずを整える頃には日が沈んでいた。

空露が運んできた夕餉の膳を前に、日織はぼんやりとしていた。土器《かわらけ》にのる甘漬黄瓜《きうり》を、見るともなしに見ながら考えに沈む。

有間が無事で、そして国主に立った喜びは去り、再び自らの問題が頭を占めている。

（有間が国主に立ち、反封洲は信頼できる国となった）

龍ノ原一国のみでは、龍ノ原を護るすべはない。そう考えているこの時に、信頼に足る友が国を手に入れたのだ。今は内乱の余波で疲弊しているだろうが、国内が安定し、さらに日織が望めば、有間の治める反封洲は龍ノ原の力になってくれるだろう。

しかし大きな問題がある。

反封洲は龍ノ原から遠すぎる。龍ノ原と反封洲の間には他洲が三つも横たわり、海路を利用しても、必ず他洲を通らねば反封洲からは龍ノ原に辿《たど》り着けない。

頼りたいと思っても、遠国《おんごく》であるがゆえに、信頼できる国の助けを借りることができない。

（はたして、そうか？）

不意に、無意識の声が己の中に聞こえた。自分でも驚き、何度か瞬《まばた》きする。

（わたしは今、何を考えてその言葉に至った？）

思考の過程が明瞭《めいりょう》ではなかったが、ただ一つ、脳裏に浮かぶものがある。

それは一原八洲図。

「日織。手が止まっています」

空露に促され、うんと頷いて黄瓜を口に入れたその時、采女がやって来て、夏井が日織に話があると言っていると告げた。ここへ呼べと命じると、ほどなくして夏井がやって来た。

「夕餉が終わるまでお待ちしましょう」

枢戸のところで端座して礼を取った夏井は、開口一番そう言った。日織は笑って、手招きする。

「良い、入れ。招いたのはわたしだ。話とは？」

母屋に入ってきた夏井のために、空露は藁蓋を置き、さらに傍らに盆にのせた白湯《さゆ》の椀《わん》を出した。藁蓋に座した夏井が黙礼すると、空露は憚《はばか》るように、母屋の端にある几帳《きちょう》の陰へと入った。

「悠花皇女をお捜ししている、経過をご報告に参りました。ご心配だろうと思いまして」

「気が利《き》くのだな、夏井」

「長く官吏をしておりますので、癖ですね。報告せねば上役に叱《しか》られます」

片えくぼを見せて笑い、夏井は白湯の椀に口をつけて唇を湿らせる。

「今、護領衆を捜しております」

「護領衆？　悠花ではなく？」

夏井は頷く。

「悠花皇女は忽然《こつぜん》と、煙のように消えてしまわれ、鳥手すらあの方が龍稜《りゅうりょう》を出られたのに気づきませんでした。おそらく、からくりがあります。そうできる、からくりです」

確かにからくりには違いない。歩けず喋《しゃべ》れずと思われている悠花は、実は喋れるし歩ける。しかも男で、護領衆に身をやつして龍稜を抜け出ていた。

鳥手や夏井にそれを伝えられれば、もっと捜索は順調に進むだろう。だが悠花が禍皇《まがつみ》子《こ》であるという重大な秘密を、捜索のためとはいえ公《おおやけ》には出来ない。

（夏井はもしや、それに気づいたのか？）

緊張し、次の言葉を待つ。夏井は続けた。

「わたしのもとに、悠花皇女の命を受けたと覚しき護領衆が、おみえになったことがあります。従氏《じゅうし》と名乗っておられたが、そうとは思えないお美しい方でした。似た方が、大桜宮で采女や鳥手に目撃されております。この方が悠花皇女のご意向で動いていたとするならば、この方の行方を追い、問い質《ただ》せば、行方は知れるはずと考えました」

そこで、にっこりとする。

「鳥手は優秀ですね。馬木はとっくに乳母《めのと》の杣屋《そまや》の行方は摑《つか》んでおりました。杣屋は実兄の邸《やしき》におりました。しかし杣屋本人も兄も、悠花皇女の行方は知らぬと言い張っている。鳥手は手詰まりになっていたようなので、わたしが、このような方が悠花皇女のご意向で動かれていたと告げると、鳥手もその方を捜す方向に舵《かじ》を切ってくれました」

「それで、その護領衆は今どこに」

身を乗り出すと、夏井は首を横に振る。

「摑めた足取りは、その護領衆が北湖《ほっこ》湖沼《こしょう》にある里《り》に行ったという所までです」

北湖湖沼の里と聞いて、ぴんときた。

（やはり、空露が嚙んでいるな）

北湖湖沼には、確か空露の故郷の里があるはずだった。

「その里より先の足取りは摑めておりません。ただ推測は出来ます」

「推測？」

「はい。その里の生まれで馬引を生業《なりわい》にしている者がおります。その者が、くだんの護領衆が里に入ったのと前後して里に戻り、またふいといなくなっております。十日以上経《た》って再び龍《たつ》ノ原《はら》に姿を見せたようですが。帰ってきたその者は、『逆封洲に行っていた』と申していたそうです」

（逆封洲だと）

愕然《がくぜん》とした。

護領衆に身をやつした悠花は北湖湖沼の里へ入り、その時、偶然か必然か馬引が里に戻り、また出て行った。悠花の足取りがそこで途切れているというならば、馬引は悠花を連れて里を出て行ったかもしれない。

その推測通りであるならば、悠花は既に龍ノ原を離れている。

（あなたは、なんて遠い場所にいるのだ）

夏井が頭を下げた。

「今のところ、調べられたのはここまで。皇尊《すめらみこと》のお心を穏やかならしめるお知らせができず、申し訳ありません」

「いや。いいんだ。これだけでも、いい。礼を言う、夏井」

日織は目を伏せた。

逆封洲は——遠い。

□□□

（このような半端な報告しかできず、失望なさったか）

黙り込む日織を前に、夏井は己の力がおよばないことに、もどかしさを覚えた。不津王から譲位を迫られる今、悠花皇女の所在がわかれば少しでも皇尊の心を慰められただろうに、と。

しかし、もどかしさを覚える自分が意外でもある。

（わたしは皇尊を、喜ばせたがっているのだな）

自分の心を夏井は冷静に眺めた。

細い首と伏せた睫《まつげ》を間近に見れば、尊き御方は夏井よりも随分細い体だとしみじみ感じさせる。しかしそれでも皇尊として強くあろうとする様子には驚嘆する。人を慕って涙を浮かべた瞳を見たのは、一度きり。それ以降そんな姿は見ていない。それが痛々しくもあり、美しくもあった。

雨一滴降らぬ乾いた地に、細く頼りなく芽を出した双葉は、いずれ大樹となる可能性がある。今、乾きにしおれそうになりながらも、必死に根をはろうとしている。そこに水一滴注げないのが、もどかしい。

書を読み、風の音を聞き虫の音を聞き、木々や花を愛でて過ごす以外に、夏井にはことに望みはなかった。だが今は、この双葉に一滴の水を注げたらと思う。それは従来の彼の望みと乖離《かいり》する望みではないのかもしれない。

穏やかに美しいものを夏井は欲している。美しいものが枯れようとするならば、水を注ぐ。美しいものを踏みにじろうとする者があれば、踏みにじられるものに覆い被《かぶ》さり護《まも》る。夏井はそうしたい性分だ。

ただ好ましいものを護りたい。単純にそれだけだ。美しいもの穏やかなものに慈しみを覚えるからこそ、できるならば――と。

（予感は正しかったか）

空露が左宮《さのみや》に来た日の夜、穏やかで変わらぬ満ち足りた自分の日常に、厄介ごとが迫りつつあると感じた。それはこうして皇尊の夫として龍稜に入ることばかりではなく、自分の質《たち》が、自分を安閑としていられなくする予感だったのかもしれない。

（美しいものは護りたい）

人を想ってはらはらと涙を流す、しかしそれでも強くあろうとしている高貴な人を、夏井は美しいと思ってしまったのだった。

三

せつのうございます不津様と、妻である加治媛《かじのひめ》は、袖《そで》で顔を覆って泣いた。

湿ったすすり泣きに吾《わ》が身のふがいなさを責められているようで、胸がむかつき、不津は手にあった文を床に叩《たた》きつけて庭へ出た。お待ちくださいという加治媛の鼻声が追いすがったが、ふり返らなかった。

（日織は女、しかも遊子《ゆうし》。遊子なのだ！　にもかかわらず入道を果たし、さらに龍が、それと縁《えにし》を成した。しかし、これは間違いだ）

せつないと加治媛は口にしたが、不津の胸の内は、その程度の言葉で表せるものではなかった。驚愕、不審、疑問、憤怒《ふんぬ》、憎悪《ぞうお》、焦燥、絶望、あらゆる言葉を使っても足りないほどに、粘質で真っ黒な何かが、腹の底からとめどなく湧きあがる。

（神は過《あやま》ちを犯されたのだ。しかしそれは神のせいではない。日織が何らかの方法で神を欺《あざむ》き、間違いを引き起こし、その過誤により皇尊となったのだ）

　そうでなければ理解できない。

　自分が皇尊の御位《みくらい》を望める立場にあることは、幼い頃から知っていた。いずれ即《つ》くだろう御位を清く護り続けるために、皇尊とはどういった存在で何を為すべきなのかを、師について学んだ。だから不津には、よくわかっている。

（重臣たちは、神の間違いの上に立つ者を皇尊と認めるのか）

　今しがた龍ノ原から届けられたのは、左《さ》の大臣《おとど》、小勢乙名からの文であった。師を同じくし、附孝洲《ふのこうしゅう》にも同行した経験のある親しい男だった。それが今、左の大臣となっていることに頼もしさを覚え、また不津が発した命令に、重臣たちが機敏に反応したのを喜んだのもつかの間。

　文を開き文面を読み進めるうちに、怒りで手が震えた。

　乙名は、不津を諫《いさ》める文をよこしたのだ。皇尊は龍と縁を成した方で、このお方の他に皇尊たるお方は存在しない。不津王におかれましては、愚かなことをお考えめさるな。

ことを起こせば、それは命を賭《と》して神に問いかけることになります、と。

乙名のみならず、誰も彼もが、過誤の皇尊を畏れているのが信じがたかった。

宣儀《せんぎ》が終わった後には、龍ノ原から、舅《しゅうと》である阿知穂《あちのほ》足《たり》の文も届いてはいたので、不津が龍ノ原を去った後に何が起こったのかは把握していた。

宣儀の場で明らかになったのは、新たに即位した皇尊――日織が、女であり遊子であったこと。にもかかわらず彼女は龍と縁を成し、皇尊として臣と民に迎えられた。さらには不津の二人の息子、能市王《のいちのおおきみ》、高千王《たかちのおおきみ》は罷免《ひめん》され官職を失い、阿知穂足も自ら左の大臣を辞した、と。

穂足ですら、過誤の皇尊の前に膝《ひざ》を折った。

広々とした庭の随所に篝火《かがりび》があり、岩や松を配した砂利敷きの造作を闇夜《やみよ》に浮かびあがらせていた。篝火の届く範囲の外は、自らの指先すら見えないほど闇が濃い。

雲が出ているのか、夜空には星あかりすらない。

それでも不津は大股《おおまた》に歩を進め、篝火の光が届かない庭の際《きわ》までやって来た。そこから先は断崖《だんがい》になっているが、胸の高さに柵が巡らされているので、転げ落ちる心配はないと知っていた。

奥歯を噛《か》み、知らされた事実への怒りと屈辱に耐える。

（遊子の女に、皇尊の御位を穢《けが》させ続けようというのか！　愚か者はどちらだ、乙名）

柵に突き当たり、横木を握りしめて足もとを見れば、家並みが広がっていた。軒に明かりが揺れ、連子《れんじ》窓《まど》からも光が漏れる。夜だというのに人々が浮かれ歩く様が、板葺《いたぶ》きの屋根を連ねる建物の間に、小指ほどの大きさに見えた。

附孝洲国主の居城、賀陽城《かようじょう》。その足もとに広がる国府《こくふ》、俗に都と呼ばれる賀陽。

不津は夜の都を見おろすのが好きだ。夜が訪れれば、それに従うようにしおしおと眠りにつく龍ノ原とは違い、夜をものともせず、人の営みが闇を払う様は力強い。その強さが好ましい。

しかしこの時ばかりは眼下の景色も、不津の身の内に渦巻くものを鎮《しず》められなかった。

「龍ノ原の兄君」

背後から吹くぬるい風に、穏やかな声が乗る。不津の足もと背後あたりに、ぼんやりした明かりが広がった。わずかに首をねじってみれば、現れたのは附孝洲国主、中目戸《あたりのまと》だった。傍らには手灯りを持たせた少年を従えている。

目戸は若い。不津の記憶が確かならば二十四歳だったはず。本来ならばもう少し国主として威厳が保てる年齢になってから、その座につくのが望ましかったかもしれない。

日織の即位の後、附孝洲に身を寄せたいと不津は先代国主に文を送った。歓迎するという返事をもらい、すぐに不津は龍ノ原を発《た》った。そして賀陽に到着すると、驚いたことに先代国主が急逝《きゅうせい》していた。病だったらしい。

突然のことではあったが、国嗣《くにつぎ》と決まっていたために、さしたる混乱もなく目戸が国主の座に即いた。

柔和な顔立ちの目戸は、幼い頃から不津を慕ってくれている。出会った頃はまだ十二、三歳だった、物静かで頼りない少年は、神国から来た王を崇《あが》めるように慕った。若き不津が附孝洲に滞在した一年の間、龍ノ原の兄君と呼んでつきまとっていたものだ。

今でも不津のことを、龍ノ原の兄君と呼ぶ。幼い感じはするのだが、馴染んだ呼び方なので変えられないのだろう。それが親しみと尊崇の証のような気もして、不津は気に入っていた。

「龍ノ原の重臣たちは、なんと申して参りましたか？」

気遣わしげな顔で目戸が隣に並ぶと、随従の少年は心得たように少し離れて膝をつき、手だけをさしあげて灯りを高くする。不津の頬にもわずかに光が届くが、互いの表情は見えづらい。

「皇尊の譲位、うまくすすんでおりませんか」

「進むどころか、重臣たちは日織を皇尊として護るつもりだ」

「今、皇尊と称している者は遊子なのでしょう。遊子は神に見放された者として、八洲《はっしゅう》に下げ渡されるはずの者では？　神に見放された者を、龍ノ原の民は皇尊と認めるのですか。そもそも皇尊になれるのですか」

「なれるわけがないのだ。これは神が犯したもうた過ち、神の過誤だ。だから正さねばならぬ」

「神は過ちを犯すものなのですか」

「そうとしか考えられない。日織が詐術《さじゅつ》をもって神を欺いたゆえに、神が過たれた」

吐き捨てるように言うと、横木を握った手に力を込める。

神に過誤があるのかと目戸は問うたが、それに答えうるのは神のみ。答えは不津にもわからない。そして神はあれこれと語るものではないし、ましてや自らの過ちを人に知らせたりはするまい。人は神の真意を推し量るしかない。

遊子が皇尊となった――。

これが神の正しい判断だと認めるには、あまりにも異様すぎる。

神代より例のなかった女の皇尊。よしんば女が皇尊として神に認められたとしても、それは遊子であってはならないはず。一族の女たちが聞こえて当然の龍《りゅう》の声を聞けない者が、龍と最も近しい場所にのぼれるというのは、理屈に合わない。

当然のものすらもたない者が、特別な場所になど行けるはずはない。歩けないが、誰よりも早く走れると言っているようなものではないか。

「過ちは正さねば」

己が皇尊たるに相応《ふさわ》しいと、不津は信じている。歴代、彼のように龍ノ原の国としての在り方を深く考えた末に、皇尊の御位を望んだ者はいないはずだった。たいがいは直系皇子が大兄皇子《おおえのみこ》になり御位が受け継がれたし、そうでない場合は、一族の総意で指名されてきた。誰もが漫然と御位にあったからこそ、龍ノ原は八洲の者が呆《あき》れるほど、古《いにしえ》の世界のままで停滞しているのだ。

国の停滞は、怠慢と怯《おび》えの結果だろう。

若き頃、一年とはいえ附孝洲国に滞在したことで不津は気づいたのだ。神国である龍ノ原が古の澱《よど》みの中にあり、八洲に遅れるのは恥辱であり、もし仮に八洲のいずれかの国が龍ノ原を侵す暴挙に出たならば、それをしのげる力すらないのは危うすぎる。

龍ノ原を先へ先へと導く者が必要であるなら、気づきを得た己こそがそれであろう。

「しかし神の過ちをどう正せば良い。日織は入道を果たし、宣儀を終えてしまった。もはや神は決を下し、覆《くつがえ》す方法はない」

不津は自嘲《じちょう》する。

「いっそ俺の手で日織の命を絶てれば、ことは簡単だろうが、皇尊を手にかけるのは八虐《ぎゃく》のうち最も重い罪となる。禍皇子が犯した罪と同様で、そのような禍々《まがまが》しき者と同じことをするなど、考えただけで厭《いと》わしいわ。皇尊として御位に即くためには、禍皇子と同じに成り下がるわけにはいかぬ」

龍ノ原では龍の意思こそ至上。皇尊として相応しくない者であろうが、龍に選ばれれば御位に即く理不尽。神の過ちを正す方法など、誰も考えていない。そもそも過ちを犯すなどとも考えていない。

しかし神が過ちを犯さないと、言い切れるのか。過ちがないとするならば、神のなさりように従っていれば、この世は楽土であり続けられるのではないか。そうでないということは、神も度々過つということではないのか。それを考えもせず、ただ闇雲に神を絶対として信じ続けるのは、浅はかではないのか。

（いや、そもそも）

怨念《おんねん》に似たものが、己の身内からじわりと吹き出す。

（日織が入道を果たせたのは神の意思ではなく、あの場の混乱のおかげなのだ。神が入道する者を選んだのではない。詐術による混乱、そして過誤）

混乱から生じた間違いが、神の判断をも狂わせたかもしれない。いくらでも理由は考えられる。なにしろ遊子が皇尊の御位に即くなど、理にかなわぬのだから。

「だから以前から、申し上げております」

静かに目戸が口を開く。

「附孝洲はなんなりと力をお貸しします、と。龍ノ原の兄君が、今こうしてわたしの元に身を寄せておられること。これこそが、地大神《ちのおおかみ》が与え賜うた巡り合わせなのです」

足下の明るさを眺めやり、不津は呟《つぶや》いた。

「それしかないのかもしれぬな。しかし、どうするか」

重臣たちに送った文には、附孝洲の力を借りると書いたが、具体的にどのような行動に出るかは考えていなかった。重臣たちは不津の求めに応じる公算が高いと思っていたからだ。

不津が御位に即くための方法は、日織暗殺か、もしくは軍団を借りて日織を捕らえ譲位させるかの二つに一つだろう。

龍稜にいる日織を暗殺するのは難しいし、よしんば暗殺が成功しても、不津が急ぎ龍稜に入る前に、事前に日織が準備した誰かが入道しては元も子もない。

となれば目戸に軍を借り、龍稜に押し入り、日織を捕縛して譲位を迫るのが最善か。

その考えを見透かしたかのように、目戸が言う。

「兵《つわもの》をお貸しします。兵と、それが指揮する軍士を。一軍とまでいきませんが、それなりの人数を揃《そろ》えた軍団、軍士二千をお貸しできます。附敬洲《ふのけいしゅう》、附道洲《ふのどうしゅう》、両国の国境《くにざかい》も今は静かです。そこから少しずつ軍士を呼び戻せるように軍団の配置を変え、兵糧《ひょうろう》も常よりも多く賀陽に蓄えております。龍ノ原の兄君が屈辱に耐える姿を見守るだけでは、わたしの気が済みませんでしたので」

真心の籠《こ》もる言葉に、不津の胸の内は熱くなった。これほどまでに不津を慕い、皇尊の御位に即くのを望んでくれている者がいる。

考えてみれば附孝洲と不津の縁ができたのは、附孝洲の先代国主が熱心に地大神を信仰していたからだ。龍ノ原を尊び憧《あこが》れ、龍ノ原との関わりを望み、祈社に対して皇尊に拝謁《はいえつ》したい、皇尊一族のどなたでも良いので附孝洲にお越し頂けないだろうかと、様々な働きかけをしていたのだ。

見識を広めたいと考えていた不津がその話を耳にし、附孝洲へ赴いたのが十二年前のこと。

附孝洲の国主は先代から引き続き、正しく地大神を理解し、龍ノ原のあるべき姿を知る者たちなのだ。

不津を正しき皇尊と認めるのは、彼らが正しさを知るゆえ。

さらに反封洲の国嗣《くにつぎ》、伴透谷《とものとうこく》という者からも、不津こそ正しき皇尊だと訴える文が、少し前に届いていた。

反封洲には、龍ノ原にある皇尊の書札《しょさつ》を手に入れ、それをして国主の座を狙《ねら》う謀反《むほん》人がいるということだった。正しき皇尊であるはずの不津から書札が下されれば、謀反人の手にある書札が過誤の皇尊の手によるものと証立《あかしだ》てられる。不津の書札を頂ければそれと引き換えに、不津が望むときに、軍士や武器兵糧をなんなりとお貸しするし、差しあげると、そういった内容だった。

不津は、透谷なる者に書札をくだした。

反封洲が今どのような状況かは耳に入ってこないが、とにかく八洲には正しい判断ができる者が幾人もいるということ。その者たちが不津に力を貸そうとしている事実が、不津の正しさを証明している。

「俺は龍ノ原を新しくしたいのだ。新たなものを取り入れ、国を強くし、賀陽のような都を造り国を栄えさせたい。賀陽の民の暮らしを見れば、龍ノ原の民はうらやむだろう。俺は民に、このような暮らしをさせたい。そのために軍団を借り、日織を捕縛して御位を退くようにさせるのが確実かもしれん」

不津の言葉に頷《うなず》く目戸の大衣《おおきぬ》には、八角形と四角形の中に花模様を描きそれを連続して組み合わせた、華やかな地模様があった。髻《もとどり》を覆う布も、額に巻く帯・断結《だんけち》にも、絹糸の刺繍《ししゅう》が分厚く刺してある。色数の多い豪奢《ごうしゃ》を身にまとう国主の姿が、龍ノ原にはない新しく豊かなものの象徴だった。

「だが日織を捕らえても、俺は手にかけることができぬ。奴《やつ》に譲位を納得させるには、どうすれば良い。死ねと迫られ、素直に死ぬ者もおるまい」

「納得させる必要はありません。配下の誰かに、過誤の皇尊を処分させます。そうすれば龍ノ原の兄君の手は穢れません」

「己の手を穢さなくとも、それでは禍皇子と同じやもしれぬ」

乙名の文にあった一文が、不津の思考に不安の波紋を広げていた。直接手を下さず、血に穢れなくとも、軍を仕立て皇尊の命を奪うために行動することが神の目に直接手を下すのと同じと映ってしまえば、入道した不津は火に焼かれ死ぬ。

躊躇《ためら》いに、不津は口をつぐむ。

「わたしが軍の将として参りましょう、龍ノ原に」

しばし流れた沈黙を破ったのは目戸だった。

「なに？」

「附孝洲の軍団は、将たるわたしの命令で、正しき皇尊となるべき不津王を奉じて龍ノ原に入ります。さらに将たるわたしの命令で龍稜に入り、過誤の皇尊を捕らえ譲位を願い、お聞き届け願えなければ弑《しい》し奉《たてまつ》る。全《すべ》て吾々が、吾々の軍団と吾々の考えで、やるのです。龍ノ原の兄君は、そこにあらせられるだけ。これは龍ノ原の兄君が、責めを負わされるべきことでしょうか？　禍皇子と同じでしょうか？」

目戸の真《ま》っ直《す》ぐな目を見返した不津は、この青年がそこまで考えていたのかと驚愕した。幼い頃の弱々しい印象が強く、さらに国主になったばかりの彼が、これほど頼りになるとは思っていなかったのだ。力を貸すとは言っていても、こちらの要求に、応じるか応じないかを思案する程度の心構えだろうと。

（そこまで考えていたのか、目戸）

龍ノ原に入るのは附孝洲の軍団で、指揮するのは国主の目戸。命じるのも国主の目戸。

全ては目戸の意志ということだ。不津が命じたわけでもなく、不津の意向でもなく。

「そうできるならば、禍皇子とは根本が違う。おまえの言うとおりにできれば」

目戸は軍団の将として立った経験が豊富だった。先代の国主が存命の間、目戸は国境の柵《さく》に、軍団を率いて将として長期間常駐していたのだ。何度も隣国との小《こ》競《ぜ》り合《あ》いは経験していると聞く。大切な国嗣が国境に将として配置されるのは異例ではあったが、先代国主の意向だったという。ひ弱だった目戸に経験を積ませるため、あえてそうしたのだろうと不津は推測していた。

そして実際、こうして将らしい強さを見せている。

深く頷き、目戸は姿勢をただす。

「では、わたしが自ら将として軍団を率い龍ノ原に入ります。準備を整え龍ノ原に向けて軍団を動かせるのは、早くて秋になりましょうが。その時は……」

その場に片膝をつき、頭《こうべ》を垂れる。臣下の礼をとるかのように。

「龍ノ原の兄君——不津王。わたしの軍団に同行をお願い申し上げます」

胸の中にあった怒りが、決意と希望の熱に変化して広がっていた。

(これならば御位に手が届く)

不津は日織に敗れて燃え尽きたから、龍ノ原を出たわけではない。混乱の末の日織の入道は致し方なしと一旦《いったん》は引いたが、それは地大神の判断を尊重したに過ぎない。

ただ、その後に、日織が女であり遊子である事実が判明し、不津が尊重した神の判断が過誤だったとわかったのだ。

過誤の皇尊をゆるしてはおけない。

己こそが正しくある存在だという自負の熾火《おきび》が、大きくなる。

三章　美しいもの

一

車百合《くるまゆり》の朱が刺繍《ししゅう》された衣は、その女によく似合っていた。優しげな面立ちではあるが、表情にはどこか人を値踏みするような嫌らしさがある。ぱっと見は可憐《かれん》なばかりの花なのに、よく見れば花弁にまだらがあり、ふっと怖さを覚える車百合に似ていると悠《はる》花《はな》は思った。

「まあ、綺麗《きれい》な護領衆《ごりょうしゅう》だこと」

端座した悠花の正面、几帳《きちょう》を背に、挟軾《きょうしょく》に体を預けてゆったりと座るのは、逆封洲《さかのほうしゅう》国主《こくしゅ》の母、遠音《とおね》だ。彼女は悠花が顔をあげると、驚いた声を出す。

「お目にかかれて嬉《うれ》しゅうございます、遠音様」

悠花が失礼にならない程度に微笑《ほほえ》むと、遠音は満足したように頷《うなず》く。

「礼儀は知っているのね。悪くないわ」

巻子《かんす》本《ぼん》二十四巻とともに国主和気《わき》と対面した昨日、従氏《じゅうし》と従丁《じゅうてい》は八社《はっしゃ》に戻ったが、悠花のみそのまま、巻子本とともに来須《くるす》居城《いじょう》に入った。

内郭の東脇殿《ひがしわきどの》南にある客殿に案内されるまでは、関金蒲生《せきがねのがもう》が一緒にいた。『古央記《こおうき》』を教授願いたいなどと蒲生は言っていたが、彼はそれについて話題にしなかった。端座する悠花の前にゆったりと胡座《あぐら》をかいて座り、新しく即位した皇尊《すめらみこと》の様子や、祈社《きしゃ》の様子を、世間話のように延々訊《き》いた。蒲生は終始笑顔で調子も軽かったが、悠花は彼に合わせて微笑みながらも、気が抜けなかった。

こちらを探ろうとしている感が、強かった。

事前に、国主と会う者を品定めに来るような男だ。蒲生は今日あたり、祇従《ぎじゅう》の悠火《ゆうび》について祈社に問い合わせる使者を遣わしているかもしれない。しかしそうだとしても問題はない。空露《うつつゆ》の周到さに感謝した。

しかし品定めは、それで終わりではなかった。

今朝は、朝餉《あさげ》が終わるとすぐに女丁が「遠音様がお呼びです」とやってきた。護領衆を城に入れたと報告を受けただろう遠音が、和気に近づく者を直接確認し、釘《くぎ》を刺す。そういうことだろうと予想できた。

悠花は、内郭正殿《せいでん》へと案内された。そこが遠音の昼間の場所らしいが、内郭とはいえ正殿にいることから、彼女の来須居城での権威が窺《うかが》える。

（この女が、遠音。わたしの夫を手玉にとろうとした）

顔を見たいと思っていたが、やっと念願が叶《かな》った。

小柄な女だ。どちらかと言えば地味な風貌《ふうぼう》で、記憶に残りづらく、さほど目立った特徴はない。だが表情と目つきだけが、胸に引っかかる。

「本日より国主様の『古央記』を読み解くお手伝いをいたします。神職ゆえに城内の礼儀を心得ぬこともあります。無礼がありましたら、ご容赦ください」

「国主様から聞いているわ。だから呼んだのですもの。龍《たつ》ノ原《はら》の護領衆など、礼儀知らずであれば叩《たた》き出してやろうと思っていたけれど、そうでもなさそうね。いいわ、顔をあげなさい」

叩頭《こうとう》した悠花に、機嫌の良い声がかかる。顔をあげると目が合った。

「節度をもって、国主様と接しなさい。わたしには『古央記』のどこが面白いのか、さっぱりだけど」

「はい。お役に立ちたいと存じます。よろしければ遠音様の、『古央記』の通読もお手伝いいたしますが？」

試しに問うと、遠音はちょっと笑って意味深な目つきをする。

「あなたのような綺麗な顔の男には、もっと別のお手伝いをお願いしようかしら」

「わたしでご満足頂けることでしたら、なんなりと」

微笑み返すと、遠音は声をあげて笑う。

「堅いばかりではなさそうね。よいわ、さがりなさい。国主様が待っているのでしょう」

「これから、書とともに参れとお召し頂いております」

「くれぐれも、節度をもってね。ああ、それから。あなたにお手伝いをお願いするときには、遣いをやるわ」

軽口に微笑み返す。

「お待ちしております」

礼を取ってさがると、簀子《すのこ》縁《えん》に出てひっそりと息をつく。

（あれが遠音か）

そこそこ気に入られたようなので、すぐさま追い出されはしないだろう。

ここに留まるのを許される間に、どれほどのことを探れるだろうか。

内郭の正殿が昼間の居所と定まっている遠音にはかなりの力があるのだろうが、その権はどこまでだろうか。そして国主和気の権と、その考えは――。

気を引き締め、客殿へ戻るために歩き出す。

回廊は、はるか先で右に折れているようだ。しかしあまりにも真《ま》っ直《す》ぐ長く続いているので、先は、すぼまって終わるようにさえ見える。

内郭の北殿《きたどの》へ続く回廊らしいが、この回廊だけが特別長いのではない。来須居城内の外郭内郭ともに敷地が広く、殿舎《でんしゃ》の数も多いので、それらをつなぐ回廊が必然的に長くなっているようだ。

帛巾《はくきん》と竹簡《ちくかん》の巻子本を一巻きずつ載せた白木の盆を手に持ち、悠花は回廊を進んでいた。

「ここも温檜葉《ぬくひば》の柱だな。来須居城は温檜葉がよく使われているね」

横目で回廊の柱を見やりながら、先に立つ案内の女丁の背に何気なく声をかけると、歩調はそのままに弾む声で答える。

「はい。逆封洲の温檜葉は、質が良いのです」

龍ノ原からやってきた若く美しい客に声をかけられて、女丁は嬉しそうだ。

央大地《ひさしだいち》には檜葉が何種もあり、雑木と変わらない利用価値の低い檜葉も多い。利用価値の高いものとしては、北方の、とてつもない巨樹になる雪檜葉《ゆきひば》が良材として有名。南に多いのは温檜葉で、雪檜葉ほど巨樹にはならないが、雪檜葉より香りが良く、これも名高い。檜葉の中でこの二種が、八洲《はっしゅう》の建築材料としてよく用いられる。八社は杉で建てられていたが、これは龍ノ原の白杉《しらすぎ》にあやかり、あえて杉を選んでいる。

「けれど龍ノ原に比べれば、逆封洲の風物は洗練されていないでしょう。お恥ずかしい限りです」

「逆封洲には、龍ノ原にはない趣がある。わたしは好きだよ。ここも桔梗《ききょう》が綺麗だ」

そう応じたのは、お世辞ではない。

歩いているこの回廊も、日射《ひざ》しが明るく好ましい。回廊左右の礎石の縁をなぞるように桔梗が咲いているのが、面白い。花の色は深い青紫と白が混在しており、その無秩序な様が、かえって景色を趣あるものにしていた。真っ直ぐな回廊の左右で、風が吹くと一斉に花が揺らぐ。

遷府《せんぷ》して十年。城内に桃や梅、紅葉などの木々はあるが、未《いま》だ幹は細く枝振りが寂しい。それを補うために、根の強い花を植えて彩《いろど》りにしているらしい。

(逆封洲も良い国だ。けれど龍《りゅう》がいない)

回廊の軒の上へと視線を向けても、薄い雲が一筋空にあるだけだ。遠く見渡しても護《ご》領山《りょうさん》の青い影もない。

なにより龍の声が、当然ながら龍ノ原を離れてから一切聞こえない。

悠花は生まれてからずっと、毎日龍の声を聞いて育った。耳に落ちてくる囁《ささや》き声、あるいは鋭い声。それらが聞こえないと、耳の一部が塞《ふさ》がっているような気すらする。

悠花の胸にわずかに忍び込む郷愁を知るよしもなく、女丁の声は、はきはき明るい。

「桔梗は乾燥を嫌いますから、水やりが大変だと園丁がぼやきます。でもこれは遠音様が、先代国主様の胃弱をご心配遊ばして多く植えさせたものですから、情愛の証《あかし》でもあるので。ああ、あちらでございます」

少し先の回廊が右手に張り出している。そこから階《きざはし》につながって、三連の檜《ひ》皮《わだ》屋根の殿舎があった。来須居城内郭北殿。国主の居所である。

内郭北殿も床が高い。五段の階があり、幅広の簀子縁が廻《めぐ》らされていた。枢戸《くるるど》も蔀《しとみ》も全《すべ》て開けられ風が通り、軒の四隅に吊《つ》り下げられた風鐸《ふうたく》が澄んだ音を響かせている。

当初はなんの音かわからなかったが、内郭に案内されて風鐸の音だと知った。

重要と思われる殿舎の軒の四隅には、必ず風鐸がある。内郭と外郭を隔てる腰高の回廊なども、回廊屋根の左右に、等間隔に風鐸が吊り下げられていた。

風鐸は鉄製で、裾《すそ》が広がった筒の内側に、三つの細長い棒が下がっている。揺れた棒が筒を叩き鉄の澄んだ高い音を出す。

風が吹き、見あげていた風鐸が鳴った。

枢戸の前で膝《ひざ》をついた女丁が「失礼いたします」と、中に声をかけるかかけないかのとき。母屋《もや》の中から、きゃらきゃらと子どもの笑い声が聞こえた。

悠花は驚いたが、女丁は慣れた様子で、笑い声がおさまるまでしばし待ち、改めて中へ「お召しの祇従殿が参られました」と声をかける。

　中から「入ってもらってくれ」という、和気の応《いら》えがあった。

　女丁に促され敷居をまたぐと、母屋の奥、几帳で三方を仕切られた場所に、和気がうんざりした顔で座っており、彼の前には幼女が三人、顔を寄せ合って塗りの箱を覗《のぞ》き込む姿があった。

　悠花の顔を見るなり、憂鬱《ゆううつ》そうだった和気の顔が明るくなり、立ちあがった。

「祇従殿」

　和気の視線を追って、三人の幼子たちが同時に振り向く。

　三人とも年はまちまち。一番幼い子は、四歳か五歳ほどか。他の二人は、おおよそ八歳か九歳。三人の子が身につけている衣《きぬ》にはそれぞれに色柄の違う花模様の刺繍が施されており、衣装を汚しがちな子どもにしては贅沢《ぜいたく》な身なりだった。

　母屋の端には兵《つわもの》が一人控えていた。和気を護《まも》る帯刀《たちはき》だろう。彼は一言もなく、ただじっと悠花を見やるのみ。

「よく、来てくれた」

　早足で近づいてきた和気は、悠花が礼をとると鷹揚《おうよう》に頷《うなず》いたが、すぐに背後の幼子たちを気にしてふり返った。

「そなたたち、さがれ」

年嵩《としかさ》の二人が同時に身を乗り出し、「ええっ！」「いやです」と口を尖《とが》らせた。一番幼い子はきょとんとしている。

こんなところで子どもに会うと思わなかったが、無邪気な様子は、悠花の気分をほぐしてくれた。気負わず口から問いが出る。

「なにをなさっておいででしたか？　こちらのお子たちと」

「保喜《ほき》が……、そちらの一番幼い子だが。邸《やしき》の下働きから水蠆《やご》をもらったので、それをわたしに見せに来たのだ。そちらの二人、氷那加《ひなか》と企貫《きぬ》はお供だそうだ。しかし水蠆はもう見た。すぐに三人は出て行かせる」

氷那加と企貫というらしい二人が、またもや不満の声をあげたので、和気がうるさげに困った顔をする。思わず、悠花は笑ってしまう。

（幼子に対してこんな顔をするとは、この方もまだ子どもだ）

微笑みながら提案する。

「国主様。お子たちと、お話しして良いでしょうか？」

「え、ああ。かまわないが」

幼子たちの傍らに行くと、悠花は盆を足もとに置いてしゃがむ。

「わたしは、昨日から来須居城に招かれている悠火という者なのだけれど。水蠆を見て良い？」

「うん。いいよ」

氷那加という、吊り目の子がずれて隙間《すきま》を空けたので、悠花はそこから箱を覗き込む。所々塗りのはげた箱は、鏡や飾りをいれておくものだが、古くなり捨てられるところだったのだろう。水が張られた箱には幾本か申し訳程度の水草が浮かべられ、その下にほっそりとした六本足の虫がいた。目がきょろりと大きいのが、いずれ秋津《あきつ》になる証。

「これはなんという名の秋津になるの？」

問うと、氷那加が企貫を見やる。企貫はふっくらと赤い頬をした子で、首を横に振る。

「なんという秋津の水蠆か調べて、国主様に教えてさしあげたら？　お喜びになるよ」

「なんで国主様が喜ぶの？」

物怖《ものお》じしない質《たち》らしい氷那加が問う。

「国主様は学問がお好きでしょう？　ものを知るのが好きなお方だから、お喜びになるに決まっているよね。しかもどんな秋津になるか知っていた方が、見ていて面白いよ。ああ、この水蠆は大きくなったらこんな形になるから、こんな目をしているのだ。こんな色をしているのだ。あるいは大きくなったら全然別の色なのに、今こんな色をしている。そんなことが知れると楽しいから、興味をもってくださる」

氷那加が、和気をふり返る。幼いながら、彼の気を引きたいのだとわかる仕草だ。

「そして、もっと良いのはね。これを大切に育てて秋津にしてご覧頂くこと。この水蠆を捕まえた者に育て方を教えてもらえれば、育てられるかもしれない」

「うん。そうね」

氷那加は頷くと、いきなり箱を手に取り立ちあがった。「おいでよ、保喜、企貫」とてきぱき命じる調子で言うと歩き出す。和気の近くまで行くと「わたし、教えてさしあげます！」と潑剌《はつらつ》と宣言し、早足に母屋を出て行く。

「待って、待って」と焦《あせ》った声を出しながら、企貫という子は、幼い保喜という子の手を引いて後を追う。

「お子たちは、さがられましたよ」

ぽかんと、幼子たちが去った枢戸を見つめていた和気は、悠花の声にはっとしたようにふり返る。

「助かった、祇従殿。わたしは幼い子は苦手なんだ」

「そのようにお見受けいたしましたので。しかしあのお子方は？　国主様には御兄弟も御姉妹もなかったと伺っていましたが」

「あの三人は、いずれわたしの妻や妾《みめ》になるのだ」

几帳まで戻ってきた和気は、憂鬱そうに告げた。

和気は十四歳。国主ともなれば、あと一、二年のうちに妻を娶《めと》るのが妥当なところだろうし、十四、五歳になれば男女のことに興味をもち、妻を娶れるほどに成熟する者も多い。

しかしあの子たちは、和気に比べて幼すぎる。釣り合いがとれる年齢の娘は、捜せばいくらでもいるだろうに、不自然だった。

和気もあの子たちの幼さにうんざりしているのか、自嘲《じちょう》するように続けて言う。

「母君が決め、御前衆《おんまえのしゅう》も承知したから決まった。御前衆が承知するのは、当然だな。保喜は御前衆の関金蒲生の娘。氷那加は同じく御前衆の狗栖雨屋《いぬすのあまや》の娘。企貫のみ、浦津郡《うらつぐん》の郡主《こおしゅ》、乃季海部以《のずえのあまい》の娘だが」

衣を整えて座り直しつつ、悠花は内心で首を傾《かし》げた。

逆封洲は四郡からなっている。

一つは国府《こくふ》の来須居と、最大の港である戸津《とのつ》を擁する野津郡《のつぐん》で、国主和気が郡主もかねている。

野津郡の隣り、葦封洲《あしのほうしゅう》と接する地は野辺郡《のべぐん》と呼ばれ、こちらは関金蒲生が郡主。

さらに野津郡の南西にあり、附義洲《ふのぎしゅう》と龍ノ原に接する行方郡《なめかたぐん》はもう一人の御前衆である狗栖雨屋が郡主。

残り一郡は龍ノ原と叛封洲《はんのほうしゅう》、附道洲《ふのどうしゅう》と境を接する、浦津郡。浦津郡の郡主は、先代国主の弟である末南利《すえのなり》のはず。

「浦津郡の郡主は末南利様であると、祈社では把握しておりましたが。間違いでしたか」

　何気なく問うと、和気は眉《まゆ》をひそめる。

「叔父上は半年前に急に亡《な》くなった。代わりに兵守《つわもののかみ》であった乃季が郡主になった」

「末南利様には、嫡子《ちゃくし》がおられたような？　郡主ならば、嫡子が継がれるかと」

「嫡子の利右《りう》は、叔父上と一緒に亡くなった。二人とも狩りの最中に、大鹿《おおじか》に反撃されてのことと聞いたが……」

　言葉を切り、和気の目の色が暗くなる。

　人の通わぬ山野に分け入り狩猟する山の民ならいざ知らず、楽しみであるべき狩りの最中に、親子が共に亡くなる事故など起こるだろうか。

　本来、八洲の国々では、郡主は国主の身内が即《つ》く。だからこそ世襲になっているのだ。しかし逆封洲に関しては、国主和気が治める一郡以外の郡主は、国主一族ではない者が即いているということだ。

　今、関金蒲生が郡主である野辺郡は、二年前までは先代国主の伯父に当たる人が郡主だったが、老齢のため身を引いたと、祈社の記録にはあった。嫡子がなかったために、御前衆の蒲生が郡主に任じられた。

　蒲生と同じく御前衆、狗栖雨屋が郡主を務める行方郡も、十年前の遷府の時までは先代国主の妹媛《いもうとひめ》の夫が任じられていた。しかし妻である妹媛が身まかり、先代国主と折り合いの悪かったその夫が更迭《こうてつ》されたために、雨屋が郡主に任じられたはず。

唯一《ゆいいつ》、浦津郡の郡主だけが国主の血筋の者で、先代国主の弟だったが、これが半年前には親子共々亡くなり、兵守だった家人《けにん》が郡主に取って代わっているという。

郡主が、ことごとく国主一族ではなくなっている。

和気の目は何を物語っているのか。不自然な浦津郡郡主の死に疑惑を抱きながら何も言えずにいるのか、もしくは真相を知り関わっているからこその、暗い色なのか。

ただそれを探るのに、真っ正面から斬《き》りこむのは愚かだ。

「お気の毒なこともあるのですね」

ここはあえて、さらりと流す。

「さて、それよりも『臨模《りんも》古《こ》央記《おうき》』巻壱《いち》と『古《こ》央記《おうき》訓詁《くんこ》』巻壱をお持ちしました」

「見たい」

和気の顔から暗いものが消えるが、すぐにはっとしたように胸を押さえた。

「このような稀少《きしょう》な書を、直接覗き込むのはいけないな。臨模の職人を呼んであるのだ。その者たちをこちらに呼び出そう」

「お待ちを」

腰を浮かしかける和気を悠花は制し、秘密めいて囁く。

「ご覧になられませんか？」

目を瞬《しばた》く和気に、微笑みかける。

「臨模の職人はこちらを前に置きじっくりと眺めて写します。国主様が目の前に置きご覧になっても良いのですよ」

「祈社はそれを許すのか？」

「ないしょです」

悠花は懐《ふところ》から絹の布を取り出すと床に敷き広げ、瑠璃《るり》軸帛巾の巻物を手に取り、その上に広げる。

「持ち出しを禁じられているのは、この書の価値を知らず丁重にあつかわぬ者の手に触れさせないためです。利用を禁じているのではありません。利用を一切禁じてしまえば、書としては死ぬことになりましょう。決まり事に従うのは大切ですが、その決まりが出来た意味を理解せずに言葉に従うだけでは、歪《ゆが》みが生じます。たとえば、書の存在する意義を殺すような」

「それは、そうだろうが。わたしには大胆過ぎる解釈のように思える」

「だからこそ、楽しいのです」

「あなたは……」

良識に挑むような悠花の言葉に、和気は絶句した。悠花はかまわず書面を覗き込む。

「これは臨模の書。三百年の時を経ていても原本ではない。年代は違えど、同様の臨模の書は祈社に幾巻も所蔵されています。祈社の所蔵する最古の『古央記』で、唯一無二のものであれば、わたしも軽々にこのようには扱いません。しかしこれは、人が利用するためにある本。そのためになされた臨模。数百年の時を経た帛布や墨の色味や香りや、そういったものをこの書で知るべきなのです。そしてこれを臨模した誰かの姿にまで、想像を広げる。暗い棚に置かれ続けるだけなら、この書は無いのと同じです。こうした使われ方をするのが、この書の存在意義ではないでしょうか」

　和気は、周囲の目をはばかるように視線を巡らせた。母屋にいるのは、和気と悠花以外は、口を開かず気配すらほとんどない帯刀のみ。

　意を決したように立ち、和気は悠花の隣に来て座ると、恐る恐る書面を覗き込む。しばし見つめて呟《つぶや》く。

「昨日も感じたが、この書からは白杉の香りがする。龍ノ原の香りだな」

「白杉柱は、龍稜《りゅうりょう》もしくは祈社のみです。この書がどこから運ばれたものか、香りで知れるのです。同様に墨の濃淡やかすれで知れることもあります。こういったものが、書かれている文字と同様に大切な学びになる」

「書というのは、そんな学びも生むのか」

「書のみならず、全てにおいて、狭小ではなく遠大を見れば学べることがあります。一方では、狭小を執念深く詳細につつき回して得られる学びもありますけれど」

ふふっと和気が、思わずだろう笑い声を漏らす。

「そんなふうに考えながら学ぶのは、学ぶべきことを自ら探しながら、学ぶようだ」

「ええ。誰かに教えられることを理解し自分の知識とするのも、学びです。ですが最も面白い学びは、自ら学ぶべき事を探し、それを知り理解するために、未知のものが詰まった箱の中を手探りするようにして学ぶことのような気がします」

「わたしも、そんな気がする」

顔を見合わせると、双方が自然と笑顔になった。

若き国主に親しみがわく。

皇女《ひめみこ》として隠され育てられた悠花の教育を引き受けたのは、父皇尊だった。手習いは手本をたくさん書いてくれたし、『古央記』『原紀《げんき》』の通読は解釈しながらつきあってくれたし、算術なども丁寧に教えてはくれた。だが多忙なために、それ以上のことはなかった。

だから悠花は教えられたことを、さらに自分で深く学び続けた。学ぶべき事を自ら探し、探りながら学んだ。なにしろ——暇だったから。人目に触れてはならないために、閉じこもっているしかなく、学び考える以外にすることはなかったのだ。

そうして探りながら学んだ、自分の内側に蓄積したものを言葉にしてみると、少年国主はそれに機敏に応じる。

そのやりとりが、快い。自らは解き放たれたのだという実感も覚える。

「わたしも、そんな学びをしたい。どうすればできる？」

「方法は、いかようにもあろうかと。わたしはやむを得ぬ事情で、一人で学んできましたが、国主様とお話をしていると、こうして学び語る相手がいればさらに学びは楽しく深く、広くなっていくような予感はします」

「では」と、和気は目を輝かせて悠花の方へ身を乗り出す。

「一緒に学び語ってはくれないか、祇従殿。わたしは、こんな話を誰かとしたことがなかった」

和気の言葉と期待の表情に、悠花はどきりと胸が鳴る。それは喜びの鼓動で、そしてそれはすぐに大きな愉悦になった。

（飛び込んできた……！）

若き国主を手玉に取ろうと、心にもないことを口にするような、姑息《こそく》な策を凝らしたのではない。学びについては真摯《しんし》に語った。

しかし国主に近づき逆封洲の実情を知ろうとしていたし、そのために祈社の稀少本を持ち出したのも確か。これは罠《わな》だったが、随分とゆるい罠だったのだ。罠に獲物《えもの》が飛び込むか否《いな》かは、わからない。罠にかからなければそれまでで、そうなればまた別の策を考えようと、そんな気分でいたのだ。

和気は見事に、そこに飛び込んでくれた。

「では、わたしのことは悠火とお呼びください。国主様」

「けれど、祈社の祇従殿を」

「わたしは、『古央記』通読のお手伝いをいたしますと申し出ましたが、国主様になにかをお教えするほどの者ではありません。鹿角音《かづぬね》として遣わされたとはいえ、ご覧の通りの若輩の護領衆なので。しかしこのようなわたしでよろしければ、ともに学び語らせて頂きたいと存じます。なので、そのような相手を職階で呼ばれる必要はありません」

「ともに学び語る……ともに、と。とも、とは。これは学友というのではないか？」

「そう仰《おっしゃ》っていただけるなら」

悠花が目を細めると、和気は満面の笑みを見せた。

「わたしは学友という者を、いや、そもそも友という者を持ったことがないのだ！　あなたが初めてだ。わたしも国主ではなく、和気と呼んでほしい、祇従殿……いや、悠火か」

照れくさそうに言い直した和気に、悠花は苦笑した。

「承知しました。けれどわたしの方は、国主様を呼び捨ては憚《はばか》られますので、和気様とお呼びします」

「うん、それでよい！」

少年らしい勢いで和気は応じる。

逆封洲の政《まつりごと》の実情がどんなものかはまだわからないが、一つ確実なのは、国主末和気は、賢く素直な少年だということだった。それが悠花のもとに飛び込んできた、たかが本二十数巻によって。

（いや、たかがではないのかもしれない）

龍ノ原というのは、龍ノ原に在る者が考える以上に、八洲では様々に作用するものなのだ。

八洲には地大神《ちのおおかみ》を畏《おそ》れぬ者もいる一方、ある部分では龍ノ原に大きく影響される。


その日の夜。

悠花は料紙に簡単な伝言を書き、こっそり厩舎《きゅうしゃ》に出向いて馬従《ばじゅう》に小銭を握らせ、来須居の駅家に届けてもらった。届ける相手は比多《ひた》。あの厳《いか》つい女は、悠花の伝言を受け取って、さぞかし嫌な顔をするだろう。

二

朝餉の膳《ぜん》を片付けながら、女丁が問う。

「今日もこの後、国主様にお呼ばれですか？　祇従様」

白湯《さゆ》を注いでもらった椀《わん》に手を伸ばしながら、悠花が「そうだよ」と応じると、女丁は瓶《へい》を手にしたまま、まじまじ悠花の顔を見る。

「随分、国主様に気に入られましたねぇ」

来須居城内郭に入ってから、既に十日ばかり。

祇従・悠火――悠花のために用意された客殿で雑用をしているこの女は、家人の娘らしい。城勤めを誇りにしているらしく、「お勤めが楽しくて、夫を持たないままに薹《とう》が立った女です」と陽気に口にする。そんな様子だから悠花も気安く話しかけ、すっかり打ち解けていた。

　八社の神職たちにとって祇従の悠火は、祈社そのもののように尊いと感じられるらしい。それは神職だからこそ職階を明確に理解しているからだ。

　しかし城で働く女丁たちにしてみれば、祇従がどの程度の者なのかわからない。悠花が気安ければ、さして肩肘《かたひじ》をはる必要のない者だと思うのだろう。

「あまりにお気に入りだと、怖い目に遭うかもしれませんから。お気をつけくださいまし」

「怖い目？　城で？」

女丁は声を落とす。

「祇従様がそんなおつもりではなくても、国主様に取り入って、うまい汁を啜《すす》ろうとしているかと思われるかもしれません。関金様や狗栖様が黙っておりませんし。あと、乃季様も。なにしろご自分たちの娘が、国主様の妻や妾に決まっているんですから。国主様に取り入ろうとする者は、あの方々の利権を食い荒らす者になりかねませんからね」

「確かに御前衆や郡主に、目の敵にされるのは怖いね。気をつけよう。しかし国主様の御年齢からすると、あのお三方の娘は、妻や妾とするには幼すぎるように思えるけれど」

「国主様にしてみたら、お年頃のあう娘が良いに決まってますよ。けれど遠音様、関金様、狗栖様、乃季様と、政の真ん中にいる方々が決められたことには、国主様とて文句は言い辛《づら》いでしょう。特に関金様は怖いものなし……」

言いさして、女丁は抱えていた瓶をつるりと撫《な》でる。

「あら、喋《しゃべ》りすぎました」

立ちあがろうとした彼女の手を、悠花はやんわり捕まえた。

「待って。気になるね。どうして関金様は怖いものがないの？　狗栖様より若輩でしょう。しかもあの方の父君のこと聞いたよ」

周囲に視線を走らせ、人影がないのを確認すると、女丁は声を潜めた。

「皆、知っていることですけどね。関金様と遠音様は、深い仲なんですよ」

目を見開き本当なのかと無言で問うと、女丁も無言で頷き、にやりとする。

「もう十二年も」

「十二年？　それでは先代国主様がご存命の時から……」

「そういうことです」

糸のような声で言うと、さっと立ちあがり出て行く。

客殿で一人になると、悠花は白湯の椀を手にし、開かれた枢戸から外を見やる。

階の傍らに植えられている紅葉の幼木の向こうに、回廊の屋根と空が見えた。この城の景色は、どこもかしこもすかすかして、風通しが良い。それが人の気性にも影響するのか、風通しが良すぎるせいで、本人たちは望まない噂《うわさ》話が広がるのか。

（にしても、あの女丁は喋りすぎるか）

苦笑いした。

（関金蒲生が、十二年も前から遠音と深い仲。八社を焼く父親の蛮行があっても、御前衆にまでなれたのは、遠音の口添えか）

先代国主への、遠音の影響力は強かったのだろう。それゆえに蒲生の重用がなり、国府を商都として発展させるための遷府も、実現した。

国主存命の時から、遠音の影響力は隠然としてあったのだ。

だからこそ和気が飾りの国主であることに、家人の誰一人疑問を呈さない、今の状況が生まれた。

(蒲生と遠音の仲が周知ならば、和気に対する蒲生の態度も頷ける)

陰で国主としての権力を握る遠音の愛人だから、蒲生はその代弁者のように和気に意見した。それに対して誰もなにも言わなかったのは、皆が、遠音と蒲生の間柄を承知しているから。

和気は、母と蒲生の関係を知っているのだろうか。知っている、あるいは感づいているとしたら、どんな気持ちなのだろうか。

そして家人たちは、それをどう捉《とら》えているのか。

蒲生と同じく御前衆の狗栖雨屋は、蒲生に父親のことを当てこすった物言いをしていた。雨屋は蒲生の存在が面白くないのだろうか。

色々と知りたいことが多い。知りたいことと言えば——。

(そういえば、比多からの返事がない)

九日前に駅家に伝言を預けたが、比多から応答がない。いつ逆封洲に来るかわからないと言っていたから、伝言はまだ彼女の手に渡っていないかもしれない。

白湯を飲み干し衣を整えていると、迎えの女丁がやってきた。

客殿を出て、北殿へ向かい、正面の階から母屋に入る。

和気が笑顔で出迎えてくれた。

「おはよう、悠火。良いところへ来た」

「おはようございます、和気様」

礼をとり、笑顔で顔をあげて少年国主の濃い茶の瞳《ひとみ》を見やる。

（和気は実質、国主ではない）

女丁ですら、遠音、蒲生、雨屋、海部以の四人を指して「政の真ん中にいる方々」と言ったのだ。和気が政の中心にいないことを、来須居城内に勤める者たちは実感している。

知り得ない様々な事情はあるだろうが、逆封洲は事実上、末の一族が支配する国ではなくなっているのは確かだ。

（さて。どうするか）

末の一族が実権を持っていないとなれば、逆封洲の頂点にいるのは遠音。それを支えているのが、三人の郡主。

この国は遠音の国になりつつある。

いや、もはや遠音の国かもしれない。

だとすれば逆封洲は、龍ノ原が信頼に足る国にはなり得ない——この判断をするために、悠火は来須居まで来たと言っても良い。

雑多な事情は知れなくとも、知るべきことはこの十日で知れたのだから、暇《いとま》を請《こ》うべきだった。

だが。

（ここを出て、次にわたしは何をする？　日織《ひおり》のためになにができる）

龍ノ原を取り巻く別の国へ向かい内情を探るとしても、逆封洲のように入り込むのは困難だ。祈社の稀少本が役に立ったのは、和気が学問好きだったからこその計略。他国の事情を探るならば、悠花よりも鳥手《とりて》の方が、よほどうまいだろう。

（日織のためになることをしていれば、自分が満たされる気がしていた。そして何者かになれる気もしたが……）

悠花はまだ何者でもないし、満たされてもいない。

こんな空っぽのままでは、自分を満たすために日織の傍らに帰りたくなる。しかしそうなれば、悠花は日織の枷《かせ》として在り続けることになる。たとえ護領衆と偽り側《そば》に仕えたとしても、やはり日織は夫を持たねばならない。

悠花自身が皇尊一族の男になれない限りは、龍ノ原には戻れないのだ。そしてそれは不可能。護領衆ならいざ知らず、系統が明らかな皇尊一族に、突然成人男子が出現する方法はない。それができれば、そもそも悠花は龍ノ原を離れなかった。

「悠火？　どうした」

わずかの間、ぼんやりしていたのか。呼ばれてはっとする。

「いえ、なにも。それより、良いところに来たとは？」

「東の倉に行こうとしていたんだ。あなたと話をしていたときに話題になった逆封洲の暦について、面白い書があったのを昨夜思いだして」

無邪気に目を輝かせる和気につられて、笑顔になる。

「ご一緒しましょう」

素直で聡《さと》いこの少年が、好ましい。彼の先行きは気になった。

和気はこのまま、国主という飾りで居続け、それを望み続けるのか。俊秀の国主と噂されながら、今の彼は来須居城内で知識と戯《たわむ》れているだけ。

多くを知り、そして時折、様々な現実的なことに対してうんざりした顔をしたり、暗い目をしたりする。現実を全て、頭から閉め出しているのではなさそうだ。知識も思考も、現実に対するあらゆる感情も考えも、はちきれんばかりに自分の中にため込んでいる気配がある。

和気は、膨れあがった爪紅《つまくれない》の実だ。

すっくりとのびた茎をぐるりと巡る細い葉と、葉の付け根からこぼれるように群れて咲く赤い花を思いながら、悠花は和気の、薄茶の鬢《びん》と濃い茶の瞳を見つめる。

未熟な感が、和気と日織はよく似ていた。ただ日織には望みがあったから、自分というものが確固としていた。和気はまだ自分が形になっていない。内側は膨れあがっているのに、自分の形が定まらず、闇雲《やみくも》に膨れているだけだ。

　そのあり方は、かつての自分を想起させた。

（空《むな》しく惨《みじ》めではないのか、それは？　わたしは我慢ならなかった）

　幼い頃は自らの立場に納得していた。いや、納得させられていた。だが成長するにつれて己というものが胸の中に芽生え、自分の現状が厭《いと》わしくなっていったのだ。

（もしこの少年を解き放てたら）

　不意に、胸の中に頭をもたげたものがあった。それは爪を持った、量感と動きさえ感じるような何か。黒い毛皮が艶々《つやつや》した獣のようなもの。

（いっぱいに膨れた爪紅の実に似た、よく躾《しつ》けられた素直な心に、爪を立てたら……）

　鼓動が一つ、強く打つ。

　無意識に胸を押さえたその仕草に、和気が首を傾げる。

「どうした、悠火」

「手《て》遊《すさ》びに使う料紙を忘れました」

　誤魔化すと、和気は気さくに笑う。

「そんなもの、ここにもある」

　悠花の胸の中に頭をもたげた爪のある何か。それが悠花に囁く。

――爪を立ててみよ。そして。

さらに囁きは続く。

――どこまでやる？

どこまでやるかと問われれば、悠花は「やれるところまで」と応じたい。日織のために、逆封洲が信頼に足る国か否かを確かめたかった。そのために悠花は来たはずだったが――さらに、その先が見えた。

その先に進めば、悠花は何者かになれるのか。それは定かでなかったが、試したかった。どうせ行くあてもないのだ。己の身ひとつがどうなろうと、特に誰も困りはしない。日織のもとへ戻れないなら、今ある場所で進めばいい。自分を試しながら、それを面白がればいい。

（和気を解き放ったら、どうなる？）

解き放たれれば、彼は当然のように自分の立場に気づく。そしてそこで何をするか、何をしたいか、考え始めるだろう。彼が解き放たれるということは、政の真ん中に、国主和気という新しいものを投げ込むということ。

そうすれば大きく波紋が広がる。

必ず、何かが揺れ動く。

それが悠花にとって、龍ノ原にとって、どんな意味があるかはわからないが――。

ここに留まる決意が、悠花の中に固まっていた。

夕餉の直前まで和気と一緒に、東の倉と呼ばれる校倉《あぜくら》造りの殿舎で本を捜した。既に薄暗くなりはじめた回廊を急ぎ、客殿に戻ろうとしていると、見慣れない女丁に呼び止められた。西裏門に、悠火に用があると言って馬引が来ているという。

比多に違いなかった。

西裏門とは、門とは名ばかりの、物売りや、女丁や園丁、厮《かしわで》、厩番《うまやばん》などが出入りする、簡素な両開きの扉がついた出入り口だ。来須居城北西の端に位置する板塀で仕切られた一郭には、厨《くりや》や下働きの者が寝起きする板葺《いたぶ》きの建物が集まり、そこに直接外部から出入りできるのが西裏門だった。

西の空は夕焼け色が滲《にじ》んでおり、門外の築地《ついじ》塀《べい》は斜陽に照らされていた。腕組みして、築地塀にもたれた比多は憮然《ぶぜん》として待っていた。悠花の顔を見ると、無表情のまま築地塀から背を離す。

「伝言、受け取ったのだね」

「わたしは、鳥手《とりて》じゃありませんよ」

比多は舌打ちしそうな顔だ。

「知っているよ。知っていて頼んだのだけれど。それで？　わたしに文句を言いに来た？　それとも調べてくれたことを、教えに来てくれた？」

悪びれない悠火に比多は眉をひそめ、ぶっきらぼうに言う。

「浦津郡郡主だった末南利と嫡子の利右は殺された、ともっぱらの噂ですね」

さっさと済ませたいらしく、前置きなしだ。

鳥手ではないと文句を言いながらも、調べてくれたらしい。

悠花が比多に伝言したのは、浦津郡の前郡主とその嫡子の不審な死について知りたい、ということだった。

「狩りの最中に大鹿に反撃されたことに、公《おおやけ》にはなっているらしいけれど」

「大鹿を追っていたのは、間違いないらしいです。勢子《せこ》を務めていた近在の里人に話を聞いたら、勢子の中に見慣れぬ者がいて、それが郡主親子を獲物の方へ先導していたそうです。配下の者たちは郡主親子を見失い、ようやく捜し当てましたが、二人とも鋭いもので胸と背をひと突きにされて死んでいたそうです。郡主を案内したはずの勢子は見当たらず、行方をくらましたと。御前衆と刑所《ぎょうどころ》に知らせが走ったそうですが、鹿の角にやられたのだろうという決着になったと。まあ、ただ、その場にいた配下や勢子たちは納得しておらず、郡主親子は殺されたと噂が立ってます」

「想像通りというところだね。しかし大胆に、雑に、殺したのだね。怖いものが、ないのだろうな」

怖いものがないのは誰だろうかと考えると、答えは簡単だった。三年前に国主が亡くなり、吾《わ》が子が形ばかりの国主となり、陰の国主として実権を握った遠音だ。国主一族ではない遠音が権をふるうためには、国主一族は邪魔だ。しかし国主が亡くなった直後に殺したのではあからさますぎるので、数年を待ったか――。

そこで、はっとした。

（遠音にとって最も邪魔だったのは、自らの夫である前国主か。前国主は病死となっていたが）

遷府を唆《そそのか》すほど操るに容易《たやす》かったかもしれないが、面倒な存在には違いなかっただろう。機嫌を取り、口説き、宥《なだ》め、脅し、ようやく遠音は事を成せたはず。

（いや、待て。遷府にしてもそれを国主が思い切れたのは、蒲生の父の八社《はっしゃ》を焼く蛮行があってのことだ。あれがなければ国主は遷府を思い切らなかったかもしれない）

悠花の中に一つの推測が浮かぶ。

（なるほど。遠音と蒲生）

とにかく国主が存命であった時、遠音は存分に力を発揮できなかった。前国主が亡くなって以降、急に逆封洲《さかのほうしゅう》が潤《うるお》ったことでも、わかる。

遠音には国を潤すために、やりたいことが幾つもあったのだろうが、夫によって阻《はば》まれていた。

和気が人並み外れて賢い子どもであったから、いっそ早々に吾が子を国主の座につければ、それを隠れ蓑《みの》にして、好きにできると考えたかもしれない。

十年以上、関係が続く男もいる。その男と存分に楽しみたいという欲求も、あっただろう。

全ては憶測だ。しかし事実に近いのではないだろうか。

（事実だとしたら、残酷なことだけれど。その事実が……使える）

自分が打つべき次の手が見えた。

「ありがとう。これは、駄賃」

黒衣の懐から、錦《にしき》の平たい袋を取り出し、その中にあった銀の粒を取り出すと、比多の手に渡した。楕円《だえん》に玉の文字が図案として鋳造《ちゅうぞう》された逆封洲の洲貨《しゅうか》、玉貨《ぎょくか》だった。

八社に入る前に、持ち物の櫛《くし》や釵子《さいし》などを売って貨幣に変えていた。龍ノ原には貨幣がないので、悠花が売った翡翠《ひすい》や紅玉、銀《しろがね》の髪飾りがどの程度のものかわからなかったが、かなりの価値があったらしい。
四、五人の一家の一日に必要な金が、十礫《れき》だと聞いた。十礫はおおよそ米一升と同じ価値だという。百礫で、一砕《さい》。十砕で一玉《ぎょく》というふうに単位が上がる。
悠花は六玉近い金を手に入れていた。

「こんなに？」

瞬《まばた》きした比多に、にっこりと笑ってやる。

「この度の駄賃と、次のお願いの前払い分も含めて。三年以上前に来須《くるす》居城《いじょう》に出入りしていた商人の中に、生薬をあつかう者はいなかったか調べて。もしかしたら今でも出入りがあるかもしれない。来須居の商人ではないかもしれない。戸津の商人かも」

途端に比多は嫌な顔をする。

「なんですか、またわたしに、鳥手の真似事をさせるんですか」

「いやなの？」

肩で大きく息をして、比多は諦《あきら》めたように言う。

「空露様に、できるだけのことはして差しあげろと言いつけられてますので、やりますが。調べられるかどうかは、わかりませんよ。それにしても、なんのためですか」

「爪を立てるために、かな？」

悠花は薄ら笑う。

馬引である比多は荷の移動に関わるので、様々な商人と顔見知りになるようだ。「調べられるかどうかは、わかりません」などと言っていたが、十日後には再び西裏門に悠火を呼び出した。

比多が調べたところでは、戸津で手広く生薬を売り買いする商人が、今も来須居城に出入りしているという。この商人は、遠音が国主の妾となる以前から知り合いで、その縁で旧府のころから引き続いて遠音の求めに応じているらしい。

その報告をした比多に「また、お願いがあったら伝言を駅家に預けるね」と言うと、彼女はとても嫌そうな顔で「承知しました」と頷いた。


日々は驚くほどに、早くなめらかに過ぎていく。

毎日、悠花は和気に呼ばれ、日が傾くまで一緒にいることがほとんどだった。

朝餉《あさげ》が終わると呼ばれる。

最初は悠花が持参した『臨模古央記』と『古央記訓詁』を読み進めていたが、それはすぐに読み終わった。読み終わって内容について議論したが、そればかりだと飽きてきて、算術や歴史に話がおよぶ。すると和気は、自ら求め集めた本のことを思い出し、それを持ち出して来ては、また話が広がる。

逆封洲の夏は滅多に雨が降らないらしいが、ある日の午後からにわかに空が曇り大きな雨粒が落ちてきた。

ちょうど本を抱えて東の倉から北殿に戻ったところだった。簀子《すのこ》縁《えん》に立った和気は、軒端《のきば》から滴《したた》る雨粒を見て、「秋が来るな」と憂鬱げに呟く。

「秋がお嫌いですか」

和気と並んだ悠花は何気なく訊《き》いたが、彼の表情が意外なほどに曇った。

「秋が嫌いなのではなくて、秋が来たら冬が来るから嫌なのだ。父君が亡くなったのが冬だから、思い出す」

先代国主が亡くなって、三年。少年にとって三年は長い月日だろうが、彼の心にはまだ影が落ちている。

悠花も今年の夏前に父皇尊《すめらみこと》を失ったばかりだ。長く患《わずら》った末だったので覚悟はしていたが、それでも辛かった。父皇尊を亡くしたときの寂しさや不安を思い出す。和気もそうだったろう。

「慕っていらしたのですね。わたしも、今年の夏前に父を亡くしました」

「そうだったのか。もしかして、だから、鹿角音になって逆封洲に来ても良いと思ったのか？」

「結果としては、そうですね」

雨垂れに目をやった。

「優しい父で、わたしの幸せを願ってくれた結果、心から幸せと思える出会いもありました」

日織との出会いは、父皇尊の計らいの結果だ。そのことは心から感謝したい。

ただ父皇尊は、悠花が日織のために龍《たつ》ノ原《はら》を離れたのは哀《かな》しむだろう。悠花には、危険なく、心安らかに、静かに暮らしてほしかったはずだ。

「でも今のわたしは、父が願ったようには、生きていません」

「わたしもだな。父国主は老齢で、母君より二十以上歳《とし》が上だったはずだ。歳を取って生まれた国嗣《くにつぎ》のわたしを、大切にして、褒め、可愛《かわい》がってくださった。酔うとわたしを必ず傍に呼んで、国主たる者の心構えなど滔々《とうとう》と語る。母君は、酔った父国主が、わたしにしつこく語るのがお好きではないらしくて、ぐんぐん酒を勧めて酔い潰《つぶ》してしまうのだ」

独り言のように「だらしないところが、おありだった」と小さく口にし、続ける。

「父国主の語りは、漠然としたものが多かったが、体を丈夫にして剣技を磨き、強い国主として家人を従えろと言っていた。だがわたしは、体はさほど強くないし、剣技もさっぱりだ。強く家人を従えるのも……。国主になって三年も経《た》つ。なのにまだ、あんなに苦しんで亡くなった父国主に、胸をはって自分は国主だと言えない」

「お辛い病でしたか？」

「来須居城に移ってから、体調を崩されていたんだ。先に亡くなった父国主の妻と同様だったので、二人とも同じ病だったのではないかと言われている。わたしは最後のひと月以上、毎日煎《せん》じ薬を運んでいた。ある日ひどく容態が悪化したが、いったんは持ち直して。わたしは嬉《うれ》しくて、父国主に薯蕷《やまのいも》をすったものを食べて頂いた。美味《おい》しいとお喜びになったお顔が、嬉しかった。しかしその夜にまた急変し、息を引き取られた。熱と腹痛と吐き気で、随分お苦しそうだった」

　悠花は眉をひそめる。

　来須居城に移ってからというと、亡くなるまでに七年間ある。七年じわじわと体を蝕《むしば》む病にしては、前国主の今際《いまわ》の際《きわ》は、病で亡くなったとは思えないほど唐突で激烈な感が拭《ぬぐ》えない。

　沈黙が続いた。ふと、視線を軒端から隣りに立つ和気に移すと、本を両手に抱えた彼は濃茶の瞳にいっぱい涙をためていた。

「嫌なところも、たくさんあるお方だった、父国主は。戯れに女丁の衣に手を入れたり、癇癪《かんしゃく》を起こしたり、酒を過ごしたり。父国主を嫌いだと思うことも多かった。けれど、わたしには大変優しかった。賢い、賢いと、こちらが恥ずかしくなるほどに褒めそやして」

　末和気は、同年の者たちに比べれば随分聡い。だが十四歳の少年だ。

(泣くのを我慢されると、困ってしまう)

庇護《ひご》欲がうずくのは、日織を思い出すからだ。泣くのは負けだと思っているかのように、日織も泣くのを我慢しがちな人だ。

「お貸しください」

和気の手にある本を取りあげると、自分の抱えていた本とまとめて、足もとに置く。訝《いぶか》しげな和気に向かって、軽く両腕を広げた。

「抱いてさしあげましょう」

「なにを言うのだ。子どもでもないのに」

「大人でも抱き合います」

和気の体を抱き寄せ、回した手で背を叩《たた》く。背丈はほぼ変わらず、抱いた体は、悠花よりも骨が太い。にもかかわらず、抱き心地が稚《おさな》く感じる。

「よせ、恥ずかしい」

身じろぎするのを、抑え込む。

「おとなしくなさいませ。わたしにも、亡くした者があります。自ら手放して二度と会えない者もあります。ただこうしていれば、すこし、切なさや哀しさが、温《ぬく》みに変わる気もしますので。わたしのためにも、おとなしく」

「……そうか。悠火のためか」

ならば仕方がないと、そんな風に強がりたい声に、少年の誇り高さがある。

雨に打たれる桔梗《ききょう》の青紫が微《かす》かに頷《うなず》くように揺れると、軒の風鐸《ふうたく》が澄んだ音を響かせた。

□□□

これは悠火のためなのだ。けして自分が、子どものように甘えているのではない。和気は心の中でそう言葉にした。賢い彼は、それが言い訳だと理解はしていたが、それでも自分に言い訳したかった。

雨音を聞きながらやんわり抱きしめられると、温みが慕わしくて嬉しかった。そしてこうやって甘やかすようにされているのに、胸の奥から、強いものが生まれる。

己は、しっかり立たねばならないのだと決意が促される強さだ。

鼓舞されたわけでも叱責《しっせき》されたわけでもないのに、優しく抱かれることで強いものが生じるのは不思議だった。

澄んだ風鐸の音が心地よかった。

鬼のいない神国から来た学友に抱かれると、和気の中に鬼は入ってこない。

三

ひと雨の後、天気はぐずつき肌寒くなった。

龍ノ原よりも北に位置する逆封洲は、季節の移ろいが速い。数日前、悠花の世話をする女丁が、そろそろ火舎《かしゃ》の準備をしなければと言ったときは、気が早いと思ったものだが、実際昨夜は、温檜葉《ぬくひば》の床が足裏に冷たかった。

七日ぶりに朝から晴れたその日、いつもの通り朝餉の後に和気に呼ばれて北殿《きたどの》にいた。しかしすぐに帯刀《たちはき》が和気に、剣技と馬術の稽古《けいこ》を促した。義務は心得ているらしく、和気は渋々の様子だったが従い、悠花は和気のもとを辞して、客殿へ戻った。

そこに関金蒲生の遣いという兵《つわもの》がやってきた。

蒲生の邸《やしき》に招待したいという、誘いだった。

「本日、お暇であろうからご招待申し上げたいと、主《あるじ》が言っております」

兵の口上を聞いて、蒲生が和気の行動や予定を、詳細に知っているのだとわかった。

最初に和気に対面する前日、蒲生は悠花の顔を見にやってきたが、あれも、和気の周囲の動きに目を配っているからこそ出来たのだろう。

蒲生は当然、和気が毎日のように悠花と過ごしていると、聞き知っているはずだ。

（随分と、和気を気にしている。あれほど侮《あなど》っておきながら）

不可解に思いながらも、こちらも蒲生には興味があったので、招きに応じた。

迎えの兵が轡《くつわ》をとる馬に乗り、来須居城を出る。

関金蒲生の邸は、国庁《こくちょう》の正面を通る横路をはさんだ場所にあった。板塀で囲われた敷地。その北に構えた一層の門。

隣には同じように板塀で囲われた敷地があり、迎えの兵の話によると、そちらは狗栖雨屋の邸だという。

蒲生と雨屋の邸は、並んでいるのだ。

国庁の築地塀と広い邸を囲う板塀が路の左右に続いているので、賑《にぎ》やかな商都の来須居にしてはその辺りは静かで、人通りもなく、荷車も滅多に通らない。

郡主《こおしゅ》は、郡家《こおけ》である柵《さく》に住まうのが常である。

逆封洲の郡は四つあり、野津郡《のつぐん》、野辺郡《のべぐん》、行方郡《なめかたぐん》、浦津郡《うらつぐん》。

野津郡の郡主は国主《こくしゅ》の和気が兼任し、その居所も来須居城。郡家は戸津にあり、時折訪問はすれど、そこに住むことはない。また国境《くにざかい》に野津柵という、護《まも》りの要《かなめ》の柵もある。

そこには国軍と郡の配下の軍団が駐留し、数人の将のもとで国境を睨《にら》む。

浦津郡郡主の乃季海部以は、常に浦津郡の郡家である浦柵にあり、その娘である企貫もそこに住む。

しかし野辺郡郡主の関金蒲生と、行方郡郡主の狗栖雨屋は、御前衆《おんまえのしゅう》として国主を支える役目を負う。そのため郡家である柵ではなく、都の来須居に邸を構えている。

蒲生の邸は凝った作りで、前庭には川から引き込んだ細い水路が流れており、そこに羊歯《しだ》や小さな岩が配されて趣ある景色を作っていた。流れは、隣の雨屋の邸ともつながっている。

前庭に臨む殿舎《でんしゃ》に、悠花は通された。

あげられた殿舎の簀子縁へ出ると、乳母《めのと》らしき女と一緒に、木綿の単衣《ひとえ》を身にまとった保喜が、流れを覗《のぞ》き込んでいる姿が見えた。

悠花は階《きざはし》まで回り込み鞋《わらじ》を履きなおし、保喜のもとへ近づく。

昨日までの雨で地面はぬかるんでいたし、水路の流れも速かった。細長い草葉が水路に垂れて、それが流れに揺れる様を保喜は面白がって見ているようだった。

「こんにちは、保喜様。水蠆《やご》は、秋津《あきつ》になった？」

声をかけると、乳母は畏まるように腰をかがめて頭を下げ、保喜はきょとんと悠花を見あげた。乳母が「保喜様、ご挨拶《あいさつ》を」と囁《ささや》くと、「こんにちは」と、仕込まれた挨拶はした。しかし後は、ぽかんとしている。

保喜の前にしゃがみ、悠花は問う。

「わたしのこと覚えてる？　和気様――国主様のところで、一緒に水蠆を見させてもらった」

　こくんと頷くが、いっかな表情は読めない。

「あの水薑のことが気になってね。国主様もお気になさってる」

「保喜は、無理よ。小さすぎるもの！」

　澄んだ溌剌《はつらつ》とした声がした。

　見れば、細い流れの先、隣接の雨屋の邸とつながっている板塀の下。流れを通すために一部分が切り取られているのだが、そこから、雨屋の娘である氷那加の丸くて大きな吊《つ》り目が覗いている。和気のもとを訪れていた時と違い、氷那加も保喜と同様の木綿の単衣姿。動きやすいその身なりで、氷那加は狭い隙間《すきま》を潜《くぐ》ってこちらに入ってきた。

　乳母が慣れた様子で数歩退くと、氷那加は当然のような顔をして保喜の手を握る。

「こんにちは、氷那加様。急にそのようなところからお出ましで、驚いた」

「国主様と一緒にいる祇従《ぎじゅう》殿が来たって、騒いでるのが聞こえたから、急いだの」

「秋津の名はわかったの？　もうすぐ、飛ぶのじゃない？」

「あれは、黒《くろ》秋津。黒くて銀の斑点《はんてん》があって、銀の目の、とっても綺麗《きれい》な秋津になるの。飛ぶのはもうすぐよ。だから、国主様にご覧頂くの。ねぇ、国主様はどこ？　わたしは秋津の名を教えてもらったし、水薑もわたしが育ててるの。国主様にそのことお教えするの」

鼻の穴を膨らませ、氷那加は目を輝かせた、その時。

「残念だが、氷那加。国主様がお出ましなのではなく、国主様の学友が来たんだ。来たのはその人だけだ」

背後から蒲生の声がした。いつのまにかそこに姿があった。

落胆の声をあげる子どもに、蒲生は手を振る。

「つまらんだろうが、いらっしゃっていないのだ。わかったら帰りなさい」

「水蘿、見に行く」

不意に保喜が口にしたので、氷那加が問うように見あげると、蒲生は渋い顔をした。

「すぐに戻ってくるか、保喜？」

保喜はただ頷いたが、氷那加が請け合う。

「わたしが、すぐに戻すわ。大丈夫。わたしは保喜の母君代わりなんだから、わがままは駄目って、ちゃんと言って聞かせる。父君のご命令は聞きなさいって」

「ならば、頼むか」

蒲生の返事を聞くと、氷那加は「行こう」と言って保喜の手を引き、いささか乱暴な感じではあるが、ぐいぐいと板塀の下を潜らせて向こう側へともに姿を消す。

それを見送り、乳母が軽く礼をして去ると、悠花は蒲生に促されて簀子縁にあがり、向かい合った。二人の前に、酒を入れた小さな瓶が添えられた膳が運ばれる。

「お招き、ありがとうございます。驚きましたが」

「国主様のお気に入り殿だ。本来ならば御前衆たる吾らがとらねばならぬご機嫌を、とってもらっているのだからな。労《ねぎら》わねばな」

蒲生は、悠花の膳に添えられていた瓶を手に取ると、盃《さかずき》を取れと目顔で促す。悠花が盃を手にすると、なみなみと酒が注がれたので一口だけ口をつけた。

悠花も蒲生の膳の瓶を取り、同じようにした。蒲生は一気に飲み干す。

板塀の向こう側から、幼子たちの笑い声が響く。

「先ほど、氷那加様が、保喜様の母君代わりと口にしていましたが。保喜様の母君は？」

「野辺柵に置いている。その方が安全なのでな」

（野辺柵？）

内心、首を傾《かし》げた。そこが安全だろうか、と。

野辺柵は野辺郡の郡家と定められているが——葦封洲《あしのほうしゅう》との境にほど近い、防御の柵である。郡家の実質的な拠点は、来須居近くに置かれていた。郡主の蒲生が来須居に居を構えているためと、いざ戦《いくさ》となったときに真っ先に郡家が潰されないためだと聞いていた。

つまり、野辺柵は真っ先に隣国に蹂躙《じゅうりん》される場所だ。

それにもかかわらず、蒲生が野辺柵を安全と判断する理由が、どこかにあるのだろう。

「慈《いつく》しんでおいでなのですね。保喜様も可愛がっていらっしゃるご様子。そうならない、出来ない方々も、あまたおりますのに」

「そうだな、まったくだ」

手酌でもう一度盃を満たして、再び蒲生はあおる。そして胡座《あぐら》をかいた膝《ひざ》に肘をつけ、無言でしばらく悠花を見あげた。

「なんでしょうか？」

「おまえは、まことに護領衆《ごりようしゆう》か？」

唐突に、しかもあまりに大胆に問われ、背筋がぞくりとしたが、悠花は表情を変えず小首を傾げる。

「そうですが？」

「証《あかし》は？」

「わたしが仕えておりました代祇《だいぎ》の空露という者から、書札《しよさつ》を授けられていますが。それでもお疑いならば、祈社《きしや》に人を遣わして聞いて頂ければよろしいかと」

「もう、確認した。確かに護領衆に悠火という祇従はいるらしい。しかしどんな人物だったか、祈社で訊いても誰も答えられなかったそうだ」

体の芯《しん》は寒いが、悠花は目を細めた。

「問う場所を間違っておられます。わたしは空露様の配下だったのです。空露様は日織皇子《みこ》――今上となった方の教育を幼い頃より任されておりましたので、あの方が即位あそばすまで、皇子として過ごしておられた邸に一緒に住まわれ、即位後は龍稜《りゅうりょう》に移っておられます。わたしも空露様と一緒におりましたので、龍稜の大桜宮《おおさくらのみや》の采女《うねめ》や舎人《とねり》に問えば知っていましょう。わたしの風貌《ふうぼう》を伝え、このような護領衆がいたはずだと問えば、頷く者がほとんどでしょう。ああ、けれど。名は、わからぬかもしれません。空露様が使っている配下の名など、誰も知ろうとはしませんから」

　寒気が増すと頭が冴《さ》えるのか、咄嗟《とっさ》に応じていた。嘘《うそ》は事実に近い方が良い。悠花の護領衆姿を大桜宮で見た者は、幾人もいるはずなのだ。

「大切な国主様に偽《にせ》護領衆が近づいたと、危惧《きぐ》なさいましたか？　それでわたしを呼ばれましたか？　ご心配なく。改めて人をやって、確認してください」

　蒲生は悠花を見据えている。

　甘い顔立ちの蒲生の目は、思いのほか暗いのが、このとき悠花にはよくわかった。頬の傷跡のせいばかりではなく――彼の中を満たしているものが重く暗く、それが瞳からのぞけるのだ。

「あらぬ疑いか？」

「ええ。本当に」

呆《あき》れたような笑いを漏らしつつ、内心の不安は隠し、自分の膳の瓶を手に取った。空になった蒲生の盃に酒を注ぐと、自分も盃を手にする。

(わたしを暴《あば》こうとしている。しかし、させるものか。ならば、こちらが)

真《ま》っ直《す》ぐ蒲生を見て、盃を干すのを促すように盃をあげ、

「飲みましょう」

と告げて一息に飲む。これに応じるのが礼儀のため、蒲生は盃を口もとにあげかけるが、ふっと手を止め——動揺したように膳に置く。

「どうなさいましたか？　飲まれませんか」

不審もあらわに問うと、蒲生はうやむやにするように薄く笑み、

「いや。あらぬ疑い、失礼した。それよりも夏の終わりの瓜《うり》が、まだあったはずだ。甘いぞ。誰か、いるか！　瓜を出せ」

手を叩いて、声をあげる。その様子に悠花は目を細めた。「お気遣い、ありがとうございます」と言いながら、徐々に理解しはじめていた。

(遠音が、この男と深い仲になっているのは理由がある)

もし今、悠花が蒲生を動揺させなければ、もっと踏み込まれていたかもしれない。

蒲生の膳にある瓶に、おそらく酒は入っていない。水だ。だから自分の膳の瓶から注いだものは躊躇《ちゅうちょ》なく飲み干したが、悠花の膳にあった瓶から注いだものは飲まなかった。

あえて飲ませようとしてみたが、動揺し、うやむやにした。

蒲生は悠花の正体や、もし目的があるならばそれを暴こうとしたのだろう。

だが逆に、一つ、悠花に暴かれている。

彼は口実で酒を使うが、自分は絶対に口にしない。一口も口にしたくないのだ。それはおそらく彼の心情に深く関わる――蒲生という男を理解する最大の要素かもしれない。なにしろ隠さなくても良い事実だ。下戸だと言えばすむのに、あえて酒を遠ざけていると人に思われたくないのだろう。その理由は？

蒲生自身が暴かれたと意識しているかは、微妙だ。悠花がわざとやったのか、そうでないのか、判断はつかないかもしれない。

ただ用心深い男であれば、悠花への警戒を強くする。そのくらい目端がきかなければ、遠音が十二年も危険を冒して関係を続けないだろう。

（この男は――有能なのだ）

蒲生に会って確信したのは、遠音が狡知《こうち》に長《た》けているということだ。

遠音と蒲生が深い仲だと聞いた時には、それはただ愛欲の関係だと思い、深い意味を見いだしていなかった。

しかし違うのだ。遠音は無論、蒲生を愛欲の相手としても見ているだろうが、それ以上に有能だからこそ自分に引き寄せている。

さらに遠音は、吾が子を形ばかりの国主として存在させるために、母親には従順になるように和気を育てている。成長し、それが多少揺らいだとしても、けして大きく弾《はじ》けないくらいに、和気に快適すぎるほどの快適さを与え、彼を目覚めさせる要素を近づけようとはしない。

遠音は自分の益となるように、他者との関係を築いている。蒲生しかり、和気しかり。おそらく他の多くの者たちとの関係も、そうだろう。ことに息子である和気との関わりは、誰よりも強固なはず。

（このままでは生涯、和気の心が弾けることはない）

悠花の出現は刺激になったはずだ。しかしそれだけでは和気が変わることはないと、遠音は確信があるのだ。だからこそ、悠花と和気を放置している。

蒲生は、危機感を覚えて悠花を探ったが——遠音の判断の方が正しいだろう。

強固な遠音との関係を壊し、和気が弾けるためのきっかけを作るしかない。

蒲生の邸から戻った悠花は、客殿で筆を執り、象嵌《ぞうがん》細工で花鳥模様を施した塗りの小箱の中から数枚の料紙を取り出す。それは和気が、『古央記』についての考えを書きつけたものだった。本人は悪戯《いたずら》書きだと照れていたが、読む価値のある解釈などがあり、悠花はそれをとっておいたのだ。

書きつけを傍らに置き、文字を真似《まね》つつ、自分でも苦笑いしてしまうような言葉を書き綴《つづ》る。乾くと三つ折りにし、結び、折りじわをつけてもう一度解く。それを丁寧にのばし、別の折り方で三つ折りにして、隠すように藁蓋《わろうだ》の下へ入れる。あえて、すこしはみ出させて。

夕餉《ゆうげ》の頃にいつもの女丁がやってきて膳《ぜん》を整えるのを横目で眺めていると、女丁の視線が流れ、配膳の手を止めた。彼女の視線の先には、料紙の端がはみ出した藁蓋がある。

それを確認して、悠花は簀子縁へ出た。

西の空に滲む朱を眺めるふりをしていたら、「整いましたよ」と声がしたので、中へ戻って膳を前にした。ちらりと目をやると、藁蓋の下からはみ出していた料紙が見えない。

瓶《へい》から白湯《さゆ》を注ぎながら、女丁が問う。

「国主様はずっと、祇従様をお気に入りですね。祇従様も八社に帰りづらいでしょう。お困りじゃありません？」

きたなと、内心身構えながら、わざと嬉しげに応じる。

「帰らなくても良いかと思っているよ、このまま」

「あら、家人《けにん》にでも取り立ててもらえるんですか？」

さあ、と言って意味深に笑うと、女丁は勢いこんで膝でにじり寄ってきた。

「教えてください。ねぇねぇ、いいじゃないですか」

耳元に唇を寄せて囁く。

「和気様の妻や妾《みめ》になるという子たちは、新しく夫となる者の目星をつけた方が良いよ」

「なんですか、それは」

「さあ」

はっと片手で口を押さえて、女丁が目を見開く。

「国主様がそんな話を、祇従様にされたんですね」

「なんとも？」

微笑を返すと、「あらあら。大変なご信頼ですね」と言いながら、女丁はそそくさと出て行った。

夕餉が終わり膳も下げられ、枢戸《くるるど》も蔀《しとみ》も閉じ終えると、悠花は藁蓋の下を確認した。

案の定、料紙が消えていた。あの女丁が持ち去ったのだ。

「本当に油断ならないね」

思わず口にして小さく笑う。

あの料紙は、和気から悠火に宛《あ》てた文。無論本物ではなく、和気の手跡《しゅせき》を真似て悠花が書いたものだ。文字の癖を真似るなど、悠花には造作もない。なにしろ臨写で、暇すぎるほど長い時間を潰してきたのだから。

　文には、悠花の創作だが、和気が悠花を尊敬していて、これから力を借りたいと願っていると綴られていた。さらに、悠花を頼るに当たって御前衆や郡主を遠ざけ、それに連なるあの三人の幼子も遠ざけるとも。要するに悠花を、御前衆以上に重用したいと告げる内容だった。

　悠花の世話をしているあの女丁は、おそらく遠音に悠花の監視を命じられている。

　長年来須居城に勤めているということは、それだけ女丁として役割も多く地位が高いはず。その女が、わざわざ膳の上げ下げに来るなど不自然だ。さらにあまりにも、人との馴染み方が上手《うま》い。人の懐《ふところ》に入りこむすべを、心得ている者だ。遠音と蒲生の話を悠花に聞かせたのも、面白い噂《うわさ》話をもってくる女丁であれば、便利に使えると思わせるためだろう。遠音と蒲生の関係は、先代国主が亡《な》くなった今、もはや隠すべきことではない。

　女丁は、悠花が偽造したあの文を、遠音のもとへ持ち込むだろう。

（そして、さあ。遠音は何をしてくれるか）

□□□

申し訳ありませんと乳母が頭を下げるが、蒲生は「かまわん」と言ってさがらせた。

既に夜は風が冷たいので、蔀も枢戸も閉め、御床《ごしょう》の周囲も几帳《きちょう》で囲っている。さすがにまだ火舎《かしゃ》は出されていないが、床板に足を下ろすと冷えるので、御床の上で胡座をかいていた。御床の足もとに三つ足の結《むす》び燈台《とうだい》が一つ。蒲生の膝にしがみつくようにして眠った保喜の頬につく涙の筋が、灯火の陰影に揺れている。

狗栖雨屋の邸から、保喜は泣きながら戻ってきた。氷那加が申し訳なさそうに、どうして泣き出したかわからないし、いくら慰めても泣き止《や》まないと、泣きじゃくる保喜の手を引いて項垂《うなだ》れていた。

泣き出したときの様子を訊き、それは氷那加のせいではないと励まし、返した。

保喜が泣き出したのは、雨屋の妻、氷那加の母が、子どもたちがはしゃいでいる声を耳にして、一緒に水蟇を見ようと出てきてから暫《しばら》くしてのことだったらしい。氷那加の母が、あれこれと二人に話しかけながら水蟇を見ていたら、保喜が泣き出したという。

邸に戻っても保喜は泣き止まず、夕餉もとらず、蒲生の側から離れず、こうして御床で泣き寝入りした。

(母が恋しかろう。まだ四つだ)

保喜が国主の妻もしくは妾となるには、和気の近くにいる必要がある。和気は性質の柔らかい少年だ。長年親しんだ者を無下にできないだろうから、幼い頃から一緒にしておくのが肝要。

乃季海部以は娘を柵に連れ帰っているが、確固たる立場を築くつもりであれば、海部以も来須居に簡単な居を構え、娘の企貫を和気の近くに置くべきなのだ。その点で海部以は、ぬるい。娘が国主の妻や妾になるのがどれほど自分の力になるのか、わかっていないのだろうか。

保喜がこのように寂しがるのだから、妻の居所を、野辺柵から来須居に移せば良いのだが、それはできない。

遠音が――怖い。

蒲生が妻を娶《めと》ると知ったとき、遠音は酷《ひど》く嫌な顔をした。一族に勧められて娶った妻であったが、控えめで口数が少なく、ともにいれば安らぐ良い女で、自然と子を生《な》した。そして娘が生まれたと知った途端に、遠音はその娘を和気の妻の候補にすると言い出した。さらに雨屋と海部以の娘も、同時に。

蒲生にとっては将来を約束されたようなもので、願ってもない提案だった。

しかし実際は遠音が、娘を仲立ちにして将来を約束しつつも、それで蒲生を縛るつもりでいることが透けて見えていた。遠音から離れようとすれば、娘も含めた蒲生の立場がどうなるかわからないと、暗に脅しているのだ。従順であり、遠音の機嫌を損ねなければ、繁栄を約束する。そうでなければ娘ともども覚悟せよ、と。そういう意味だと蒲生は受け取った。

もし妻を来須居に呼び寄せたならば、遠音は腹を立てるだろう。何が起こるのかが、怖い。

しかも遠音ばかりではなく、来須居ではなにが起こるかわからない。

(なにしろ、あのような得体の知れない護領衆までもが入り込む)

美しい貌《かお》でなにを考え、企《たくら》み、和気に近づいたのかわからない。祈社から稀少本《きしょうぼん》をたずさえて鹿角音《かづぬね》としてやってきたのすら、意図あってのことかとも思える。

しかし皇尊《すめらみこと》が、護領衆を間諜《かんちょう》のように遣わすだろうか。皇尊を丸め込もうと勇んで龍ノ原に乗り込んだ遠音は、皇尊に全《すべ》てを見透かされ追い返されたのに——。

もしあの護領衆が和気に近づいたのには意図があるとしたら、それは彼個人の野望としか思えない。

気を抜けない。あの護領衆が和気に、どのような影響を与えるか未知数だ。和気が優れた少年であるのは蒲生も理解している。その彼が従順であることが、今のみならず、将来にわたっても蒲生の立場の安定につながる。

軒で風鐸が鳴った。

風が出てきたかと、蒲生は、娘と自分を護るように閉じた暗闇《くらやみ》の向こうを見据えた。

蒲生は十歳の時に学んだ。なにをしようが、上手く立ち回れば、罰せられることも批難されることもなく、のうのうとしていられるのだと。だから自分もそのように上手く立ち回り、のうのうと生きる。

この十二年——上手く立ち回った。これからも上手く立ち回るのだ。勝つ者に乗るのだ。うまみのある方に従うのだ。それが蒲生の信念だ。

湿った温かさの保喜の涙を膝に感じる。

己の右の頬に触れる。わずかに指に引っかかるのは、傷跡。

□□□

「ずっと気がかりでしたが、これで良いのでしょうか」

同じ折り本を覗き込んでいた悠火が、不意に訊いてきた。問いかけの意味がわからず、和気は、学友の美しい顔を見返す。

「なにがだ？　悠火」

「このひと月、わたしとばかり過ごしておいでですが」

内郭北殿の母屋《もや》で、文机《ふづくえ》に広げた一冊の折り本を、悠火と和気は一緒に覗き込んで意見を交わしていた。それは算術の書で、高さのわからぬものの高さを、実測することなく求める方法を記した箇所で議論になった。実測が不可能であるならば、どうやって算術で求めた数値が正しいと証明するのか。算術上の証明では数値を弄《もてあそ》ぶだけで、実態は違う可能性もないか。

　そんなことを話し合い、議論が混乱し、最終的にはなぜか来須居南門を打ち壊すような話にまでなり、莫迦《ばか》莫迦《ばか》しさに、ひとしきり笑い合った後だった。

「それが何か問題なのか」

　身じろぎした和気の肩が、悠火の肩と触れる。

「和気様は国主であらせられる。務めがおありでしょう。わたしがその時間を奪っているとしたら、方々から、苦々しく思われているやもしれません」

「良いのだ。わたしには、さしたる役目はない。もう、察しているだろう」

「おおよそは。だからこそ、良いのかと」

「良いも悪いも、このようになっているのだ」

　言いながら和気は折り本を手に取ると、両手に持ったまま床に仰向けになり、そこから腹ばいになり、顎《あご》を床につける。

　四方を几帳で囲ったその場所は、広すぎる母屋の中で、和気が悠火と過ごす楽しみのための空間だった。狭苦しさが親しみを深めるのに役立っている。悠火が来須居城に入った頃から季節は進み、格段に過ごしやすくなっていたため、こうして四方を囲われていても暑くはない。

　軒の風鐸の澄んだ音が寂しくさえ聞こえる。初秋になっていた。

　悠火は腰をずらして和気の顔の辺りへと移動し、膝を立てて座り、こちらを覗き込む。目が合うと彼は気遣わしげに微笑する。微笑は美しかった。

「今のご自身に満足ですか？」

「そんなはず、ないだろう。できるならば父国主がわたしに望んでいたような国主になりたい。母君が肩代わりしてくださっている全てを、自身で引き受けたい。でも年若いわたしにはまだ荷が重いと、皆が言う。だから、このようになっているのだ」

　ふてくされたような声が出てしまい、吾ながら子どもっぽいと感じた。

　悠火が心配するのは、わかる。

　国主であれば、毎日こんなに暢気《のんき》に過ごせるはずはないのだ。外郭の正殿に出向くことはほとんどなく、かといって御前衆や家人が和気を訪ねてくるわけでもない。和気には、学ぶことと剣と体の鍛練の他に役目がない。

　和気は幼子の頃と今、ほとんど変わらない生活をしている。

　それが異様なことであるのも、理解はしていた。だが遠音も御前衆も、和気に何も求めない。自分は何かするべきだろうと問うても、「時期尚早」「今のままで」「お任せください」と言われるばかり。

国主と呼ばれる自分が、これで良いのか？

疑問と焦燥は常に胸の中にあったが、遠音も御前衆も、誰一人とりあってくれない。問うても、問うても、優しく跳ね返される。

そんな毎日の中で、和気にとって悠火は変化だった。単調だった毎日に生まれた変化が楽しくてしかたない。

悠火との会話は面白く、興味深かった。さらに学識があり挙措が洗練され、美しい。神国である龍ノ原から遣わされた人を学友としていることが誇らしく、和気は彼と一緒にいるだけで気持ちが弾むのだ。

和気の中には、今まで学び続けた知識や思考が詰まっていて、それを外へ出したくてしかたない。そのためには刺激が必要で、悠火の存在が刺激となった。刺激され、和気の中から様々な言葉や思考が出てくる。悠火はそれを興味深げに聞き、問いを投げ、さらに和気の中から様々なものが出てきた。

「それよりも、先ほど悠火が言っていた、この記述は」

楽しい話題に引き戻したいと、折り本を繰りながら身を起こしたその時に、

「和気」

突然に几帳が押し開かれた。車百合《くるまゆり》の刺繍《ししゅう》を施した鮮やかな色の衣が、親密で清らかな空間に入り込む。

踏み込んで来たのは、遠音だった。

□□□

（来た）
遠音の出現に一瞬驚いたものの、すぐに悠花は、内心ほくそ笑んだ。
あの文――碌《ろく》でもない戯言《ざれごと》を書いたあの紙切れが、遠音を動かした。

四章 爪《つめ》

一

「母君」

　ふっくりとした柔らかな顔立ちをしている遠音《とおね》だが、このとき和気《わき》と悠火《ゆうび》を見おろした目には嫌悪《けんお》があり、それがひどく恐ろしかった。しどろもどろになり、動けない和気とは対照的に、悠火はすぐさま居住まいを正してひれ伏す。

「呆《あき》れましたね。本当にこうやって毎日のように、護領衆《ごりょうしゅう》と過ごしているとは。近頃ちっとも妻たちとも遊ばずに、なんたることですか。仲良くしないと、後々困るのは、あなたなのですよ」

　妻たちとは、蒲生《がもう》と雨屋《あまや》と海部以《あまい》の娘のことだ。和気は、遠音が幼子のことを妻たちと呼ぶのが嫌だ。自分があんな幼い者たちに懸想《けそう》しているような誤解をされそうで、それが、みっともなく恥ずかしい。

しかしあの幼子たちは政《まつりごと》を支える郡主《こおしゅ》の娘なので、彼女らを娶《めと》り舅《しゅうと》たちと良好な関係を保ち続けるのが重要なことなのも確か。あの子どもたちと親しく遊ぶことは、和気の、国主《こくしゅ》として唯一《ゆいいつ》の務めと言っても良い。

「ですが、母君。様々に議論を交わし、意見を聞き合える学友と過ごすのと、芋虫だ水《や》蠆《ご》だと持ってきて、勝手に目の前ではしゃぐ子どもたちと過ごすのと、どちらが楽しいかは、母君とて」

「楽しいですって？　あなたは国主なのですよ。国主が楽しい楽しくないで、やることやらないことを決めて良いのですか」

(国主？)

遠音の言葉に、常に胸にある疑問と焦燥が擦《こす》られ、細い煙をあげる。

「国主のやらねばならぬことが、幼い女の子たちと遊ぶことですか？」

いつもならば、言葉にしなかっただろうことが口から出た。悠火と議論ばかりしているせいか、自分の中にある言葉が、滑り出しやすくなっている。

整えた眉《まゆ》を、遠音は吊《つ》りあげる。生意気なことを言う、とその目が言っていた。

「国主には様々な政の役割があります。当然知っているでしょう。けれどあなたは、国主としての役割を果たすには学び足りないのです。だからせめて、今できる、妻たちと仲良くすることを」

「なにが足りませんか。わたしは随分と学問をしています」

「学問ではない、様々なことよ。それよりも……」

「どうやれば学び足りないものを学べるのですか。母君はわたしに代わり、国主の務めを果たしてくれていますが、母君はどうやって学びましたか」

遮ると、遠音はひどく嫌な顔をした。それでも答えてくれた。

「自然によ。自然に学べることなの。だからあなたはとにかく、妻たちと仲良くなさい」

自然に学べると遠音は言うが、しかし今のまま過ごしていて、どうやって学び足りないものを学ぶのか。自分は精一杯学んでいるはずなのに。こうして自然にしていて学び足りないというのは、自分に国主としての資質がないのか。

（わたしは……なんなのだろうか）

和気には、今の自分の延長線上に、何があるのか見える。幼い子どもたちのご機嫌をとり、いずれその子たちが成長したら妻にして、今と変わらずのうのうと過ごすだけ。

そんな者が国主ではないことだけはわかる。

そんな自分は何者だろうか。

なぜ遠音は、こんな自分をこのままにしておくのか。学び足りないなら、なぜ導いてくれないのか。

　悠火は学問について、ともに学びながらも導いてくれる。彼の方が知識が深いにもかかわらず、手を握り、同じ場所に引き上げようとしてくれているのを感じるのに。

　母である遠音は、なぜ悠火のようにしてくれないのか。

「そもそも、この者を招いたのが問題ですね。あなた、顔をあげなさい」

　沈黙した和気から視線をずらし、遠音が悠火に居丈高に命じる。その無礼な声に、和気はかっとした。

「母君！　彼は鹿《か》角音《づぬね》です。そのような物言いは」

「かまいません、和気様」

　顔をあげた悠火は、穏やかな表情で遠音を見る。

「あなたには、節度をもって国主様と接しろと言いつけたはず」

「節度をもって国主様とともに学んでおりますが？」

「ならばどうして、このようなことになっているの！」

　激高した遠音の手が、悠火の頬を打った。それを目にした瞬間、和気は立ちあがり、遠音の手首を強く摑《つか》んでいた。

「やめろ！」

　乱暴な一喝に、遠音が目を見開く。その驚いた顔を見おろし、和気の中から怒りが噴きあがる。なぜ、これほど遠音は驚くのかと。人を打擲《ちょうちゃく》しておいて、反撃されるとまるでこちらを批難するような目で見る。

「和気。なんなのですか、これは。手を放しなさい」

「ああ、いけません。御母君の手をそのように乱暴に……折れてしまいます」

別の声が遠音の背後からしたので、驚いて、遠音の手を放していた。

ひょいと几帳《きちょう》をずらし、蝶《ちょう》の図案を地模様にあしらった濃紺の大衣《おおきぬ》を身にまとった蒲生が、にやついた顔を覗《のぞ》かせる。

「おまえ、どうしてこんなところにいる、蒲生」

あまりにも驚いて思わず訊《き》いた。蒲生が和気を訪ねてくるなど、今までなかった。

「わたしが遠音様に、お願いしましたので。近頃、吾《わ》が娘の保喜《ほき》が、国主様にお目にかかれないと毎日泣いていますので、なんとかお目通り願えませんかと」

嘘《うそ》つきめと、和気は内心で罵《ののし》った。

三人の子の中で、保喜は一番幼く、まだ四歳だ。会ってもいつもぽかんとしていて、ことに和気を気に入っている様子も気にかけている様子もない。彼女にしてみたら和気は、遊び仲間たちと一緒に行く場所にある置物と変わらないはず。蒲生は、和気が自分の娘を放置し、学友と過ごすのが気に入らないだけだ。

蒲生が遠音の背後に寄り添うように立つと、和気の腹の中に、熱く嫌なものがうごめいた。遠音と蒲生の二人がまとまって見えると、彼らが別々にいるときには感じられない嫌悪がわく。

「ほらね、和気。蒲生もこう言ってるの。保喜も寂しがっているのだから」

なだめすかすように遠音が言う。先ほどの乱暴な振る舞いは許しますよと、言外に伝える声音。和気に対して遠音はいつものように、焦《あせ》らず苛立《いらだ》たず、目元に皺《しわ》を寄せて慈愛の笑み。

和気はその笑みを見て、「黙れ！」という乱暴な言葉が喉元《のどもと》までせりあがる。

同時に不快な記憶が蘇《よみがえ》り、唇を噛《か》む。

来須《くるす》居《い》に遷府《せんぷ》して十年。四歳で来須居城に入って以降、和気は遠音と別の殿舎《でんしゃ》で寝起きしている。国嗣《くにつぎ》たる者が、母君とべったりなのは望ましくないと周囲から言われれば、そうなのだろうと納得した。世話をしてくれる乳母《めのと》や女丁や、護衛の兵《つわもの》がいたので、ことに寂しい感じはなかったが、時に無性に母に会いたくなり、母の殿舎へ忍んでいくことがあった。

あれは七つか、八つの時。

夏の夜だった。簾《すだれ》の隙間《すきま》からこぼれる月の光が明るすぎて、目が覚め、無性に母が恋しくなった。和気は既に、ある程度の分別はついている年頃だったので、このように成長した男子が母恋しさにうろつくのは恥ずかしいとは思ったが、なぜかその夜に限って会いたくてたまらなかった。

御床《ごしょう》を抜け出し、当時、和気が寝起きしていた東殿《ひがしどの》から西殿《にしどの》まで一人で向かった。月は明るかったが、むしむしと暑い夏の夜で、風もなく、風鐸《ふうたく》の音がすこしも聞こえないのが気味悪かった。

西殿は、枢戸《くるるど》も蔀《しとみ》も全《すべ》て開いていたが、その全てに簾が降りていた。

枢戸に垂れた簾の前に立ったとき、中から遠音の呻《うめ》きが聞こえた。母が苦しんでいる。和気は急いで簾に手をかけて潜《くぐ》ろうとしたが、その前に「蒲生」と呼ぶ、遠音のかすれ声がした。続いて「遠音」と応じる男の声。

半分たくし上げた簾の向こうには几帳で囲われた場所があり、その向こうに御床が置かれていた。御床がきしんでいる。几帳と几帳の隙間から、中が見えた。

御床に遠音と蒲生の姿を見た。

息が詰まり、ぞっとして震えがきて、和気は逃げ出した。

それがなにを意味しているか、察しがついた。

宴《うたげ》の席で男たちが交わす下品な会話や、幼い和気への思わせぶりな問いかけ。父国主が人目も憚《はばか》らずにする、妻や、妾《みめ》の遠音や、果ては女丁たちの衣の合わせ目に手を入れるような振る舞い。具体的に行為の内容を理解していたわけではないが、数々のものから、そういった、和気にとっては気持ちの悪い触れあいがあるのだと察していた。

翌朝、あれはおかしな夢を見たのだと信じたかった。国主の妾たる、そして和気の母たる人が、家人《けにん》とあのような淫《みだ》らなことをするはずはない。

遠音は良き母だ。子を慈《いつく》しみ、子のために生薬を煎《せん》じたり、学問の師を探したりする。それはもちろん、夫である国主への尊敬と情愛があってこその、子への慈しみと献身だ。そんな母が、よりによってあんなことをするはずはない。

今も、そう信じたい。

だが和気の耳には、くすくす笑って噂《うわさ》する女丁たちの話が、時に聞こえてくるのだ。そして遠音と蒲生が並ぶと、どうしようもなく厭《いと》わしい。

そんな事実の全て、それに対する己の感情にすら嫌悪を覚える。

（穢《きたな》らしい）

胸に浮かんだ言葉が、思いがけず目の前にいる遠音に向かっているのだと気づき、和気は両手を握り固めた。

また鬼が、自分の中に入り込んだ。

こんな言葉が母に対して浮かんでしまうのは、子として低劣だ。それは知っているが、生まれる思いはどうしようもない。

（事実、悠火に比べれば、母君は美しくないのだから）

ふくれあがりそうな思いを押さえつけていると、先刻あれほどするすると出ていた言葉が詰まってくる。苦しい。自分が何を問いたいのか、何が言いたいのか、わからなくなってくる。

握った拳《こぶし》が震える。体の中にため込んだ不満と怒りが、外へ出ない。

こうしていつも、和気は黙った後に「わかりましたね」と念を押されてしまうのだ。

そして自在に言葉が出ないままに、ただ「はい」とだけ答えてしまう。

（今日も言うのか……はい、と）

奥歯を噛む。このまま「はい」と口にするのは、嫌なのに――。

「申し訳ございません。ひとつ、伺ってよろしいでしょうか」

静かな悠火の声音に、和気は彼を見やった。彼は、先ほど打擲されたことなど忘れたように、気負わない柔らかな表情で遠音に向かっていた。

「逆封洲《さかのほうしゅう》国主様の御名を教えて頂けませぬか？」

「知れたことを。末《すえの》和気です」

「では、この国で最も高きところにあり、誰の命も受けることなく、また国にある全てに命を下せる権をお持ちなのは末和気様で間違いございませんね」

遠音は鼻で笑う。

「当たり前でしょう」

悠火がこちらに、安心させるような微笑《ほほえ》みを向けた。

「だ、そうです、和気様。あなた様はどなたの命を聞く必要もなく、そして全てに命を下せる権をお持ちだ」

　なにに気づいたのか、遠音の顔色が変わる。

「あなた、それは……っ！」

「なにか？」

　遠音の声を遮り、悠火が鋭く、冷たく彼女を見やった。

「不都合なことを、わたしは申しましたか？」

　とっさの反論に窮して視線が泳ぐ遠音に、和気は目を見開く。

（母君はなぜ、今、悠火の言葉を否定なさろうとした？）

　悠火に問われた遠音は、国主のあり方を「当たり前」と認めたにもかかわらず、慌《あわ》てて否定しようとした。悠火が、それを、和気に向かって確かめるように言った途端に――。

　遠音と目が合った。引きつった顔で、無理に笑おうと歪《ゆが》んだ目元には、彼女の本性が現れていると気づく。

（母君は、わたしを国主と思っていない。そしてこれからも、国主とするつもりはない）

　ずっと不満で疑問だったことに答えが見える。

（母君は、わたしを慈しんでいる。だから気づかなかった。慈しみつつ、その権を奪うとは……わたしには考えられなかったから）

遠音の事実に衝撃を感じないのは、頭のどこかが理解していたからだろう。おかしい、と。しかしそんなはずはないと、心が、情けが、否定していた。

悠火は和気に向き直り、再び同じことを言った。

「あなた様はどなたの命を聞く必要もなく、そして全てに命を下せる権をお持ちだ、和気様」

様々な思いが乱れ渦巻く和気の中に、悠火の言葉が落ちてきた。

「今、下したい命はございませんか？」

問われて、急に気持ちが凪《な》いでくる。

丸腰で突っ立っていた自分に、切れ味鋭い太刀を渡されたような気がしたからだ。自らの手にある刃《やいば》が頼もしく、同時に刃をあつかうために、自身を律する緊張感が走る。

そんなものが心を鎮《しず》めているのだ。

大きく息を吸い、深く吐いた後。

突然だった。

静かに、ぐるりと、自分の中の何かが反転した。

（そうか——、そうだ。国主であるのは、わたしだ）

当然知っていることではあったが、実感がない——というよりは、その立場でどう振る舞えば良いかわからなかった。

同じ国主でも、父国主のように振る舞っていいのか？　そしてあのように振る舞うには、いったい何を望めば良いのか、どんなふうに何をすればいいのか？

戸惑っていると遠音をはじめ御前衆《おんまえのしゅう》は、こうしろああしろと言った。国主となったとき十一歳だった和気は、頷《うなず》き、従った。そして今まで過ごしてきた。国主としての振る舞いが、わからないままに。

だが、今、悠火が示したものは単純で明瞭《めいりょう》だった。これが国主としての振る舞いだというなら、迷いなく的確に応じられる。

「母君、蒲生。ここはわたしの居所です。入って良いと許してもいません。この場から、出て行って頂きたい」

難なく言葉が出た。

唖然《あぜん》とした表情だった遠音が、ひゅっと大きく息を吸い、金切り声に近い声をあげる。

「何を言うのです、和気！　母に向かってそのような口をきくのは、許しません」

和気は、真《ま》っ直《す》ぐ遠音の目を見つめた。怒りに震える声も、眉間《みけん》に皺が寄った表情も、紅を引いたわななく唇も、冷静に醜いと思った。

誰も国主である和気に命令する権を持たないはずなので、遠音は和気に「許さない」と言えないはずだ。言えないこと、言ってはならないことを口にする遠音は歪んでいて、歪んでいるから醜いのは当たり前ではないだろうか。

たとえ母だとしても、醜い者は醜い。

猫なで声や笑顔で和気を慈しむ一方で、和気から国主としての力を奪い続けているその歪みも、醜い。

こんなふうに思うのは、自分の中に鬼が入り込んだからだ。鬼のせいで、母に対する情を失っているのだ。しかし情のせいで、醜い者を醜いと正しく見られなくなるならば、鬼もまた必要なのではないか。常に、鬼に支配されたくはない。だが必要なときには鬼を身内に入れるのも必要かもしれない。

「命じる。出て行け」

遠音は動きを止め、唇を震わせている。蒲生は、目の前にあるものの細部を見ようとするかのように、目を眇《すが》めた。

□□□

ぞくぞくと悠花《はるはな》の背筋が痺《しび》れる。

（——ああ……、小気味よい）

限界まで膨れた爪紅《つまくれない》の実に、悠花は爪を立てたのだ。そして実は弾《はじ》けた。

弾けたそれに快感に近い愉悦を覚えた。

聡《さと》いがために己を律しがちな和気の心は、弾けなかった。彼の生活は、心地よくお膳《ぜん》立《だ》てされているために、穏やかなものばかり。そうして絹でくるむようにして、やわやわと和気を抱き込んでいた遠音自身が、弾けるきっかけを与えた。

さすがに母だと、内心で皮肉に嘲笑《ちょうしょう》する。

遠音は自分が母であることを最大限に利用し、吾が子を情で縛り、徹底して手《て》懐《なず》けていた。子を思いのままに動かし、動かし続けたいがために——悠花の策に足を取られた。

偽《にせ》の文を目にした遠音は腹を立てただろうが、密《ひそ》かに殺そうと目論《もくろ》むほどに、悠花を危険とは見なさなかった。物腰の柔らかい神職はくみし易いと踏み、和気を説得し叱責《しっせき》すれば事足りると考えた。そうすれば和気はしおれ、いつものように「はい」と従順に頷く。そして悠花を追いだす。

およそそんなふうに事が運ぶと、遠音は想像していただろう。今までたいがいのことは、そうして終わらせてきたに違いない。今回も同じように片付けられると思っていたはずだ。

遠音は、とことん和気を侮《あなど》っていた。

他者への侮りから失策を犯すのは、才に溺《おぼ》れる者にありがち。

いずれ国主として和気が実権を握るべきと遠音が考えているとするならば、和気は既に政に関わっていなければならない。関われるだけの資質は、充分にある。

しかし十四歳になった今も、このような日々を送っている。これは遠音が、和気に実権を握らせるつもりがない証左だった。そのために徹底的に和気を支配していたのだ。

だが。

子というのは、親が予想するより遥《はる》かに大きくなっていく。抑え込みがたくなるものだ。それに遠音は気づいていなかった。

ずっと――子どものままだと錯覚していた。

弾けたものは戻らない。和気は自在になり、身内にため込んだものが国主の形になろうと激しく動き始めるだろう。

二

遠音に「出て行け」と命じた翌日から、和気は次々と、兵介《つわもののすけ》、蔵介《くらのすけ》、刑介《ぎょうのすけ》を内々に内郭北殿《きたどの》に呼びつけた。さらには郡家《こおけ》の四人の郡介《こおのすけ》も呼んだ。彼ら一人一人に話を訊き、必要な書類を山のように運ばせ説明をさせ、また次の者を呼ぶ。

遠音も蒲生も、その後は和気に一切関与してこなかった。和気はその代わりとばかり、国庁《こくちょう》や郡家の役人に話を聞き、自分で政の実態を掴もうとした。

聡明《そうめい》で勤勉な少年は、瞬《また》く間に国の動きを理解した。その間、たった七日。集中力と記憶力と理解力はすさまじかった。

さらに和気は、狗栖《いぬすの》雨屋を呼び出し命じた。御前衆の二人、野辺郡《のべぐん》郡主関金《せきがねの》蒲生、行方郡《なめかたぐん》郡主狗栖雨屋。さらには兵所《つわものどころ》、蔵所《くらどころ》、刑所《ぎょうどころ》の守《かみ》。浦津郡《うらつぐん》郡主乃季《のずえの》海部以。以上の六名は、六日後の初刈日に、来須居外郭の正殿《せいでん》へ参れと。

和気は重臣たちを呼び集め、今後は遠音ではなく、何事も和気に伝えて判断を仰げと厳しく命じようとしていた——しかし。

六日後の、その日。

重臣たちが正殿にそろえば、和気が呼び出される手はずになっていた。

悠花は不安を抱いていたが――あえてそれは和気に伝えていなかった。先回りして良いことばかりとは、限らないのだ。たとえそれが和気に傷を与えるとしても。

濃紫《こむらさき》の大衣と冠を整えて待つ和気は、高揚を隠せない。うろうろと歩き回るので、悠花は笑って「落ち着きなさいませ」と言って、座るように促した。

女丁に運ばせた通草《あけび》の実に匙《さじ》を添え、和気の膝前に置く。

以前と同じく、悠花は毎日北殿へ来てくれと求められていた。だが役割が変わった。和気が家人たちに話を訊いている間、悠花は彼の背後に控えている。和気が時に疑問を抱いたり、あるいは意見を求めたいときに、「どう思う」とふり返るので、それに応じるといった役どころだった。

「確かに母君は、よく考えておられるのだ」

すこしうわずった声で、和気が言った。歩き回らない分、喋《しゃべ》っていなければ落ち着かないのだろう。

「どのようなところで、そのように感心なさいましたか？」

「例えば、これだ。戸津《とのつ》に、他洲の商人たちを広く受け入れているとは知っていた。そのやり方が、うまい」

　薄紫の通草の実を手に取った和気は、実を匙ですくい口に含む。種を土器《かわらけ》に吐きつつ、傍らの書面に目を移す。それは野津郡《のつぐん》の郡介から渡されたものだ。

「どこの洲でも、自国他国問わず、商人には対価を払わせて港を利用するための允許《いんきょ》を出す。だが戸津は允許を得るのに対価は必要ない。郡家に申し出れば允許がもらえる。こうなれば商人たちは自然と集まる」

「それでは逆封洲に、損が出ませんか？」

「商人が集まれば荷の売り買いが活発になるから、民は仕事が増え潤《うるお》い、損ばかりとは言えない。だが允許から得られる益は、国に入らない。そこで允許に階位をつけている。普通は三年間の允許、六年間の允許と、允許の期限を定めることしかしないのだが、普通の允許の上に、甲種允許、乙種允許、丙種允許と上位允許を定め、それを得るには郡家に申し出るとともに見合った対価を払う」

　涼しい風が吹き、和気の薄茶の後れ毛を揺らす。頰に煩《うるさ》く触れるそれにも、彼は気づかぬらしく言葉を続ける。

「上位允許を持てば優遇されるのだ。馬や荷車をあつかう駅家には、上位允許の商人を優先しろと達しが出ているし、船の繋留《けいりゅう》位置にしてもしかり。戸津や来須居に荷置きの倉を造るのも許される。さらに上位允許を持つことが、商人の地位につながると示すために、上位允許の者には、船や舗《みせ》に掲げるための旗を郡家が授ける」

「旗ですか。なくてもかまわないものに思えますが、重要ですね。虚栄心をくすぐることで、上位允許の価値を高めている」

和気は深く頷く。

「提示されれば、なるほどと思う。しかしわたしに、その考えは浮かばない。允許という秩序を維持するのに、必要不可欠な要素ではないからだ。さらに上位允許の者が増長するのを抑えるため、上位允許の期間は二年のみ。二年ごとに郡家に申し出が必要で、査閲を受け、認められれば対価を払い上位允許を持ち続けられる。允許というたった一つのことについても、これほど母君はよく考えている。確かにわたしでは、学び足りないことがあるのも事実だ」

書を読み思考を弄《もてあそ》ぶのに終始していた和気の熱が、一気に現実の政へと向かっていた。語る口調は力強く、学び足りないと言いながら楽しげだ。

「だが、国主はわたしなのだ。学び足りなくとも、国主として立たねば。わたしは何者でもなくなってしまう」

悠花は目を細める。

(日織《ひおり》も、同じように言っていた)

未熟なのを充分知っていながら、日織も龍《たつ》ノ原《はら》を変えたいと願い、皇尊《すめらみこと》としてあろうとしているのだ。悠花はそれを助けるために、ここにいる。

同じくここに、己の未熟を知りながら国主として立とうとする少年がいる。彼に気づきを与え、心に爪を立て、解き放ったのは悠花だった。

これは望んだ深入り。彼を解き放つだけ解き放ち、自分は姿をくらますほど残酷な真《ま》似《ね》はできない。もはや行き着く先まで、行くしかない。

「国主様。正殿へお運び願います」

家人が現れ促し、和気は立ちあがった。一緒にと請《こ》われ、悠花も和気の背後に従う。

長い回廊を吹き抜けるのは、心地よい秋風になっていた。

正殿東の階《きざはし》から簀子《すのこ》縁《えん》へとあがり、巨大な枢戸の前に来る。家人はそこで膝をつき叩《こう》頭《とう》した。その前を通り抜け、高い敷居をまたぎ越えて母屋《もや》へと踏み込む。

正殿は静まっていた。

中へ一歩入ると、和気が立ち止まる。立ち止まり、愕然《がくぜん》と母屋を見回す和気の背中越しに見えた光景に、悠花は目を伏せた。

(やはり、か)

母屋最奥《さいおう》には几帳に囲われた国主の座があり、その近くに御前衆の狗栖雨屋が座していた。母屋の中にいるのは、雨屋一人だけだった。

「……どういうことだ」

震え声で呟《つぶや》くと、和気は早足で雨屋のもとへ向かい、彼の前に膝をつく。

「これはどういうことだ、雨屋！」

鬢《びん》に白いものが混じる御前衆は、これも白いものが混じる口髭《くちひげ》に軽く触れてから、言い辛《づら》そうに口を開いた。

「関金蒲生は体調が悪く、参上はかないませんでした。兵守《つわもののかみ》、蔵守《くらのかみ》、刑守《ぎょうのかみ》は、急遽《きゅうきょ》内郭の正殿へ呼ばれてそちらに。乃季海部以は浦柵《うらさく》におりますゆえ、参上に間に合わず」

蒲生の体調不良はあきらかに仮病だろうし、海部以が間に合わなかったというのも、怪しい。わざわざ和気が初刈日に参上せよと命じたのは、その日は稲作の神に拝礼する日であり、各郡主は来須居の稲神《いねのかみ》の社《やしろ》に早朝参るのが慣例だからだ。

さらに兵守、蔵守、刑守は、急遽内郭の正殿へ呼ばれたというが、内郭正殿は、遠音が家人を呼ぶ場所。遠音はわざわざ、同じ時に呼んだに違いない。そして和気と遠音に同時に呼ばれた三人は、遠音を選んだということ。

「おまえも同じだな、雨屋」

涙声で和気が発した問いは、鋭敏すぎるゆえに気づいてしまった事実だった。雨屋は目をそらす。それが答え。

「直接わたしから命じられたから、致し方なくここに来たが。そうでなければ、おまえも来なかった」

「国主様には、国主様のお役目がありましょう。それをなさるが、よろしいでしょう。他は、吾らと母君がいたしましょうほどに」

俯《うつむ》いた和気の肩が震えている。屈辱の涙を堪《こら》えているようだった。

悠花はこうなるのではないかと、予想はしていた。

前国主が身《み》罷《まか》って三年間、権力を握り続けた者がいるのに、いくら国主といえど、なんの実績もない者が旗を振っても誰も信頼しないし集まりはしない。十四歳の少年のもとに、誰が安心して集まるというのか。

和気はこの現実を知る必要がある。だからあえて、悠花は止めなかった。

（しかし、なんたる侮辱か。今すこし、手加減のあるやり方をしてくると思ったが）

和気と同じ時に兵守、蔵守、刑守を遠音が呼んだのは、見せつけるためだ。現実を突きつけ、和気の反抗心を叩《たた》き潰《つぶ》し、誇りをひねり潰す、徹底したやり方。容赦がない。容赦がないからこそ、遠音は支配者として優れているかもしれない。

震える背中を見つめていると、悠花の中に滾《たぎ》るものがあった。

（吾が子への仕打ちがこれか？　従わぬから？）

日織が侮辱される姿と、和気が重なる。

自分への侮辱や侮りであれば、悠花はまだ平静でいられるかもしれない。皇女《ひめみこ》と偽り続けていた悠花という者が、果たして何者であるのかわからないからだ。悠花を侮辱されても侮られても、どこか自分ではない気がするし、それは悠火と名乗っていても同じ。正体がないから、侮辱されようが侮られようが、薄い紙一枚隔てた他人事《ひとごと》。だが悠花が慈しむ者を侮辱し侮られると、憎悪を覚えた。

今、腹の底に不快な熱を覚える。それで自覚するのは、悠花は随分この少年に情がわいているということ。

逆封洲の実情を知るために近づいたが——無邪気に悠花の懐《ふところ》に飛び込んだ獲物《えもの》は、狭い場所に押し込められていた。賢く素直で、大きな力を秘めていながら窮屈に閉じ込められる様子に、自分を重ね、それを解き放った。あまりにも深入りし、そしてそれによって、悠花の心に和気も深く入り込んだ。

俯いたまま立ちあがった和気は、無言で正殿を出た。悠花も従う。

(せっかく解き放ったのだ。こんな惨《みじ》めなままでは、いさせない)

和気は国主になろうとしている。何者かになりたいと漠然としている悠花よりは、ずっと真っ当に真っ直ぐに、あろうとしている。

回廊を抜け、居所へと向かう途中で、内郭正殿から女の高笑いが聞こえた。遠音の声だろう。

「母君は、なぜこんなことをなさる。慈しんでくれていると思っていたのに、わたしを」

「なんの疑問も抱かず、逆らわず、ただ素直に従う御子は、真実可愛《かわい》いし、慈しんでいたでしょう」

悠花の答えに、和気は立ち止まってふり返る。

「従わなくなれば、慈しまぬのか？　可愛くなくなるのか？」

「そういう者も、ありましょう」

「それは、わたしが可愛いのではなく、従う者が可愛いだけではないのか」

「仰《おつしや》る通りです。そういった性情の者は、真実には他者を慈しむことができぬ者」

和気の目には涙が光っていたが、そこにさらに怒りがみなぎる。

「わたしは、なぜ、今まで従わねばならなかったのだ。わたしを慈しまぬ母に。そして、なぜ、わたしはこのような母に全てを奪われているのだ！」

拳を握りしめて微《かす》かに震える手首を、悠花は励ますように強く握った。その強さに、和気が驚いたように悠花を見る。しばし見つめ合った後、悠花は静かに言った。

「奪われたものは取り戻すのです。逆封洲の政から、遠音様を取り除きなさいませ」

和気は目を見開いた。

「それは、まさか命を？」

「いえ。そんな単純なことでは、政が崩壊し、和気様の手になにも残らない。遷府がなされたことにより、旧府に根をはっていた末一族は、政から遠ざからざるを得なかったはず。さらには、郡主からも末の一族が消えております。和気様も、前浦津郡郡主とその嫡子《ちゃくし》の死には不審がありましょう」

「二人の死の知らせを聞いて、おかしいと思い続けていたが」

「不自然な死にもかかわらず、遠音様も御前衆も、刑所も、早々に事故と判断した」

和気は唇を噛むと、冷ややかに呟いた。

「彼らの死は、母君の指示に違いない。わたしにすら、この仕打ちだ」

「かように国主一族による支配が、この国からは消されています。そうしたのは遠音様。末一族の力を十数年かけて消し、政の中心を、自身の意で支配できる者たちに入れ替えた。だから遠音様の支配が今、成立している。逆封洲は、国が興《おこ》って十数年、下手をしたら数年の若い国だと思っていい。しかしだからこそ、良い。だからこそ、やり方があります」

悠花は和気の濃茶の瞳《ひとみ》を覗き込む。

「忠義心や誇りをもって仕える者の心を変えるのは、容易ではありません。そのような者に支えられているとしたら、遠音様を見限らせるのは難しい。しかしあの方を支えるのは、利になびいた者です。利になびくなら、見限るのもまた利による。和気様のお立場であれば、利になびく者に、利するのは可能です」

「わたしの立場？」

「国主の立場。その権です」

「しかしわたしの権をしても、誰も集まらなかった」

「あなた様自身すら、その権があることに今まで気づかなかったのです。家人は当然気づいていない。だから気づかせるのです。そして遠音様を除くのに必要なものを、手に入れるのです」

「必要なもの……母君を除くのに……。まずは……力か」

口にした後、和気は沈黙した。涙の余韻はあったが、目には思考の輝きがあった。

「国軍の将は野津柵《のつさく》にいる、羽頭飛立《うずのひたち》という者だ。野津柵あたりの郷《ごう》の出で、国主に長年仕える家人の一族ではなく、十数年前に取り立てられて野津の軍団にいた者だ。それが四年前の附義洲《ふのぎしゅう》との小競《こぜ》り合《あ》いで国軍の将が討ち死にしたために、急遽国軍の指揮を執り、敵軍を退けた。その功で、父国主がそのまま国軍の将として取り立てた」

しばらくして和気は呟く。

国軍の将とはいえ、羽頭飛立の名と出自と経歴を和気が記憶しているのに、そら恐ろしいものを覚える。

和気がその情報に触れたのは、七日前。貪欲《どんよく》に様々なことを学ぼうとしているとき、持ち込まれていた書面の中に、ちらりと見ただけだろう。

(惨めなままでいさせないとは、おこがましいやもしれない。この子は、惨めなままでいるはずがない)

ぞくぞくと、面白い。切れすぎる刃を目の前に見るようだ。

「その者を呼ぶ」

顔をあげた和気に、確かめる。

「密かにですね」

「そうだ。誰にも知られぬように」

回廊の脇《わき》になびく桔梗《ききょう》の花は、終わろうとしていた。褪《あ》せた色の青紫の花が、力なくしぼんでいる姿が目立つ。回廊の向こうの端から、園丁が二人、手に籠《かご》を持ち、枯れかけの花を毟《むし》りながら近づいてきている。

「あとは、母君を除くのに、わたしに必要なものがある。それがあるからこそ、母君が権を握っていられる——才。わたしはそれを学ばねば」

遠音が陰の国主となってから逆封洲は貿易で潤った。その才を恃《たの》むところが、家人たちにはあるはずだ。

悠花は首を横に振る。

「和気様は仰いました。遠音様の考えたことは、自分には浮かばないと。その考えを自ら体得するのも一つの方法でしょう。ですがどれほどの知者も、一人の知恵は一人の限界を超えず。そしてどれほどの腕力に優れた者も、一人の力は一人の限界を超えません」

　はっと和気は息をのみ、それから苦笑する。

「そうか。しかもその方が早い。知者も強者も召し抱える。国主には、抱えまとめる才があれば良いか。存外簡単だ。極論、国主とは、頭が空っぽでも、懐が広く深ければ良いのだ」

　和気の理解は早く、思考は明晰《めいせき》だ。

「しかし、抱えるべき才を見つけるのが難しいだろう？」

「難しゅうございます。しかし幸いなことに、遠音様に代わる才については、あてがあります。知恵者で野心もあり、しかも道理がわかる人物にも信頼されている。その者に書札《しょさつ》をお願いいたします。わたしが直接、届けましょう」

　握っていた和気の手首を、悠花は放した。今まで自分が、彼の手首を握り続けていたことに気づかなかった。悠花も、吾知らず昂《たか》ぶっていたらしい。

「幾日かかりましょうが、必ずお届けします。国軍の将、羽頭飛立を呼ぶのにも日数が必要でしょう。その間、和気様は、数日おきに雨屋様に、御前衆と兵守、蔵守、刑守を呼ぶようにと命じなさいませ」

「命じても、集まらぬ」

「それでよろしいのです」

応じると、和気はすぐに気づいたらしく悪戯《いたずら》っぽい目をした。

「なるほど。癇癪《かんしゃく》もちのように、すれば良いのだな」

「はい。ご存分に」

翌日。来須居城内に騒動があった。朝餉《あさげ》の後に国主和気が、いつものように祇従《ぎじゅう》の悠火を呼ぶよう女丁に申しつけたが、彼の姿が客殿から消えていたのだった。

悠火の世話をしていた女丁は、いつも通りに朝餉を召し上がったと言うが、それ以降誰も彼の姿を見ていない。

和気が騒ぎ、城内をくまなく捜させたが見つからない。八社《はっしゃ》にまで人を走らせたが、そこにも悠火の姿はなかった。従氏《じゅうし》もなにも知らないらしく、悠火が行方知れずと聞くと、目を丸くしていた。

稀少《きしょう》な巻子《かんす》本《ぼん》は客殿にそのまま残されていたので、東の倉に入れられた。

和気は意気消沈して北殿に籠《こ》もった。

城内では、こう囁《ささや》かれた。

和気の命では家人が集まらなかったのを目《ま》の当《あ》たりにした祇従殿は、わかったのだろう。和気に取り入るうまみはない、と。だからさっさと逃げ出したのだろう、と。

龍ノ原から遣わされた鹿角音は、顔に似合わぬ俗物だった、と。

悠火が消えた二日後、再び和気は雨屋を呼び出し、主だった家人たちを集めるように要求した。雨屋は渋り、無意味だと拒絶した。

すると和気は国主からの命として、御前衆と郡主、兵守、蔵守、刑守へと、呼び出しの文を直接送ったが、各々《おのおの》からは、やむを得ぬ事情により応じかねる旨《むね》の文が返ってきたのみ。

それで和気の動きが止まるかと思われたが、さらに、各郡の郡介、兵介、蔵介、刑介、他にも幾人かに国主からの文が届いた。先般と同様に政の内情を知りたいので説明にあがれと命じたものだった。ほとんどの者は国主の命に逆らえないと応じたが、一部は、自らが直接仕える守や郡主の顔色を窺《うかが》い、応じなかった。

その後も和気は、御前衆だけでも呼び出そうとした。しかし二人の御前衆は病と称して動かない。

遠音に反抗する涙ぐましい努力でしかないと、家人たちは冷ややかに見ていた。

いくら賢くとも所詮《しょせん》は書ばかり読んでいる頭でっかちの子ども。どのみち遠音の権には、十四歳の少年ではおよばないと。

三

崖《がけ》の縁に悠花は立っていた。

もうどのくらい時間が経《た》ったかわからないが、その場を離れるのは惜しかった。

足の下は縦に裂けた岩の連なりで、目眩《めまい》がするほどに高い。崖は海に落ちこみ、大きな波が打ち付け、岩の隙間を洗い、舐《な》めて、引いていく。そしてまた押し寄せる。

崖を眺め下ろして飽きない悠花に、背後に立った比多《ひた》が苛立ちながら声をかける。

「もう、充分でしょう。あんまり長居されると、あなたを突き落としたくなります」

海から吹く風を頬に受けると、粘つくような湿り気があり、かいだこともない辛い香りがした。海というものを初めて見た。その広大なこと、恐ろしいほどにどっと鳴ること、波が寄せて崖に砕ける様が力強いこと、いつまでも眺めていられそうだった。

「突き落とされては、かなわないね」

ようやく決心がついて身を翻《ひるがえ》し、馬を引いている比多のもとへと戻ると、木陰で身なりを変えた。ここに到着するまで大衣を身につけていたが、それを護領衆《ごりょうしゅう》の黒の衣に替えたのだ。

「衣をあれこれと、大変ですな」

木陰から出てきた悠花に、比多が呆《あき》れ顔で言う。

「護領衆の姿では、都合が悪かったからね。なにしろ来須居城を逃げ出して来たのだから。城では、龍ノ原からやってきた鹿角音はとんでもない俗物だったと噂されているはずだ、きっと。愉快だね」

「行きましょう」

馬の轡《くつわ》を引いてさっさと歩き始める比多に並ぶ。

「馬に乗りますかと訊かないのだね」

「ねだられればいざ知らず。俗物と噂されて、愉快がれるようなおかしな人を乗せては、馬が可哀相《かわいそう》です」

ちらっと、悠花を見やる。

「乗りますか」

「いや、結構。馬が可哀相だから。それに歩くというのは、存外楽しい」

それは龍ノ原を出てすぐに知ったことだ。龍ノ原から逆封洲までの旅路、歩き出すとすぐに足裏や指先が痛み、見ると、皮膚が赤く浮いて剝《む》けているのには最初ぎょっとした。たいした傷でもないのに、じくじくといやに痛むのにも閉口した。その時に比べて今は歩き方も随分慣れたので、むやみに傷を作らなくてすんでいる。

崖を下る道からは、逆封洲最大の津である戸津が見渡せた。

ゆるく弧を描く海岸には、突堤が三本のびていた。どれも石積の強固な作りで、船が何隻《せき》も係留され、荷の上げ下ろしをしている。沿岸には板葺《いたぶ》きの荷置き場が並ぶ。荷置き場と船の間を、まるで蟻《あり》のように、荷を担《かつ》いだ人々がめいめいに、しかしある程度の規則性で移動している。

突堤を遠く抱いて弧を描く沿岸東西の端が、岬のように突き出ていた。よく見ればそれは点々と途切れており、小さな島々が連なっていた。戸津は、そうやって突き出た東西の岬と、連なる島々のおかげで波穏やかなのだ。

島影に、船が係留されていた。修理をする場所なのか、帆が外された船には船大工らしい人影があり、槌《つち》の音が高く海面に響いている。沖合にも船の影があるが、これは荷の揚げ下ろしの順番を待っているのだろう。それほどに津には活気があった。

三日前、悠花は来須居城を抜け出た。

駅家に向かい比多と会い、戸津へ行く供を頼み、一緒に来須居を後にした。

協力者が必要になるとわかっていたので、悠花は和気が政を学び始めてからすぐに駅家に伝言をし、比多に、来須居に留まるようにと伝えていたのだった。

城を抜け出すときに、和気が用意した大衣に着替え、戸津までその姿で通した。

比多は悠花が護領衆でないことはとうの昔にわかっていたし、何かを企《たくら》んでいることも察している。また何をするのかと、ひどく胡散臭《うさんくさ》そうではあったが、何も訊かなかった。

　戸津の町に入ると、掘立柱《ほったてばしら》に板葺き小屋の舗が並んで、塩や香料、生薬、玉など、値の張る物を売っている。舗の隙間を埋めるように露店が並び、こちらは干した魚や海藻、貝などが売られ、それらの籠《かご》から流れる潮水で、地面は至る所ぬかるんでいる。

　威勢の良い物売りのしゃがれ声などをかわしながら、ごみごみとした中を抜けると、荷置き場近くへ出た。

　荷置き場を見おろす道沿いに、いくつか邸《やしき》が寄り集まっていた。どの邸も、床を高くした建物が二、三棟板塀に囲われており、庭に井戸もある。上位允許を持つ商人たちの邸だ。

　目的の邸を見つけると、案内を請う。

　来須居を出る時に、この邸を訪問する旨をしたためた文を、来須《くるす》川を下る川船の船頭に預けて、届けるように頼んでいた。来須居から戸津まで、川を下れば一日半だ。

　悠花も川船に乗れば早かったはずだが、人目に立ちたくなかったので陸路を行った。しかもいくら早く戸津に入ったところで、会いたい人物が留守では意味がない。そこで事前に知らせを送ったのだ。

　会いたい人物が船に乗っていなければ、会えるだろう。その人は商人で船乗りではないから、特別に事情がない限りは船には乗らないはずだ。さらに、戸津を主な活動の場にしていると聞いていたので、邸にいる可能性は高い。

事前に知らせてあったので、悠花はすんなりと一番大きな建物へと通された。

邸の主《あるじ》は戸津にいるが、外出中らしい。日に焼けた皺深い顔の、元水夫《かこ》らしき下働きの老人が、「遣いを出しましたから、船主さんはすぐに戻ってきなさいます」と、笑顔で言った。

比多は、邸の厩舎《きゅうしゃ》に馬を預けに行った。馬を大切にする彼女は、そこで馬の手入れをするのだろう。

菰《こも》を重ねて折った上に毛織物を被《かぶ》せた、ふかふかの敷物の上で、出された白湯《さゆ》の椀《わん》を手にしながら、悠花は室内を見回す。

室《へや》の奥は透かし彫りの板で間仕切りがされており、その向こうの壁に、さも恭《うやうや》しく吊《つ》り下げられている衣が目に入った。

龍ノ原の衣装だ。それに見覚えがあった。細い蔓《つる》と小さな葉があしらわれた地模様が浮く、光沢ある絹。思わず立って近づくと、消えかけてはいるが、衣からは微かに白杉《しらすぎ》の香りがする。不意に胸が痛む。

（これは、日織？）

触れると、絹のなめらかな感触が得も言われず懐《なつ》かしい。

（こんなところで……あなたに）

衣を抱きしめたい衝動がおこったそのとき、甲高い声が聞こえた。

「中か!?　中にお通ししたのだな!?」

はっと我に返り、敷物の方へ戻り腰を下ろすと、小柄でふっくらした体躯《たいく》の男が早足に敷居をまたいで入ってきた。後足を敷居に引っかけ、危うく転びそうになったのを立て直し、ひょうけた仕草で首をすくめ「いや、失礼」と詫《わ》びながら、悠花の前に座った。腰を落ち着けた途端に、その小さな目を見開く。

「や、これは……お美しい」

微笑みつつ、悠花は名乗った。

「皇尊の側《そば》に仕える代祇《だいぎ》の空露《うつつゆ》の下におりました、祇従の悠火と申します。はじめまして、東二《とうに》殿」

東二の身なりは、上位允許を持つ商人にしては質素だ。丈短の衣にこれも丈の短い裾《すそ》を絞った袴《はかま》。どちらも木綿で、渋い色がどことなく褪せている。髻《もとどり》を包むのも、黄みがかった白布。

「いやいや、不躾《ぶしつけ》に申し訳ありません。あまりにも、お美しいので。東二にございます」

ははっと笑って額を叩くと、東二は頭を下げた。

「わたしは身分もない、ただの護領衆。上位允許をお持ちの東二殿に、頭を下げてもらえるほど偉くはありません」

顔をあげた東二は、軒に下げられている、重ねた絹に金糸で甲という文字が分厚く刺《し》繍《しゅう》された小さな旗を横目で見る。

「便利だから買ったままでのこと。買えたからとて、わたし自身は、偉くもなんともないのです。が、時に、偉いと勘違いさせられてしまいますな。まあ、国主《こくしゅ》様は皆に勘違いさせたいのでしょうが」

執政者への皮肉がその目に見えたのは一瞬で、再び愛嬌《あいきょう》のある表情で身を乗り出す。

「して、龍ノ原の護領衆がかような場所にお見えとは、なんの御用でしょうか。皇尊が、わたしに御用でもおありでしょうか」

「わたしは今、鹿角音《かづぬね》として逆封洲の八社に遣わされております。皇尊の御用で参ったのではないのです」

「鹿角音を。それはまた、ご苦労様です。しかし、では、なんの御用が？」

「それは、おいおい。まず東二殿に伺いたいことがありまして」

「わたしがお答えできることならば、何なりと」

愛想の良い合いの手に乗るように、問う。

「もし皇尊が、龍ノ原の民を安堵《あんど》させ潤わすために、なにかしたいとお考えのとき、あなたに意見を求められたとします。なんとお答えになりますか？」

東二は、小さな目を瞬《しばたた》く。

「藪《やぶ》から棒ですな」

「ええ。唐突ですね、申し訳ない。けれど答えて頂きたいのですが」

「と、言われましても。わたしは商人ですから、商人としてしか、考えられませんが」

「それで良いのです。伺えますか？」

駄目ですかと問うように、小首を傾《かし》げる。東二はどぎまぎしたように胸を押さえ、身をそらす。

「そうですな」

と口にして、ふっと目玉を天井に向け、己の頭の中を覗《のぞ》くような表情をした。

「わたしならば、玉をお貯《た》めになりなされと申しますな。龍ノ原は玉が出ましょう？」

暫《しば》しの沈黙の後、東二は答えた。

「なぜですか？」

「龍ノ原は龍ノ原の中で回り、完結しております。それが神代《かみよ》より続いているのは、均衡の保たれている証左。ことにそれを崩す必要はございません。ただ、もし、予想だにしない不作などがあれば、これは全《すべ》て瓦《が》解《かい》する。その時は八洲《はっしゅう》から食い物を買わねばなりませんから、もしもの備えに玉を貯めておくのが良いと思いますな。そしてできれば、いざというとき米でも麦でも融通してもらえるどこかの国主と、日頃から懇意にしておくのが望ましい」

「もし、反封洲《たんのほうしゅう》国主に、意見を求められたら？」

「他洲に売れるものを、国主が音頭を取って民に作らせるべきと申します。反封洲の国土の半分は、半年も土地が凍る。ほんのわずかなことで飢饉《ききん》が起こる。足りない分を常に他国から買わねば、ばたばたと人が死ぬ。だから常に他国から食い物を買うためには、売れるものが必要。手っ取り早いのは、兵《つわもの》でしょうが」

「兵？」

「反封洲の兵は屈強ですからな、欲しがる国は多い。人を増やし、兵として育てる。兵は金で雇われるから、他洲で活躍すれば故郷に仕送りをする。さらに目があるのは、馬でしょうかな。良い馬がおりますから、それを増やして売る」

どちらにしても、国主が音頭を取って民や馬にナニを奨励するという、おかしな格好になりますがなと、東二は冗談めかして大きく笑ったが、冗談ばかりとは思えない。

「ならば、さらに。逆封洲国主に、意見を求められたら？　どう仰いますか」

「逆封洲は、商人からしてみれば、随分上手《うま》くやられておるので。特にこれと言って思いつきはしませんが。強いて言うならば、来須川を大掛かりに整えなされ、と申しますかな」

「なぜですか」

「央大地《ひさしだいち》で最も大きな津と、都である来須《くるす》居《い》が太く速く繋《つな》がれば、荷がますます活発に動くからです。逆封洲国内からの荷は素早く他国へ流れ、他国からの荷は素早く逆封洲へ行き渡る。来須川の幅の狭い場所は広くし、流れの速いところは地形を整えて緩めてしまえば、今よりももっと大きな船が、安全に速く下れます。川を上るにしても、船引が容易になりましょう。となればこれも船は大きくできるし、速くなる」

東二は知恵者だと日織は言っていたが、それは間違いないらしい。

逆封洲の允許の仕組みについても、国の意図を理解して利用している。それぞれの国に対して求めた意見も、国情を鑑《かんが》み、それに応じたことを言う。

さらに東二は有間《ありま》の信頼を得ている。実の父によって穴に落とされたような男が、信じられる者なのだ。

悠花は居住まいを正す。

「ありがとうございます、東二殿。このように突然の、しかも理由も申し上げずにした問いにお答え頂きまして」

「いやいや、これくらいのことは。商売仲間との酒席で、ああだこうだと論じ合うものと同じで。ことにありがたがられるものじゃあ、ございませんので」

「こうして様々に伺った理由は、こちらです」

懐から書札を取り出し、そっと東二の膝前に差し出す。

「これは？」

「逆封洲国主、末和気様からお預かりした書札にございます」

小さな東二の目が、ぐっと見開かれた。

悠花はその場に手をつく。

「東二殿。逆封洲国主、末和気様の家人《けにん》として仕えては頂けないでしょうか」

悠花と書札を見比べた後、躊躇《ためら》いがちに書札を手に取った東二は、広げながら問う。

「どうして、わたしなんでしょうか？　そりゃ、先代国主様が商人の娘を妾《みめ》になさるようなお方ですから、政をなさる方々に、農民だ商人だ兵だと、拘《こだわ》りはないのかもしれませんが。なぜ、わたしが？」

「あなたが、反封洲国主長子、伴有《ともの》間様に信頼されていると聞いたからです。わたしが国主様に申し上げ、推しました。すると国主様は、そのような者ならばと承知なされた」

「わたしは反封洲の出です」

広げた書札を膝に置き、東二の目が冷える。これが彼の本性かと思えるような、鋭いものが見えた。

「反封洲国主長子、いや、既に内乱が終わり伴有間様は、国主に立たれました。その有間様に信頼されている、反封洲の出であるわたしを、お抱えなさると？　危険とは思われませんかな？　わたしは故郷のために、有間様のために、逆封洲に仇成《あだな》さぬかと」

　強い風が吹き込み、最奥の壁にある衣が揺れた。ほんの微かに白杉の香りを感じ、悠花はふっと笑う。

「あなたはご自分でご自分のことを、良い商人だと仰ったと、皇尊より伺っております。皇尊は、その通りだろうと納得されているご様子でしたので、わたしもあなたを良い商人だと信じます。良い商人であればこそ、利益があることに背かないはず」

「わたしが逆封洲国主様に抱えられるのが、わたしの利益と仰る？」

「あなたのみならず、あなたの故国とあなたを信頼している有間様にとってもです。逆封洲の政に入れれば、あなたは地位と名誉を手に入れる。それは贖《あがな》う允許とは格段に違い、国主の信頼を得るという、真実の名誉と地位。さらに、それによってあなたは、故郷の反封洲や有間様にも報いる機会に恵まれる」

　唆《そそのか》すように、囁く。

「ご自分で仰っていましたね。反封洲はすぐに飢饉に見舞われると。だから常に、食べ物を買う必要があると。そんなとき、逆封洲の穀類を優先して反封洲に売れるように根回しもできます。故郷のために大きな働きができる。しかしそれは、逆封洲に仇成すことではない。いざというとき反封洲を助けうる国が傾いていては、お話にならない。だからあなたは逆封洲を潤い、富ませ続けようとする。良い商人であれば、あなたは逆封洲にも反封洲にも背かない。共栄の道を最善とする」

東二は、瞬《まばた》きもなく、まじまじと悠花を見つめる。悠花は薄く笑む。

「ね？　違います？」

こくりと、東二の喉仏《のどぼとけ》が上下した。

「あなたは何者ですか」

「鹿角音です、ただの。しかし、わたしは龍ノ原の者。そしておおよそ、あなたと同じ立場。わたしも龍ノ原と逆封洲がともに、栄えれば良いと思っているのです。だから国主様の書札を持参し、あなたを口説きに来た」

悠花は、東二の顔を覗き込む。

「わたしに口説かれてくれませんか？」

不意に、にやりと東二が笑う。

視線が絡《から》む。

「あなたにならば、口説かれても良いでしょうな」

良き商人の冷静な顔で、東二が応じた。

潮の香りの強い風が、悠花の頬を撫《な》でる。

□□□

遠音に呼ばれている。女丁にそう告げられたとき和気は、内郭北殿《きたどの》で一人、書面に目を通していた。広い母屋にある灯りは、傍らに置かれた結《むす》び燈台《とうだい》のみで、周囲はほとんど闇《やみ》に沈んでいる。一つきりの灯りは、文机《ふづくえ》に重ねられた書面や、周囲に積まれた本や紙束を、微かに揺れる陰影で浮かびあがらせていた。

どうするべきかと一瞬迷ったが、「わかった」と応じて藁蓋《わろうだ》から腰をあげた。

回廊の先を行く女丁の掲げる手灯りの火先が、風で横になびく。風鐸《ふうたく》の音が暗闇に響くが、その音がどこから聞こえてくるのか定かではない。厚い雲に月が隠された夜はあまりに暗く、音さえも闇に圧倒されているのかもしれない。

夜が涼しくなり、桔梗の根元で鳴く虫の声も多かったが、確かに聞こえるのは手が届く範囲のみで、自分が通り過ぎると虫の音さえ曖昧《あいまい》に闇に溶ける。

昼間、遠音はたいがい内郭の正殿にいるが、夜は自分の居所である西殿《にしどの》にいる。案内されたのは西殿で、女丁が枢戸《くるるど》の前で膝をつき「国主様のお見えです」と中に声をかけると、「お入りなさい」と遠音の声が応じた。

母屋の中は、結び燈台が六つも置かれ明るい。几帳《きちょう》を三方に置いて心地よく整えられた座に、挟軾《きょうしょく》にもたれる遠音の姿があった。

「ご用件は」

出入り口近くに立ったまま無表情に問うが、遠音は微笑《ほほえ》み立ちあがり、近づいてくる。

「良く来てくれたわね。嬉《うれ》しいわ。あなたとお話がしたかったの。可哀相に、あの信頼していた護領衆は逃げたそうね、あなたを置いて。本当に可哀相に。わたしは、あなたを見捨てたりしないから安心なさい。だって可愛い吾《わ》が子ですもの。あんな……」

「ご用件は」

声を遮り繰り返すと、一瞬むっとした顔をしたものの、微笑み、和気の肩に触れようと手を伸ばす。

「それに、聞いたわ。色々と学んでいるそうね。良いことだわ。けれど家人たちは、あなたが未熟なのをよく知っているでしょう？」

「触らないでください」

伸びてきた遠音の手を払うと、冷えた気持ちで母を見おろす。

「やはり母君は、こうなっても、わたしと対等に会話なさろうとしない」

「なにを言ってるの？　今、話をしていたでしょう。あなたこそ、なにも言わずに」

「いいえ。わたしは、ご用件はと問いましたが、その簡単な問いにすら答えてくださらない。何の用件かとこちらが問えば、その用件をまず伝えるものでしょう？　対等に会話する気があるのなら。しかし母君は、今も、ご自分の仰りたいことばかりまくし立てる。以前とまったく、変わらない。母君が何か変わられている可能性があるかもと、来てみたが……無駄でした。帰ります」

「和気！」

きびすを返した背に、叱責《しっせき》に似た声が当たったが、ふり返らず、枢戸近くに控えていた女丁から手灯りを奪い取り、自分一人で北殿へ足を向ける。

和気が国主として役割を果たしたいと願い、あがいている姿を見て、遠音の中で何かが変わってくれればと期待する気持ちが、すこしはあった。

（もし母君がわたしの姿を見て心を動かされ、何か変わってくれていたなら、わたしは母君の、子への情を信じることができたかもしれない）

しかし遠音は、遠音のままだ。和気を可愛い、可哀相と口にするが、自分の言葉を一方的に聞かせようとする態度は変わらない。

彼女は、和気への支配を諦《あきら》めるつもりはないらしい。悠火に去られ、何もかも上手くいかず、気落ちしているのを見計らい、和気をもとの従順な子どもに戻すべく、優しい声と笑顔で以前と変わらず迎え、以前と変わらず、延々となだめすかすつもりだったのだろう。今までのやり方通りに。

国主として立ちたい。自分が何者かであると、感じたい。しかしそれ以上に強く胸の中にある感情は、一つ。

（もう、うんざりだ。母君の言葉を聞き続けるのは）

北殿へ入って枢戸を閉めると、虫の音が遠くなる。

闇の濃い母屋に立ち、唯一《ゆいいつ》揺れる文机近くの灯りに目をやったとき、異変に気づく。

ぼんやりと照らされた几帳の絹が、わずかに、こちらに向かってたわんでいる。絹の向こう側に、何かがあるかのように。さらに、その絹がゆっくり波打つ。

「何者か！」

絹の陰から、見慣れない男が出てくるとその場に膝をついて頭を下げた。身なりは農民のように、短い丈の衣と袴。まとめた髪には布もかけていない。肩や腕の筋肉は厚く硬そうだが、身ごなしに鈍重さはなく、なめらか。

「お召しにより参りました。羽頭飛立にございます」

彼は静かに名乗った。

それは生前の父国主が四年前、国軍の将として取り立てた男の名だ。

周囲に気取られることを恐れ、和気は馬従《ばじゅう》を介して飛立に文を出していた。内密の相談がある故《ゆえ》に、誰にも知られぬように会いに来い、と。

会ったこともない国軍の将が来るだろうかと、ずっと危ぶんでいたが――。

時も、場所も、身なりも――全て和気の指示に叶《かな》う。

「顔をあげてほしい。よく、来てくれた。このような、頼りない国主の文に応じて」

俊秀の国主と世間で噂《うわさ》されていようとも、政《まつりごと》の中心近くにいる者たちは、和気が飾りだと知っている。国軍の将である飛立も、当然承知しているはずだ。

御前衆《おんまえのしゅう》や郡主《こおしゅ》、兵守《つわもののかみ》、蔵守《くらのかみ》、刑守《ぎょうのかみ》は和気の命に従わない。その一つ下の職階である、各郡や各所の介《すけ》すらも、従う者従わぬ者がいる。そして従う者ですらおよび腰で、ほんの小さな音でもすれば、飛んで逃げそうな気配すらする。

そんな和気のもとに、文一つで、しかも指示に完璧《かんぺき》に従ってくれる者がいることが、かえって申し訳ないほどだった。だからつい、頼りないなどと言ってしまった。

しかし。

「頼りないなどと、仰ってはなりません。そのような物言い、前国主様すら侮《あなど》られます」

無精髭が生える四角い顔が、灯りに照らされた。

「身分もなかったわたしの功を認めて将に任じてくださった、前国主様のお心の広い、このご恩は忘れません。後を嗣《つ》がれた国主様は、わたしにとっては前国主様と同様」

胸に、その言葉が食い込む。

飛立の経歴を書面で見た時に、この者は父国主に恩を感じてはいないかと期待した。

さらに政の中枢《ちゅうすう》とは関わりない場所から将に任じられ、任じられる前から、今も、来須居城とは遠く離れた野津柵に常駐しているために、遠音やその周囲との関わりは薄いと判断した。

だから賭《か》けてみた。

(正しかった)

国主として持ちえなかった自信が、この一つの判断の成功でようやく生まれる。そしてさらに、父国主に対する感謝と思慕と、誇り。

嫌いなところもたくさんあったが、年老いた父国主は、身分に拘りのない人だった。だから遠音を妾に迎えたし、飛立を将にした。嫌らしく女の着物に手を入れるし、酔って潰れるだらしなさもあったが、一人の家人にとっては、その子にまで恩義を覚えるほどの人だ。

「飛立。わたしは国主として立ちたいと願っている。おまえの力を貸してくれるか」

「はい」

飛立は頭を下げ、当然のごとく応じた。

五章　黒い秋津《あきつ》

一

戸津《とのつ》から来須《くるす》居《い》に戻った悠花《はるはな》は、八社《はっしゃ》の客殿にいた。

来須居城から祇従《ぎじゅう》の悠火《ゆうび》が消えたのは、当然従氏《じゅうし》も従丁《じゅうてい》たちも知っており、何があったのかと悠花は質問攻めにされた。そこで悠花は、はらはらと泣いて見せた。

国主《こくしゅ》様に大変優しくして頂いたが、それを家人《けにん》の幾人かに妬《ねた》まれ、来須居城でひどい目に遭ったのだと。あわや命が危ないところまで来て、もはやこれまでと、比多《ひた》に連絡を取り城から抜け出し、彼女とともに隠れていた。しかし自分は鹿角音《かづぬね》であり、稀少本《きしょうぼん》も来須居城に置いたままだ。このままではならない。自分の役目を果たし、そして稀少本も取り戻さねばと勇気を奮い起こし、戻ってきた——。

心清らかで人の良い神職たちは同情の涙を流し、務めを果たそうと戻ってきた悠花の心ばえにも感動し、一層泣いた。

そして密《ひそ》かに客殿に匿《かくま》ってくれた。

さらに、悠花をひどい目に遭わせたのは家人たちであり、和気《わき》は心から悠花を心配していると信じ、和気への伝言役まで買って出てくれた。誰が悠花をひどい目に遭わせたのかと訊《き》かれたが、それはその方々の名誉のために言えませんと突っぱねた。実際、悠花に無体な真似《まね》をした連中はいないし、そういうことにしておけば、神職たちも家人全《すべ》てを警戒して口を滑らせたりしないはずだった。

来須居に戻って数日経《た》った、その日。

ほんの少し、一ヵ所だけ蔀《しとみ》の隙間《すきま》を空けた客殿の薄暗がりで、悠花は待っていた。細く開いた蔀からは、一筋、秋の光が射《さ》しこんでいる。ふと見ると、その隙間に止まったものがあった。ほっそりとした黒い体に薄く散る銀の模様と、銀の四枚の翅《はね》。秋津だった。龍《たつ》ノ原《はら》では見たことのない黒い秋津が、隙間に羽を休め、銀の眼で暗がりを見つめていた。

（これが黒秋津か）

枢戸《くるるど》がきしんだ。そのきしみで秋津が飛び立つと、光が杉の床板に四角く射しこむ。

そちらに目を向けると、開いた戸にすがるようにして少年が立っていた。逆光で表情まではよくわからなかったが、誰かはすぐにわかる。

「和気様」

床に落ちた光を辿《たど》るように、少年国主は早足に中に入ってくると、膝《ひざ》から崩れるようにして、座っている悠花に抱きついた。

「悠火。……よく、無事に帰ってきてくれた」

「和気様も、お変わりなく？　ご機嫌よろしゅうございますか」

宥《なだ》めるように背を撫《な》でると、彼は顔をあげた。

「飛《ひ》立《たち》に会えた。彼は、良き家人だ」

自信に満ちた表情と声に、思わず笑みがこぼれた。

「それは、ようございました。わたしの方も、良い商人が一人」

心配そうに、和気は悠花の頬に手を添える。

「痩《や》せてしまったか？　無理をさせたか」

おやと、悠花は目を瞬《またた》く。十日ほど会わないうちに、すこし大人らしくなった気がした。こちらを気遣う余裕と自信が見える。

悠花の前に腰を落ち着けると、和気は深い息をつく。

「手に入れるべきは、手に入れた。しかしこれで、母君を除く用意は調ったと言えるのか？」

「どう思われますか」

「力業で母君を除くのは、不可能ではない。だが御前衆《おんまえのしゅう》がいる」

険しい顔の和気に、悠花は頷《うなず》き返す。

「御前衆は国主が任を解けない者。しかし今、二人の御前衆は遠音《とおね》様の配下にある。それを除くとなれば、……命を取りますか？」

「いや、それは賢明ではない。御前衆を殺した国主など聞いたことがない。それこそ悪逆きわまる国主として、吾《わ》が名が一原八洲《いちげんはっしゅう》に鳴り響いてしまうだろう」

「だとすれば、説き伏せるしかございません。わたしが参ります」

「あなたが？」

「和気様の国主としての権を振りかざすお許しさえ頂ければ、参ります。関金蒲生《せきがねのがもう》様であれば、説き伏せられるかも知れません」

「蒲生」

和気の顔に嫌悪《けんお》が浮かぶ。

「蒲生は……嫌いだ」

「なぜでしょうか？」

理由を問われるのが苦痛らしく、和気の視線が悠花からそれて床の板目に落ちる。

「言いたくない。穢《きたな》らしい」

その一言で、和気が遠音と蒲生の仲を承知しているのだとわかった。それに対して、嫌悪を抱いていることも。

「ならば蒲生は遠音様とともに排除なさいますか？」

「できれば、やってしまいたい」

「嫌いな者を排除なされば溜飲《りゅういん》は下がりましょうが、賢くはありません」

和気はきっと悠花に視線を戻す。

「あやつは、許されざることをしている」

「それで蒲生様は、国に禍《わざわい》をもたらしましたか？」

「いや。禍は、ない。ないが……」

「国に禍をなす事をしているのであれば、許してはならないでしょう。しかし遠音様の手足として充分に働き国を潤《うるお》すのに一役買っている者であれば、和気様が仰《おっしゃ》るその許されざる行為と蒲生の配下としての能力を、秤《はかり》にかける必要がありましょう」

自分の記憶を探るように、和気の瞳《ひとみ》が宙を見据え左右に動く。

「……秤に……」

呟《つぶや》く声に嫌悪が滲《にじ》む。蒲生は密かに、前国主や和気も裏切っていたのだから、嫌悪するのも許せないのも当然なのだ。しかし明晰《めいせき》な和気の頭は、秤と言われて瞬時に、裏切り行為と蒲生の手腕を量っている。感情と利益、どちらをとるのかと。

「蒲生様を許さず排除なされば、和気様は御前衆を排した国主となられてしまいます。

仰った通り賢明ではない。しかも蒲生様は有能です。だから遠音様も信頼して側《そば》に置かれている。その者を失うのは和気様の痛手になります。こちらに取り込むべき者は、感情を抑え取り込むべきです」

「有能だから？　母君が？」

「遠音様のような目端のきくお方が、役に立たない者を重用するでしょうか。無論、遠音様を排するのであれば、それに忠実な者はともに排除するのが鉄則でしょうが、遠音様と蒲生様が忠義心で結ばれていない場合は、遠音様から蒲生様を奪えます。蒲生様を和気様の忠実な配下にするのです。それが可能です」

「なぜそう言える」

「あのお方の抱えているものが、推測できるからです。わたしの推測では、遠音様と蒲生様は忠義心や情で結ばれてはいません。蒲生様の抱えるものがあるからこそ、遠音様は蒲生様を支配できているはずです。遠音様ができるのならば、和気様も、蒲生様を自分の配下にできるということです。和気様さえ、今までのことを許し、嫌悪の感情を捨て、自らの配下として置く気にさえなれば」

　濃茶の瞳が不安そうに揺れる。

「あの者を許す……？」

自らに問うように呟くと、悔しげに拳《こぶし》を握った。許しがたいことを、許さねばならない。それをみずからに強いる苦痛に、耐えているようだった。

「わたしが蒲生様を説き伏せに参ります」

和気は反論せず、顔をあげて唇を引き結ぶ。それが正しいと理解しているが、許すと口に出したくないようだった。だからだろう、それを省き、いきなり問う。

「あなたなら、説得できるのか？　蒲生を」

「はい」

悠花がこうして応じられるのは、知性や判断力や、そんなものではない。人を観察し続けた経験の積み重ねで知れるものがあるというだけだ。

蒲生を説得するならば、おそらく和気は、自分で行きたいだろう。罵声《ばせい》の一つも、面と向かってぶつけたいだろう。だが、悠花が気づけることが自分に気づけないこと、さらに、自分が蒲生を罵倒する無益さも和気は理解しているはず。

「わたしは、とある事情で、幼い頃より人を見続けてきました。自分は人の中へ入れず、その傍らで、陰で、見続けているしかなかった。けれどそのおかげで、人の中に入っている者が見逃してしまうこと、気づかないこと、そんなものに気づくようになりました。吾《われ》ながら随分つまらないことに気づくようになったと、うんざりしておりましたが——それが今、役に立つのかもしれません。だからわたしに、行けと申しつけてください」

「悠火。あなたは、どんなふうに生きてきたんだろうか。教えてくれ」

「また、おいおいと」

微笑《ほほえ》むと、要求した。

「さあ、御命じください。行けと」

□□□

今日も、和気は御前衆を呼び出した。しかし当然二人の御前衆は病と称して応じない。

その話を伝え聞き、遠音はため息をつく。

（和気は、もう少し賢いと思っていたのに）

しかし、仕方がないのかもしれない。和気には半分、あの国主の血が入っているのだ。

色欲が強く、細やかさに欠け、物事を深く考えない。だから意味もなく地大神《ちのおおかみ》を畏《おそ》れてみたり、国を潤す方策にも興味を示さず、昔ながらのやり方にばかり固執する。しかも怯《おび》えが強く、隣国がいつ入り込んでくるかと、びくびくしているから、そちらにばかり気を取られている。

十五年前。二十歳そこそこだった遠音の耳に、国主が戸津を訪れるという話が聞こえた。歓迎の宴《うたげ》が戸津の郡家《こおけ》で催されると知り、招待する商人の名に自分の父親の名を入れるように、遠音にちょっかいを出していた小役人に頼んだ。小商人だった父親は本来招かれるはずはなかったが、そうしてなんとか父親を招待客に紛れ込ませ、自分も随行した。

宴が始まり、臨席した国主を見て、がっかりした。国主は嫌らしそうな爺《じじい》だったのだ。年のわりには壮健と噂《うわさ》を聞いていたのに、噂というのは当てにならない。しかし嫌らしそうな爺だからこそ、遠音は、国主が自分に興味を抱くだろうとも思った。

なぜ招待されているのか、誰もが首を傾《かし》げるような小商人の娘は、末席で酌をする役目だったが、間違えたふりをして国主の席の近くへ侍《はべ》った。わざと酒をこぼし、泣いて謝り、膝にかかった酒を袖《そで》で拭《ぬぐ》って、涙目で国主を見あげたのだ。

その夜に、御床《ごしょう》に召された。

国主の妾《みめ》になりたいと画策したのは、純粋な野心だった。潮くさい田舎の小商人の娘で終わりたくなかった。生まれたからには優れて身分の高い人々の中に立ち交じり、綺《き》麗《れい》な衣《きぬ》を身にまとい、優雅に振る舞い、上に立ってみたかった。

しかし国主の妾となってみれば、優れているだろうと憧《あこが》れていた高貴な者たちが阿《あ》呆《ほう》揃《ぞろ》いなのに驚いた。抜け目ない商人たちを見て育った遠音には、国主や周囲の家人たちは、判断が遅く利に疎《うと》い、ぼんくらだった。あきれ果て、こんな連中が国を潤せるはずはないし、任せておけば大変なことになると憤《いきどお》った。こんな連中が自分たちの上にいたのかと思うと、腹立たしかった。

誰も彼もがぼんくらならば、自分がやるしかない。そう考えたのは野心よりも、怒りからだった。

遠音は、遷府《せんぷ》を国主にねだった。都には役立たずの末《すえ》一族がいて、なにやかやと煩《うるさ》い。いっそ都を移してしまえば、それらとの縁がさっぱり切れる。

都を移させた。

しかしそれも容易ではなかった。さらにせっかく都を移しても、それを有利に使おうとしない。なんのために都を移したのかと問うても、莫迦《ばか》のように、旧府には悪縁がついたからと言う。「悪縁もなにも、あれは……」と、喉元《のどもと》まで出かかる言葉を飲み込むのに、どれほど苦労したことか。

我慢に我慢を重ねていると、和気が大きくなっていた。

茶の瞳がくりくりと可愛《かわい》らしい、色白の、優しい子で、遠音は吾が子を慈《いつく》しんだ。国主に触らせるのも嫌だった。

しかも和気は随分と賢かった。だから決心した。国主を――と。

それなのに和気は去年辺りから時々、口答えめいたことをするようになった。随分生意気になったと思っていたら、今度は妙な護領衆《ごりょうしゅう》が現れて、ますます和気がおかしくなった。あの護領衆のせいに違いなかった。

忌々《いまいま》しいのは、龍ノ原だ。実体のない神というものをかさに着て、八洲《はっしゅう》を見下し、侮辱し、遠音の可愛い子にまで、おかしな呪《のろ》いをかける。いっそあの護領衆を捕らえて殺してしまおうと考えていた矢先、まんまと逃げられた。それがまた歯がゆかった。

その者が逃げ出しても、和気は一向にもとの可愛い子に戻らない。だからといって和気を、国主の座から降ろすことも出来ない。和気以外の末の一族の男子は、遠縁の者ばかりで誰が新たに国主に立っても騒動になる。それくらいならば、吾が子をこのまま国主に据えておきたい。もとの従順な子に戻るように、手を尽くしながら。

生意気で憎らしいが——やはり吾が子は、最後には可愛いのだから。

「遠音様」

呼ばれたので顔をあげると、枢戸の敷居の所に狗栖雨屋《いぬすのあまや》の配下である兵《つわもの》が膝をついていた。

「吾が主《あるじ》より伝言を預かりました」

「どうしましたか」

「例の、悠火という護領衆が姿を見せたと、お伝えせよと」

「どこにですか!?」

御前衆をはじめ主だった家人には、悠火を捜せと命じていたのだ。

「関金蒲生様の邸《やしき》に」

「蒲生？　蒲生からそのような知らせはありませんが」

「しかし主自身が、護領衆が関金邸に入るのを見たそうです」

まさかと思う。

（蒲生とあの護領衆が通じているということは、蒲生は和気を選び、わたしを見限る？）

蒲生とは長年情を交わす仲ではあるが、時々信用ならないと感じることもある。遠音という者があるので、彼が妻をもつなど思ってもみなかったのに、五年ほど前にふいに妻を娶《めと》った。詰《なじ》れば、一族の者に後継を作れと命じられて致し方なく形ばかりと笑っていたが、彼には確か腹違いの兄弟が幾人かおり、その者たちに子があるので後継に困るはずはなかった。

しかも蒲生は、子をなした。形ばかりと言っておきながら、だ。

蒲生の行動を危ういと感じた。もしや自分から離れる算段か、と。それをさせないために、彼の娘を和気の妻の候補にした。娘が国主の妻になれる機会を、蒲生が拒絶するはずはないし、そのおかげでつなぎ止められるはずだった。蒲生をそれで安心させすぎないように、同じ御前衆の雨屋の娘と、郡主《こおしゅ》に据えた海部《あまい》以の娘も、同じく妻の候補にした。

しかしここに来て、和気の反抗だ。蒲生がそちらに利ありと読む可能性はある。和気は国主なのだ。お飾りになっているが、それは遠音がそうさせているからだ。和気が国主というものの権を自覚し振りかざし始めれば、いくら遠音が抑え込もうとしても、いずれ押し負ける。

ことにもし蒲生が和気についたとなれば、情勢は一気に悪くなる。ぐらついているならば、蒲生を抑えなければならない。

「雨屋に命じなさい。蒲生を、ここに呼びなさい。そして、あの護領衆を捕らえて殺しなさいと」

身を乗り出すと、低く鋭く命じる。

□□□

先触れせず、悠花は関金蒲生邸を訪れた。

ただ――隣邸への挨拶《あいさつ》は、門前で邸の馬従《ばじゅう》をわざわざ捕まえて、しておいた。

今日も和気は御前衆を呼んだが、病を理由に二人とも顔を見せていない。病を理由に国主の命令に従わなかった蒲生は、邸から出ていないはずだ。

悠花は関金邸の門を入ると、そこにいた兵に、「国主様の命で、関金様を見舞いに参りました」と告げた。するとすぐに、門に近い殿舎《でんしゃ》に通された。

配下の兵は大慌《おおあわ》てで奥へ走り、病と称して籠《こ》もっている主に、悠花の来訪を知らせていることだろう。

暫《しばら》くすると、蒲生が現れた。

「これは、これは。随分久しぶりだ、祇従殿。どちらに雲隠れしていた。国主様は、それはそれはお気持ちが乱れていらしたぞ」

「里心がついて、龍ノ原に戻っておりました」

ほうと言って指を折り、蒲生は首を傾げる。

「龍ノ原を往復するには、日数が足りんな。まあ、国主様からのお見舞いとは、痛み入る」

言いながら蒲生は、悠花の前にゆったりと座る。

「国主様は蒲生様の体調を、それは心配しておいでですが。思ったよりもお元気そうで、なによりです」

「良くなった。しかしなぜ国主様の名代に、祇従殿が来るのだ？ 逆封洲《さかのほうしゅう》の民でもなく、ましてや家人でもない者が」

「他の者が信用ならぬからでしょう。例えば、御前衆が本来の意味の通りに国主様の御前で国主様を助ける役割を果たしておられるなら、なにもかも御前衆に相談し、頼みましょう」

甘い顔立ちに似合わない、険のあるものが蒲生の目に光る。

「無礼だな、祇従殿」

「そっくり、お返しいたします。和気様に代わり」

開いた蔀へ視線を向けると、すかすように言う。

「しかし、和気様は蒲生様の無礼を、お許しくださいます。それはお優しいからでもなく、また気弱だからでもなく、聡《さと》いからです。国を支える者を簡単に殺したりすげ替えたりなさいません。そんなことをすれば、安定を欠きますから。蒲生様は、本当に運がおよろしい」

ふり返り、蒲生の目を真《ま》っ直《す》ぐ見た。

「安易に家人を葬《ほうむ》り、追い落とすような真似を繰り返す主君に仕えていれば、自分がいつ、葬られ、追い落とされる立場に変わるかもしれませんから」

「なにが言いたい？」

「許すと言われているうちに、許しを請《こ》うのが賢明という話をしています」

「許される必要もない、と言ったら」

小馬鹿《こばか》にする口調の蒲生に、悠花は目を細める。

「将来、保喜《ほき》様の夫となる男の候補を、新たにお捜しになるのを勧めます」

「国主様は逆らえん」

「おや？　そう思われる？　あの方は逆らうことを知らない、骨の髄まで躾《しつ》けられ、考えることを放棄した阿呆ではありません。逆らう方法が、わからなかっただけ。それを察しておられたから、蒲生様は和気様の行動や近づく者を警戒しておいでだった。あなた様は、和気様を恐れていた。この賢《さか》しい少年は、いつか立つだろうと」

衆目のただ中で和気を侮《あなど》って自信を削《そ》ぐような真似をしていたのも、和気に近づく悠花を警戒し続けていたのも、蒲生は誰よりも和気が国主として目覚めるのを恐れていたからだ。遠音が侮っていたほどに、蒲生は和気を見くびっていなかったのだ。

蒲生は無表情だ。

「けれど和気様はもう、逆らうことに気づかれました。一度気づかれたら、以前のようになりません。この娘を娶れと言われても、頑《かたく》なに拒む。何かの方法で形ばかりの妻や妾にすえても、けして抱きはしないでしょう。保喜様は名ばかりの、妻あるいは妾となるはず。国主様は別に妾を置かれ、子をなし、その子を国嗣《くにつぎ》となさる。国嗣になった御《お》子《こ》を産んだ者の一族が現れ、権をふるいましょう。政《まつりごと》は乱れますね。今のように、政は単純で簡単な構造にはならぬでしょう。様々な思惑が絡《から》み合い、ねじれていく」

はじめて、蒲生の瞳が揺れた。

「それにお忘れですか？　和気様はお若い。これから伸びゆく。これから衰えゆく、さらには和気様よりも確実に先に身《み》罷《まか》る者に比べ、随分長い時間をおもちです」

低く、脅すように、悠花は続けた。

「ああ、念のため言っておきますが。弑《しい》し奉《たてまつ》るなど、愚策なのはおわかりですよね？　国主直系の血が絶えれば、吾こそはと薄い血筋の者が湧《わ》き出てくる。そこに、それぞれに利を求める者が群がり、混沌《こんとん》が始まります。そのようになった逆封洲の隙を、隣国が突かぬとは思えません」

つっと、悠花は身を乗り出して床に手をつき、蒲生を覗《のぞ》き込んで囁《ささや》く。

「和気様と対面する予定のわたしを、品定めにいらっしゃいましたね？　大変用心深い。和気様に近づく者が、滅多な者であれば危ういと思われたのでしょう。それは和気様が国主であり、その権をご自身でふるう気にさえなれば何が起こるか、十分にご承知だったから。あなたは大変用心深いが、同時に大胆でもある。十二年前、遷府のきっかけとなった八社を焼く、あなたの父君の蛮行は、果たして本当にあなたの父君がなされたことか？」

蒲生の頬が引きつる。

「なんだと？」

「あなたは酒を絶対に口になさらない。下戸だと言えば良いものを、口にしないことをあえて隠す。それはあなたが酒を口にしない理由を勘ぐられたくないから、飲まないことすら隠したいのですよね？　それほど憎みきっていたのですね、あなたに傷をつけ、母君と乳母《めのと》を酔って斬《き》り殺した父君を。父君を憎んでいるのを隠したいばかりに、父君と結びつく酒を憎むことを隠したい」

「あれは……やはり、わざとか」

あれとは当然、この場所で酒を酌《く》み交わした時のことを言っている。それには応じず、悠花は淡々と続ける。

「しかし、おかしいですね。自分に傷をつけ母君を殺した父君を憎むのは当然で、隠すことではありません。どうして憎んでいると隠す必要が？ それは憎しみの結果を知られたくないから、憎んでいたことすら隠したい」

どこかから、風鐸《ふうたく》の音が聞こえた。

「十二年前、旧府の八社を焼いたのは、あなたでは？ 遷府を実現したい遠音様にねだられ、唆《そそのか》され、ついでに父君を殺してしまえる良い機会と」

「証拠は？」

せせら笑う声音で言うが、蒲生の瞳はせわしなく揺れ動く。

「ありません。けれどその事実は、遠音様がご存じですよね？ それがあるから、遠音様から逃げられもしないのでしょう、お気の毒に。遠音様の悋気《りんき》を恐れ、保喜様の母君も柵《さく》に置いている。柵は葦封洲《あしのほうしゅう》との境にあります。あそこが安全と仰いましたが、そうは思えません。しかしあなたにとって隣国よりも恐ろしいものが、来須居にはある」

視線が絡む。

「和気様は聡く、目的のために安易に無慈悲な真似をなさる方ではない。おそば近くにいるあなた様は、よくご存じのはずだ」

「……国主様には、遠音様の才はない」

最後のあがきのような一言に、応じる。

「遠音様の才は、兵には希有《けう》でしょうが商人の中にはある程度おります。和気様はそれを抱える度量がある。新たに、幾人も抱える用意がおありだ。蒲生様——仕えるべき方を、お間違えなさいますな」

強く告げたその時に、門の辺りが騒がしくなった。

悠花と蒲生が同時に前庭の方向をふり返ると、門前に雨屋の姿があり、背後には五十人ほど配下の兵を従えていた。手に槍《やり》を持つ者もおり、物々しい。ただ事ではない気配に、蒲生の配下の兵も門へと駆け出していた。

「関金蒲生。遠音様がお呼びである。さらに中にいる鹿角音を、こちらにもらい受ける」

顔色を変え蒲生は立ちあがり、簀子《すのこ》縁《えん》へと出ると門を見やる。

「あれは、狗栖雨屋。どういうことだ？」

「こちらの邸に入る前に、狗栖雨屋様の邸の者に、わたしは関金蒲生様の元へ呼ばれて参りますと伝えておきました」

「なに⁉」

愕然《がくぜん》とふり返った蒲生に、微笑んで見せた。

「無論、蒲生様もわたしが邸に現れてすぐ、遠音様に注進するため人を走らせたでしょう？」

蒲生の邸にのこのこと出かければ、すぐさま遠音に知らせが走る。悠花は当然それもわかっていながら、来たのだ。

「けれど残念ですね。雨屋様の使者の方が、先に遠音様の元へ到着していますよ。後からやってきて、蒲生様の使者が注進しても、さて、遠音様はどうとらえられるでしょうか。ばれたから、急いで取り繕って知らせをよこしたようには思えませんか？」

「おまえは……」

絶句した蒲生に、さらに言う。

「遠音様と蒲生様が信頼で結ばれているならば、これは、たいしたすれ違いではないでしょう？　来須居城に出向き、誤解ですと笑って仰い。遠音様が、なんだそうかと笑って返してくださるならば、ね」

「おまえは……、なんという悪知恵を。自分を餌《えさ》に、わたしも巻き込み……」

首を横に振ると、悠花は脅しすかす気配を消し、蒲生を真摯《しんし》に見つめた。

「こんな些細《ささい》なことで恐怖するとは滑稽《こっけい》です、蒲生様。あなたのように有能であれば、それを存分に政に働かせるべき。恐怖しながら、国主としてあるべきではない者に仕え、ご自身をすり減らしてなんとしますか？　わたしならば信頼で結ばれた、聡く度量の広い、未来ある方に仕えたい。最初に申しました。和気様は、お許しくださると」

　蒲生は拳を握り、開き、息を整えるように肩を大きく上下させている。

「今一度、申します。仕えるべき方を、お間違えなさいますな」

「和気様には、お力がない……」

　呻《うめ》く声に被《かぶ》せるように、場を圧する太い声が響いた。

「控えよ！　国主様の御前だ！」

　門前に群れていた雨屋の配下たちが動揺し、次々と地面に膝をつく。砂煙が薄く門の内側へも流れていく中で、雨屋が呆然としていた。

「国主様」

　雨屋の前に歩み出てきたのは、濃紫《こむらさき》の大衣《おおきぬ》に白い袴《はかま》姿の、背の高い少年国主。落ち着き払った横顔と濃茶の瞳が、白いものが混じる口髭《くちひげ》を震わせる雨屋と相対した。

　和気の背後には、鋼《はがね》のように筋骨逞《たくま》しい兵が槍を手に従っている。がっちりした顎《あご》に無精髭を生やした四角い顔の青年は、はじめて見る顔だったが、悠花には彼が国軍の将、羽頭《うずの》飛立だとわかった。

「これは何事だ、雨屋」

悠花と和気が仕組んだことだ。当然事情は熟知していながら、あえて和気は問う。

「遠音様のご命令で、鹿角音の護領衆を捕らえに参ったのです」

「母君の命を聞く必要はない」

「しかし」

「国主の命を聞けぬか？」

飛立のぎょろりとした眼が、雨屋を見ている。雨屋は狼狽《うろた》えたように視線を泳がせ、「いえ」と言葉を濁し、礼を取った。

「国主様に従います」

あまりの驚愕にか、蒲生の体から力が抜けている。その横顔に悠花は告げた。

「和気様は、国軍の将、羽頭飛立を従えておられます。こちらの門前には軍士、三百。来須居の近くには、もう七百ほど軍士が控えていると聞いています」

「……いっ」

「あなた様が和気様の度々の招きにも応じず、仮病を使って邸に籠もっている間に」

礼を取る雨屋の前を通り過ぎると、和気は背後に飛立を従えて庭へと入ってきた。蒲生の配下の兵たちが、慌てて膝をつく。

蒲生は力が抜けた足取りで階《きざはし》を降りた。悠花はその背後に従う。

庭の中程で和気を迎えた蒲生は、礼を取り問う。

「国主様。このような場所にお運びとは、如何《いかが》なさいましたか」

「学友を迎えに来た」

すかさず悠花は応じた。

「痛み入ります」

礼を取ってから顔をあげ、励ますように和気を見やると、彼はわずかに頷き、「蒲生」と呼んだ。

顔をあげた蒲生を無言で見つめた和気は、暫くして口を開く。

「おまえと母君のことは、知っている」

蒲生の目に怯えが走った。

庭を横切る細い流れの水音が、不意に大きくなったかのように、しんと静まる。風が吹き、どこかで風鐸が鳴り、流れの縁に茂る小笹《こざさ》が鳴った。

「……許しがたい……。けれどおまえは御前衆で、わたしは任を解けぬ。処刑しても良いが、父国主が選んだ者を罰するのは、父国主がそのような碌《ろく》でもない者を選んでしまったと、あるいは謀《たばか》られていたと、公言することにもなる。それは父国主の恥辱。父国主の名誉は守りたい。さらに御前衆を殺した国主などと、八洲で噂されたくもない。だから」

言葉を切り、和気は重く告げる。

「わたしに、今より心から仕えると言えば許そう、全てのこと」

力の抜けた蒲生は口元で皮肉に笑う。頬の傷が歪《ゆが》む。

「わたしは国主様を侮り続けましたぞ。あなた様には力もなければ、権もないと。お忘れか？」

「忘れはしない。これからも忘れるものか、おまえの態度は。だがわたしには、力もなければ権もなかった、自覚すらなかったのは事実だ。侮られて当然だった。そしておまえがこれから先も、わたしに力がなくなれば、侮り裏切るだろうことも想像できる」

「ええ。そうするでしょう。わたしは、勝つ者、利をもたらす者につく」

「その時は、そうせよ。ただわたしは、おまえを常に勝たせ、利をもたらす。そうあり続ける。その間は、わたしに仕えよ。保喜は今のまま、いずれわたしの妻か妾とする」

半ば呆然としたように和気の言葉を聞いていた蒲生は、何度か瞬《まばた》きして、しばらくの沈黙の後に気の抜けた声で言う。

「……はあ。では……そのように……」

聞いた言葉は理解しているが、感情に結びつかないほどに困惑しているようだった。

「……なりません……っ！」

慌てる女の声が殿舎の角から聞こえ、見れば、保喜がこちらに駆けてくる姿があった。

乳母がおろおろと、殿舎の壁の陰から、「保喜様」と呼び返そうとしているが、幼子は一直線に走り、蒲生の膝にしがみつく。

幼いながら場の異様さを理解しているのか、強《こわ》ばった顔で、和気を睨《ね》めつける。蒲生はどうすれば良いのかわからないらしく、保喜の頭を見おろす。

睨めつけられた和気は、わずかに戸惑った顔をしたが、すぐに腰を落として保喜の視線と視線を合わせた。

「水蠆《やご》は秋津になって飛んだか？　保喜」

いきなり問われて保喜はきょとんとしたが、驚いた目のまま、こくんと頷く。

「そうか。綺麗だったか」

また、こくんと頷く。

「どんな秋津になるか、名はわかったか？　名を教えてくれ」

和気が不器用に笑う。

すると——細い、ほとんど聞き取れないような声が答えた。

「……くろあきつ……」

不意に、蒲生がその場に膝をつき、保喜を抱きしめた。目を瞬《またた》く保喜を抱き、小さな肩に顔を埋《うず》め、蒲生は呻く。

「なにもかも……お許しください。国主様」

和気は立ちあがり静かに応じた。

「仕えろ」

蒲生は顔を伏せたまま「はい」と応じる。

悠花は、蒲生親子を見る和気の瞳に、年齢よりもはるかに大人びた色を見た。

「これから、来須居城へ向かう。飛立」

背後に控える兵に告げると、彼ははっと礼を取り、門前へ駆け出す。

「一緒に来てくれるか、悠火。母君を捕らえる」

ふり返った少年国主に、悠花は頷く。

二

軍士の数は三百で充分すぎるほどだった。なぜならそれを引き連れて来須居城南門を通ったのは、国主末和気だったからだ。門を護《まも》る軍士たちも、先頭を行くのが国主で、背後に従うのが国軍の将とその配下であれば、誰も止めることはできない。

三百の軍士は粛々と内郭へと進み、すっかり花の失《う》せた桔梗《ききょう》を踏み荒らすこともなく、整然と内郭正殿《せいでん》を取り囲む。

軍士の気配に気づき枢戸から顔を出した幾人かの女丁が、ぎょっとし、そそくさと逃げ出していく。

風が強かった。内郭と外郭を隔てる回廊の風鐸がうるさいほどに鳴り、来須居城内の至る所で澄んだ音が響き、いっそ不吉だった。鬼を払う音がこれほど騒ぐとは、どんな恐ろしい鬼が迫り来るのかと不安を誘う。

騒ぐ風鐸とは対照的に、城は息を殺している。

飛立が階の下に控えると、和気は緊張した面持ちで枢戸の前まで行く。悠花は和気に従いながら平坦《へいたん》な気持ちでいられたが、喉がひどく渇いていた。吾知らず過敏になっているのだろうか。

胸の中にわずかにあるのは、罪悪感だ。

母と子をこうして対立させるようにはかったのは、悠花だ。いずれこうなる宿命だったかもしれないが、こうならなかった可能性もあった。和気はずっとやわやわと遠音の思惑に包まれてぼんやり過ごし、遠音は権勢を誇り続ける。

それでも良かったかもしれないし、その方が良かったことも、あるかもしれない。

だが悠花は和気を解き放ちたいと願い、そうしてしまった。和気のためを思ってしたのかと問われれば、微妙に違う。悠花は、自分のためにやったのだ。

「母君」

遠音は母屋《もや》の最奥《さいおう》に立てた几帳《きちょう》の前に、挟軾《きょうしょく》に身を預けてゆったり座っていた。手にはなにやら書かれた料紙があり、熱心に文字を追っていた。和気の声に顔をあげると、口元がほころぶ。

「あら、和気。先触れもなくどうして……」

言葉が途切れたのは、和気の背後に悠花の姿を見たからだろう。

「和気。その者はあなたを置いて逃げ出した……」

「いいえ。彼はわたしのために、働いてくれていたのです」

「処分なさい、その者は。ああ、でも、あなたから来てくれるなんて嬉《うれ》しいこと」

その返事に、和気はため息をつく。

「母君は、わたしの言葉に返事しない」

「そんな憂鬱《ゆううつ》なお顔をしないでちょうだい。せっかく顔を見せてくれたんだから」

機嫌をとるような声で遠音は言うが、確かに彼女は、和気の様子とも言葉ともずれていることしか口にしていない。

悠花は枢戸の近くで足を止め、そこに控える。口を出す気はなかった。

ゆっくりと遠音の前に立つと、和気は淡々と告げる。

「母君。あなたを捕らえます。しばらくは刑所《ぎょうどころ》の牢《ろう》に入ってもらいますが、すぐにどこかへ移し、そこで生涯過ごして頂く。おそらく来須居から遠い、浦柵《うらさく》辺りに」

「和気。それよりも、久しぶりなんですもの。話をしましょう」

和気の言葉を遠音はほとんど聞いていない。音としては聞こえているだろうが、意味など一切理解しようとしていない。料紙を床に置き、遠音は困った子だと言いたげな顔で立ちあがる。

「外を見てください、母君」

「ねぇ、和気」

「見ろ！」

鋭い声に遠音はぴくりとするが、眉尻《まゆじり》をさげた。

「はいはい、わかったわ。外ね」

半笑いで遠音はすいすいと枢戸まで歩みを進め、そこに控える悠花をひと睨《にら》みすると、外へ目を向けた。その途端、顔色が変わった。血の気が引いた顔でふり返った彼女は、早足に和気の元へと戻った。

「あれは、あれはどういうことなのですか！」

「先ほども言いました。母君、あなたを捕らえます。外にいるのは国軍の将、羽頭飛立。国軍軍士が三百、この殿舎を囲んでいます。逃げられません」

「捕らえる!?　国軍がどうして、わたしを。どうしてわたしが捕らえられなければならないのですか」

哀《かな》しそうに和気は、遠音を見おろす。

「こういうときに、やっと、わたしの話が耳に入るんですね」

「わたしはいつも、あなたと話をしていました。なにを言ってるの」

「いいえ、母君はいつも、自分一人で話をされていた。しかしもう、それもどうでもいいのです。とにかく母君、あなたを捕らえます。どうしてかと問われましたね？　理由は、国主の権を侵したからです」

「わたしは、幼いあなたの代わりを務めてきたんですよ。それを権を侵したと言うのですか」

「それは母君の役割ではなく、本来は御前衆の役割です。幼いわたしが政をできないなら、御前衆が助けるのです。そのために存在する御前衆です」

「では任を果たさなかった御前衆にこそ、罪があるでしょう」

「そうです。彼らはわたしを助けるよりも、母君の言いなりになるのを選んだ。その方が国にとって利があると判断したからでしょう。それは罪ですから責めは負わせようと思っていますが、同時にこれからは、わたしを助けるように申しつけます」

愕然と、遠音は立ちつくす。

「飛立」

和気の呼び声に応じ、飛立が母屋に踏み込んできた。腰に縄を下げていたが、それには手を触れず、遠音の傍らに立つ。

「縄はかけないでお連れしますが、腕には触れます」

丁重に断り遠音の二の腕に手をかけたが、彼女はそれを振り払った。

「やめなさい！　間違っています！」

激しく言うと、飛立に向き直った。

「あなたは国軍の将でしょう！　前国主様の御引き立てで将になった者。であるならば、前国主様のご恩に報い、妾であるわたしを捕縛などしてはなりません。しかも、しかも……」

すがるものを捜すように泳いだ遠音の目がきっと定まり、和気を指さした。

「この子は父殺しです。捕らえるならば、和気を捕らえなさい！」

「なにを仰います」

困惑する飛立に、遠音はまくし立てる。

「前国主様の病と死は、この子の策略です。この子は幼い頃から人並み外れて賢く、残酷なのです。ああ、恐ろしい！　たった十一歳でこの子は父国主を毒殺し、自らが国主に立とうと目論《もくろ》んだのです。わたしは吾が子ながら恐ろしく、けれど吾が子であるゆえに憎みきれず。ただ大恩ある前国主様が護りたもうた逆封洲を護るべく、残酷なこの子が国主として権をふるわないようになるべく努力してきたつもりです」

叫びながら、目が真っ赤になり、遠音の目からはらはらと涙がこぼれる。鬼気迫る叫びと涙に、飛立が和気を見やる。

和気は呆然としていた。当然だ。

悠花も、驚きのために数瞬息が止まる。言うに事欠いて、なにを口走るのかと。

「長く城に勤める者たちに、聞いてご覧なさい。この子が前国主様の亡《な》くなる少し前から、せっせと薬湯を運び始めたこと。亡くなる直前には芋をすらせたものを国主様に差し上げて、国主様が苦しみ出したこと。皆、知ってます。あれは毒に違いない」

黙って見ていられずに、悠花は立ちあがった。

「狐百合《きつねゆり》ですね」

口を挟むつもりはなかったが、仕方がない。遠音が悠花を見やる。

「戸津《とのつ》の生薬をあつかう商人が、あなたのもとに出入りしていますね。その者が、あなたに狐百合を売っていたことは調べてあります」

「狐百合はお薬です！　胃の腑《ふ》や腹が弱っている者に効く」

「効能をご存じなのですね。効能を知らせる者は、用法を間違えないように毒であることも必ず伝えます。薬になると知っているなら、量を間違えれば毒になることもご存じのはずだ。狐百合の根は、すりおろせば薯蕷《やまのいも》と似たものになる。粘りはないが、気づかず食べてしまう者も多々あり、紛らわしい」

「……わたしに、殺させたのか」

和気が呟く。

「そうか。父国主の死を疑われたときのために、自分で手を下さなかった？　いや、違うのか……それならもっと別の方法もある。そうか、ただ、自分の手を穢《けが》したくなかっただけか。穢《きたな》いものに触れたくなかった。だからわたしに、やらせた」

　和気は、わめく遠音を見つめながら近づく。

「騙《だま》されてはなりません、飛立！　国主和気は前国主殺し。国主といえど、許されざる……っ！」

　突然、和気が遠音の頬を平手で打った。

「黙れ。嘘《うそ》つき」

　衝撃で黙った遠音は、震え、目を見開き、その後に顔を覆《おお》って膝《ひざ》をつく。

「信じては駄目です！　誰も、和気を信じてはだめです」

「あなたは己が穢れることを嫌ったようだが、わたしはそんな卑怯《ひきょう》な真似《まね》はしない。あなたを捕縛して幽閉するつもりだったが、やめた。あなたを処刑する。わたしが、わたしの権で、命ずる。わたしはわたしの手――わたしの権で、明白に、あなたを殺す」

　遠音が、和気の膝に両手ですがった。

「和気！　嘘、嘘、嘘です！　全部嘘です。あなたが、可愛いの。あなたを慈しんでいるの。さっきのことは、嘘。怖くて嘘を言ったの」

　感情が全て削《そ》げ落ちたような目と声で、和気は応じた。

「あなたの言葉は、もう聞かない」

悠花は血の気が引くのを覚えた。自分が爪《つめ》を立て、弾《はじ》けたものの結末に――。

□□□

牢につながれた遠音が和気を呼んでいると、幾度も刑守《ぎょうのかみ》から知らせがあったが、無視し続けていた。しかし明日が処刑という日にも呼んでいると聞かされ、会うと決めた。躊躇《ためら》いはあったが、悠火に、後悔なさらないようにと控えめに促されたからだ。

建物が連なる国庁《こくちょう》の中でも、刑所の一郭はやたらと風鐸の音がする。役目柄、鬼を恐れるのだろう。

曹司の檜皮葺きの屋根が整然と並ぶ、そのはずれ。築地《ついじ》塀《べい》に沿って板葺きの小屋が五つ並んでいる。簀子縁がないどころか、高床でもなく床もはられていないそこは、罪を犯した家《け》人《にん》をつなぐ獄所で、今は遠音が入っている牢以外は空だった。

秋らしい薄い雲が流れる晴天の日だったが、獄所の周囲の地面は湿気て土の香りが強い。来須居城から従えてきた帯刀《たちはき》と、見張りの軍士は戸の外で待つように命じ、和気一人が中に踏み込んだ。

戸を開けると、通路のような土間が横に延びており、それに沿って太い木《き》格子《ごうし》が組まれた牢が並んでいた。通路と牢の奥の高い位置に、隙間《すきま》のような明かり取りの窓があったが、それにも縦に格子が入っていた。ほとんど日の射《さ》さない屋内はひんやりと暗く湿って、土と藁《わら》がまじって腐《くた》れたような臭《にお》いと汚物の臭気が混じる。

三つ並んだ一番端の牢に遠音がいた。麻の単衣《ひとえ》を身につけ、菰《こも》の上に横になっていた彼女は、和気が格子の前に立つと、大儀そうに首をねじ向けてこちらを見やった。そしてそこに和気の姿を認めると、声をあげ、飛び起き、格子にすがりつく。

「来てくれたのね、和気。ああ、和気。あなたに、会いたかったのよ」

格子から伸ばされた、爪の隙間が黒ずんで汚れた手先を避け、和気は一歩退いた。

「呼んでいると聞きました。何か？」

乱れて脂《あぶら》じみた髪と、土で汚れた頬と、汗臭い麻の衣。これが己の母かと、哀れな姿に胸が苦しくなる。それでも精一杯冷静に淡々と応じる。

「和気。お願いよ、助けて。母を助けて」

「父国主も死にたくはなかったでしょう」

「わたしは国主様を手にかけていないのよ」

この期《ご》に及んでのその答えに、込みあげていた哀れみが潮のように引く。

「ならば、わたしですか？　父国主を手にかけたのは」

「あ、いえ。違う……でも……」

「もう、わかっています。あなたの下にいた女丁が、白状しました。その者も処罰されます。今更誤魔化せはしない。ただ伺いたかった。なぜ、わたしにやらせたのか。いざというときに、わたしに罪を着せるためですか」

遠音は目に涙をため、和気を見あげる。

「自分でやるのが嫌だっただけなの。そのときに、あなたが父国主のためになにかしたいと言いだすから、これは良いなと思って。ただ、それだけで。あなたに罪を着せようなんて思ったからではないの」

力が抜けるように感じて、和気は目を伏せた。

遠音は賢い。欲は強いが、私欲ばかりの俗物とも違い、国主の代わりとして権をふるったのも国のために働いた部分があったのは間違いない。そうでなければこの三年で、これほど国が潤《うるお》うはずがない。

ただ——ある部分で短絡的で、身勝手なのだ。

和気に父国主を殺させる真似をしたのは、和気が憎いわけでも、罪を着せようとしたからでもない。ただ自分でやるのが嫌なことを、丁度いいからと吾《わ》が子にやらせた。それが酷《ひど》いこととは特に思わずに、おかしなものだが、ある意味気楽にやらせたのだ。

「和気、助けて。わたしは、あなたが可愛いの。わたしがあなたに、酷い真似をしたことがある？」

「ありませんでした、表向き」

「表や裏なんて、ないわ。慈しみ続けていたのに」

これを本気で言っているだろうことが、和気を余計に絶望的な気分にさせる。

和気から国主の権を全《すべ》て取りあげて支配しようとしたことも、和気の手で父国主を殺させたことも、遠音にとっては取るに足りないことで、それが和気を苦しめるとも、和気の生き方を歪ませるとも考えず、事実は都合よく思考の片隅に追いやり、自分は子を慈しみ続ける母で在り続けていたのだろう。

（なぜ母君は、国主の妾になどなってしまったのか）

もし遠音が戸津の商人の娘として、そのまま商人の妻になっていれば、こんな人生ではなかったはずだ。国を潤すために三年も国主の代わりを務めることができた人なのだから、商人たちの先頭に立ち、何かをなしえたかもしれない。短絡的で身勝手。浮気性で事実を都合良く解釈しがちと、陰口は叩《たた》かれるだろうが、それだけだったかもしれない。

「慈しんでいたと、思っていたんですね。そう思っているならば、そう思い続けてください。だからといって、わたしは母君を助けられはしませんが」

「国主であるあなたが、どうして助けられないの」

「助ける気がないからです。国主の権を侵した者に甘い処分を下せば侮られます。なので、毒をもって自害を勧めるような温情もかけられません。衆目の中で死んでください。わたしは、見に参りませんが」

「和気！」

「さようなら、母君」

遠音のすがる視線に背を向けて裁ち切り、歩き出す。甲高く、悲鳴のように「和気、和気」と呼ぶ声を無視していると、脳裏によみがえるのは、今の遠音とは似ても似つかない姿ばかり。

なんて賢い子なのかしらと、頭を撫《な》で、こちらをのぞき込み、笑う顔。家人たちの前に立ったときの毅然《きぜん》とした背中。悔しげに泣きながら、「あなたの母は負けませんよ」と言って和気を抱きしめる温《ぬく》み。強くて優しい母だと信じていたころの姿ばかりが思い出されて、視界が潤む。

（なぜ母君は、あの頃のままいてくれなかったのか）

いや、と心の中でもう一人の自分が否定する。遠音は今も、あのときのままなのだ。変わったのは和気の方。子どもから少年になり、そしてさらに少し大きくなり、大人に近づき、心に鬼が忍び込んだ。

鬼が現実をまざまざと見せつけ、和気に過酷な決断を強いる。

（様々な理由が、あったのかもしれない。けれど、なぜ、父国主を殺すことを選んでしまったのだ、母君。なぜ！　それさえなければ、まだ違ったのに。なぜ、なぜ！）

なぜと言う自分の声は疑問ではなく、慟哭《どうこく》だった。

獄所の戸口を潜《くぐ》ると、秋の柔らかな日射しが頬に当たった。風鐸の澄んだ音が、もの悲しく聞こえた。

その時、胸に刻みつけられたように唐突に感じた。

自分は国主になったのだ、と。

そして潤む秋空を見て思う。

これから、自分はどんな国主になれるだろうか。

三

来須《くるす》居《い》を離れるべきだ。

そう決心し、悠花は和気の居所である内郭北殿《きたどの》へと続く回廊を歩んでいた。乾いた秋風は日に日に涼しく、朝晩は肌寒いほどになっている。気を抜いているとすぐに季節は移ろい、雪がちらつき始めるだろう。

（ここを出て、せめて雪が降る前に、落ち着ける場所を見つけたい）

薄青い、わずかに寒々しさを漂わせ始めた空を回廊の軒の向こうに見あげる。

悠花は、日織《ひおり》のために逆封洲に来た。当初はこの国の政の実情を探り日織の役に立てればと考えていたが、予想以上に深入りしてしまった。しかしその結果、逆封洲は国主和気が実権を握ることとなり、これは龍《たつ》ノ原《はら》にとっても良い変化になると思われた。

遠音は信頼ならなかったが、和気ならば、理をよく知る者だ。様々な条件は必要だろが、龍ノ原と約定《やくじょう》を結ぶに足る国になる可能性が生まれた。

比多に文を持たせて空露《うつつゆ》に届けさせれば、そのことは彼を経由して日織に伝わるだろう。不津《ふつ》の動きに思い悩んでいるだろう彼女の助けになるはず。

これ以上、この場所で悠花にはするべきことがない。

(結局わたしは、何者にもなっていないけれど)

苦笑が漏れる。何者かになるのは、案外難儀らしい。

ならばせめて満たされたかと自問してみるが、それも否《いな》と言わざるを得ない。和気を解き放つために気持ちを昂《たか》ぶらせていたときには満たされている気もしたが、ことが収束すれば、その結末に複雑な思いばかりが去来し、自分に対する疑問や虚《むな》しさまで生まれている。

「祇従《ぎじゅう》殿」

呼ばれた声の方に目を向けると、回廊の先から蒲生が近づいてくる姿があった。

「蒲生様。和気様のところへ、いらしていたんですか?」

悠花が礼を取ると、目の前に来た蒲生は、「うむ」と唸《うな》るように応じる。

「ご報告にあがった。見届けよと、わたしへのご命令があったので」

「見届ける？」

「今朝、来須《くるす》川河畔で斬首《ざんしゅ》があった。それを見届けた」

今日が遠音の処刑だったらしい。詳細な日時は公《おおやけ》にされず、和気からも、彼と御前《おんまえの》衆《しゅう》、刑守で都合の良い日を決めたとだけ聞いていた。

処刑の日でありながら、ほとんど来須居城の内部にさえ知らされることなく実行された。斬首があると察して河原に集まった民も、引き出されてきた女が何者かわからず見物しただろう。名も尊厳も奪い去り、ただ一人の罪人として処した。和気の厳格さと、蒲生に見届けろと命じた峻烈《しゅんれつ》さに、悠花は薄ら寒いものを覚える。

どんな思惑が絡んでいたにしろ、長年情を交わした女の斬首を見届けろと命じたのは、怒りもあるだろう。しかしそれ以上に、裏切るとこうなるのだという、釘《くぎ》を刺す意味もあるはずだ。

（一歩間違えれば、彼は恐ろしい国主になるのかもしれない）

怜悧《れいり》すぎるために、それが歪んだ形に発露したときは、どんなことになるだろうか。

「和気様は、どのようなご様子でしたか」

「そうかと仰ったのみだ。本日は休息をとる日なので、他に用件もないらしい。久方ぶりの、休息だ。なにしろお忙しかったからな」

遠音の捕縛の後、和気は国軍の配置を野津《のつ》柵《さく》から都の来須居に替えるように命じ、さらに兵守《つわもののかみ》、蔵守《くらのかみ》、刑守を更迭《こうてつ》し、新たな者を任命した。兵守と刑守は家人から選ばれたが、蔵守は、新たに家人として抱えた商人である東二を任じた。家人となるにあたり姓を賜り、東二は、戸津東二《とのつのとうに》と名乗ることとなった。

御前衆と郡主《こおしゅ》はそのままにしたが、新たに国庁の要《かなめ》となった守たちも含め、御前での合議を何度となく行った。和気自身が新たな政の仕組みを理解し、また割り振り、統制するためだった。同時に、そうすることで彼らが国主を支える要であること、頂点にいるのが和気であることを、知らしめる効果があっただろう。

「学友のあなたが行けば、国主様も気持ちがほぐれるだろうな」

優男の表情から毒気が抜けている。頬に傷のある横顔が、甘い顔立ちだけに、どこか気弱そうに見えた。もともと彼は、さほど毒気の強い性情ではなかったのかもしれない。

「黒秋津《くろあきつ》だ」

突然、蒲生が言う。彼の視線を追うと、ほっそりと黒い体に銀の斑点《はんてん》が浮かぶ、銀の目と銀の四枚翅《ばね》の秋津が回廊の欄干に止まっていた。

「……祇従殿、知っているか？　黒秋津は虻《あぶ》を食う。あんなに大きな羽音をさせて、脅すように馬や人にまといつくものを、黒秋津はほとんど音もなく飛んできて、捕らえて食う。そればかりか稲にたかる害虫も食う」

「知りませんでした。龍ノ原にも秋津は幾種かおりますが、黒秋津はいないので」

頬の傷をゆがめ、蒲生はにやりとした。

「この秋津、祇従殿に似ている」

悠花は顔をしかめた。なぜ虫か、と。昔から花に喩《たと》えられることは多々あったが、虫に似ていると言われたのは初めてだ。

「嫌な顔をするものじゃない、祇従殿」

「虫に似ていると言われて、嬉しがれもしませんが」

不満いっぱいの返しに蒲生は声を出して笑い、それに驚いた黒秋津は飛び立った。

蒲生と別れてそのまま北殿へ向かい、枢戸《くるるど》の外、簀子縁に膝をつく。

「和気様。悠火です」

「ああ、悠火か。丁度良かった！」

敷居のところに早足で出てきた和気は、笑顔だった。

「今日は、ゆっくりと書でも読もうと思っていたのだ。一緒に東の倉に行こう。面白そうな書を見繕って、楽しもう」

久しぶりに少年らしい笑顔を見せているこのとき、「お待ちください」と言ってこの場に引き留め、暇乞《いとまご》いをするのは気が引けた。暇乞いをするにしても、機というものがあるだろう。「ご一緒しましょう」と応じて立ち、和気とともに東の倉に向かう。

校倉《あぜくら》造りの内部は、背丈を越す高い棚が三列に並び、棚板には本や箱などが並べられていた。窓がないため、出入り口の枢戸を開いていても奥は暗い。

手灯りを持って中へと入る。

巻子《かんす》本《ぼん》や折り本などからめぼしいものを幾つか選ぶと、薄明かりで文字が読める出入り口辺りの床に、これも棚に置かれていた毛氈《もうせん》を敷き、並べていく。

並べた巻子本を広げ、折り本を広げ、二人で覗き込み、これは面白そうだなどと話をしていると、和気と出会った当初の頃に戻ったような気がした。

墨と古い料紙の香りが満ちる倉は、悠花にとって、そしておそらく和気にとっても居心地が良い。薄暗さと明るさが相半ばする、静かなこの場所が好ましい。

ふっと、会話が途切れた時だった。

「悠火」

書面を見つめながら和気が、細い声を出す。

「今日、わたしは母君を殺した」

その一言は、悠花の体を重く堅いもののように刺し貫いた。貫いたのは、悠花自身の罪深さだ。

和気の姿にかつての自分を勝手に重ね、解き放ちたいと願った結果、彼から母を奪ったのだ。命を奪った意味以上に、母というものに対する幸せな感情も奪い、思い出すらもすり潰《つぶ》しただろう。

沈黙が落ちる。暫《しばら》くして、悠花は静かに応じる。

「左様ですか」

それしか言えなかった。

「うん。これは間違ってはいなかった。そうするべきだった……でもなぜか胸が虚《うつ》ろで……寂しい。別に母君が恋しいわけでもないのにな」

書面から顔をあげ、和気は本が並べられた毛氈越しに悠花を見た。

「悠火。あなたには、ずっといて欲しい。わたしのもとで、わたしを支えて欲しい」

濃茶の瞳《ひとみ》が、悠花の胸に逃れられない宿命めいたものを突きつけた。

(この少年を解き放ち、あまつさえ母をその手で殺させて奪ったのなら——逃れるべきではない、ここから)

暇乞いなど許されない。それが自分の為《な》したことの結果だと、濃茶の綺麗《きれい》な瞳に言われているのだ。

そう考えた瞬間、目の前に浮かんだのは日織の顔。

床についていた掌《てのひら》に力がこもり、温檜葉《ぬくひば》の板に軽く爪が立つ。

ここから逃れられなければ、日織の元に帰れない。咄嗟《とっさ》にそう思ったが、そう思った自分が切なくなった。ここまできて、ここまでして、まだ日織を求めているのかと、吾ながら衝撃を受ける。その衝撃が苦しい。これほど自分が日織との別離を哀しんでいたのかと、未練がましくいるのかと、それが意外で、意外だからこそ止められないほど大きなうねりが体の中に起こる。

（逃れられない、そして帰れない）

現実が苦しくて、息苦しさが胸を満たす。目を閉じると唇が震える。睫《まつげ》が濡《ぬ》れる。駄目だと思い、唇を噛《か》み、こらえた。

「悠火？」

和気が、狼狽えたようにこちらを覗《のぞ》き込む。

「わたしは、そんな酷いことを言っただろうか？」

「いえ。あなた様の示してくださったもので、自分のあるべき所を知り、少し……切なくなっただけです。わたしには帰りたい場所がありますが、そこには永久に帰れないので」

肩に和気の手が触れる。

「あなたは、いったい、いままでどうやって生きてきたのだろう」

首を横に振った。

「申し訳ありません。それはお答えできません」

「いや、いい。かまわない。知りたくてした、質問ではない。ただ疑問に思ったことを口にしただけで、知りたいとは思わない」

急いで和気は言葉を返してくれる。

「あなたがどんな生き方をしてきて、帰れない場所がどこなのかも、知らなくていい」

「知らなければ不安ではありませんか」

和気は、驚いたように目を瞬く。

「知らなくとも不安はない。今のあなたを信頼しているから。だから、ずっといて欲しいと請《こ》うた」

顔をあげた悠花は、心配そうな色を浮かべる少年を見て悟った。

（ああ、そうか。わたしはここで、何者かになるのだ。そしてそれによって満たされなければ、ならないのだ）

悠花は、逆封洲《さかのほうしゅう》国主を支える者として——。


白杉《しらすぎ》の香りのしない、この国で。

龍《りゅう》のいない、龍の声が聞こえない、この国で。

□□□

稲穂が風になびく。

龍稜《りゅうりょう》から見渡せば、髭平《しのひら》の細い草葉もわずかに色あせ、さらにその向こうに広がる景色の中に、稲田の黄金色があちこちに小さな敷物のように見える。空の色は薄く高く、晴れている。游気《ゆうき》は乾き、風は心地よい涼しさ。

完成した柵を、小《こ》勢乙名《せのおとな》と造多麻呂《つくりのたまろ》とともに視察した帰り道だった。

馬上から、陽の光をやわらかく弾く稲田の揺れを見ていると、日織の乗る葦毛《あしげ》馬の耳の間に、つっと秋津が止まった。

「珍しい色だ」

おもわず口にしたのは、その秋津が見慣れない黒い体をしていたからだ。銀の目と銀の翅、黒い体には銀の模様がある。

どれどれと多麻呂が馬を寄せてきたが、その気配に秋津は飛び立った。飛び去るそれを目で追って、多麻呂も首を傾《かし》げた。

「本当ですね、黒い秋津なんてはじめて見ました」

乙名が目を眇《すが》め、秋津が飛び去った方を見晴るかす。

「附孝洲《ふのこうしゅう》で見たことがあります、あの秋津。黒秋津という名だったかと。八洲《はっしゅう》には当たり前にいる秋津らしいです」

「八洲にしかいない秋津か。何かの弾みで護領山《ごりょうさん》を越え、龍ノ原に迷い込んで来たか」

「おそらく。龍は龍ノ原にしかおりませんが、八洲には龍ノ原にはいない生き物が沢山おります」

　八洲と聞き、日織はつい、北の方角へと目をやった。

（逆封洲は遠いな）

　夏井王《なついのおおきみ》は、悠花——夏井はただ悠花の指示を受けていた護領衆《ごりょうしゅう》だと思っている——が、逆封洲にいるだろうというところまで突き止めた。護領衆であれば八社《はっしゃ》を頼ることも多いだろうから、鳥手《とりて》を遣わして調べてみれば良いとも提案してくれた。

　馬木《まぎ》に調べを頼むと、すぐに配下が動いたらしく、逆封洲八社には、鹿角音《かづぬね》として随分美しい容貌《ようぼう》の護領衆がやってきたようだと報告があった。間違いなく悠花だろう。居所が知れたのだ。その報に触れた時は、その護領衆を無理矢理でも龍ノ原に攫《さら》って参れと鳥手に命じたかった。

　だが堪《こら》えた。

　悠花を連れ戻すのには、状況があまりにも良くない。

　不津が譲位を迫り、動くとわかっていた。重臣たちも警戒し、孝路《こうろ》の要衝に柵まで作り身構えている。こんな時に悠花を無理矢理に連れ戻しても、彼を不安にさせるだけだ。八社で護領衆として勤めているならば、その方が安心だった。日織は、悠花を怯《おび》えさせながら傍らに置きたいのではない。強い皇尊《すめらみこと》として立ち、日織の望む龍ノ原を作り、悠花が安心して自分の側《そば》にいられるようにならなければ、彼に、側にいろと命じる資格はない。日織が思う資格が得られたそのときには、彼が不満を言っても、泣いても暴れても、連れ戻す。だからそれまでは連れ戻せないのだ。

ただ悠花の居所が知れたことで、心は随分落ち着いたので、夏井には感謝した。龍稜に戻ると夕餉《ゆうげ》まで少し間があったので、日織は折り本を膝の上に開き、東殿《ひがしどの》の簀子縁にいた。

夕暮れの風は、袖口《そでぐち》から吹き込むと涼しいよりも肌寒い。母屋に入れば良いのだろうが、桜紅葉が揺れて乾いた音を立てるのと、はらはらと潔《いさぎよ》く散っていく様を見たかった。胡座《あぐら》をかいた膝の前にも、ぱたりと、朱と黄が混じり合った葉が落ちる。

日に日に寂しくなる枝先の向こうに広がる夕空に目をやれば、遠くで、銀の筋が三本、互いを追って遊ぶように、宙で緩い円を描いていた。

不津がやって来るのはいつだろうかと、日々不安な日織に比べ、龍は暢気《のんき》だ。彼らは皇尊の命運など知らないし、ほとんど興味もない。ただそこに皇尊という者があればいいだけで、それが失われれば不安で殯雨《もがりあめ》を降らせ続ける。

皇尊とは、この身とは、なんなのだろうかと首を傾げたくなる。

「まあ、問うても答えなどないからな」

苦笑いしながら口に出し、膝の上の折り本に目を落とす。皇尊がなんなのかわからずとも、今は皇尊として、龍ノ原を護る方法を考えることに集中しなければならない。

このところずっと同じ本ばかり開いていた。一原八洲図《いちげんはっしゅうず》が描かれたもので、さして貴重な本でもない。一原八洲図とともに、各国の名と国主の一族について、あるいは特産品について、つらつら書かれているのみ。央大地《ひさしだいち》を大まかに把握するための本といったものだ。

この本がどうにも気にかかり、つい開いてしまう。

不津が立つという話を逆封洲国主の母遠音から聞き、さらに、彼女が逆封洲と龍ノ原の約定を持ち出して以降、龍ノ原を護るためには龍ノ原一国では不可能だという考えが日織の中で強まった。そのために八洲のことを知りたいし、条件さえ整えられれば、本当に約定を結ぶことも早急に考えなければならない。そう思っているからこそ、気になるのだろうか。

(しかし。龍ノ原と他洲が約定を結ぶ。それだけの単純なことで、護れるのか)

早く約定を結ぶべきという思いと同時に、それを考えるだけで良いのかと、疑問にも感じる。

(今の考えばかりでは、危うい)

そうは感じるのだが、ではどうすれば良いのかは、まだ見えない。

一原八洲図を睨んでいると、回廊に空露が姿を見せた。簀子縁へあがってくると、日織の傍らに膝をつく。

「日織。わたしが懇意にしている者から、逆封洲の気になる様子を聞きました。お耳に入れるべきかと」

「どんな？」

目だけを上げて問うと、空露はいつもの無表情で口を開く。

「逆封洲国主の母、遠音様が斬首となりました」

驚きに、手にした折り本を思わず膝の上に置く。

「斬首？　家人の反乱でもあったか」

「いえ、国主様のご命令だそうです」

「国主というと末和気か？　十四歳の少年だったろう。少年が、自分の母を斬首しろと命じたというのか」

「そのようです」

眉をひそめた。

「陰の国主として権を振るっていたはずの遠音を……」

遠音が陰の国主ではあったかもしれないが、国主は和気。いずれ権力は子であり国主の和気が握るはずで、わざわざ遠音を殺してまで、急いで手に入れる必要はないものだろう。しかも実の母だ。母に不満があったとしても、穏便に身を引かせる方法はいくらでもある。

それが斬首という苛《か》烈《れつ》なものになるのは、解《げ》せない。しかも十四歳の少年が、そんな選択をするのだろうか。

「何者かに操られでもしているのか、国主の和気は」

ふと思いついたことを口にすると、空露が日織から目をそらす。

「そのあたりの事情は、わかりません。しかしこの報をもたらした者によると、国主の末和気は英明であると。あと、例の東二という商人。あの者が逆封洲の国主の家人として召し抱えられ、蔵守になったとのことです」

「東二が？」

さらに驚いた。

（逆封洲で何が起こったのだ）

まさか悠花が巻き込まれてはいまいかと思ったが、彼は神職として八社に寄宿しているはずだ。要らぬ心配だろうと、すぐに思い直す。

（それにしても東二を家人として抱えたとすれば、和気が――あるいは、それを陰で操る者は、随分抜け目なく果断と言わざるを得ないな）

内心、悔しいような気もする。東二と会ったとき、龍ノ原の臣たちにはない賢しさが、面白かったし気に入った。もしあのような者を抱えられれば、困難なときに新たな知恵を絞り出してくるだろう。

遠音を殺したと聞けば危うい気もするのだが、東二を抱えたとなれば、逆封洲が龍ノ原にとって約定を結び助力を求めるべき国にも思える。

だが、と、再び日織の中に引っかかるものがあった。

（龍ノ原が約定を――）

乙名が積極的にそれを口にしないのも、彼も日織と同様に、約定に頼るだけでは危ういと考えているからだ。

他国と約定を結ぶとき、どのような条件を出し、こちらはどの程度の条件を呑《の》めるのかといったところは、乙名がまとめて形にしていた。大項目は十あり、細目に至っては百もある。そこまで考えておきながら、乙名は、他国との約定を早急に進めよとは言わない、その理由がある。

形ばかり他国と約定を結び、それが抑止力となるならば乙名は約定をすすめるだろう。

だが附孝洲を後ろ盾とする不津が、龍ノ原が他国と約定を結んだからと、諦《あきら》めるはずはない。かえって附孝洲の危機感をあおる。

　さらに仮に信頼できる国と約定を結び、軍士を借りて対抗しても、結果は、龍ノ原を戦場にした八洲同士の小競《こぜ》り合《あ》いとなってしまうだけだ。不津が諦めなければ、龍ノ原は延々と戦場となり荒廃する。そうなればいずれ民は逃げだし、龍ノ原は国としては成り立たず。戦場と化した地で、皇尊はただ呆然《ぼうぜん》とするしかない。

　戦場となった龍ノ原で、金気を嫌う龍はどうするのか。神はどうするのか。

「皇尊」

　階《きざはし》の下に、いつの間にか馬木の姿があった。膝をついた彼は、黒革の布で覆われていない方の目に、苦渋の色を浮かべている。

「どうした」

　ただならぬ気配に、日織は本を床に置いて立ちあがった。

「今、配下を、淡海皇子《おうみのみこ》、小勢乙名様、造多麻呂様の元へも走らせております。附孝洲の軍団が、孝路に向けて北上していると知らせが入りました。軍士の数二千。不津王を標《しるし》として戴《いただ》き、さらには国主の中目戸《あたりのまと》が、軍団の将として先頭に立っております」

　足もとから震えが来る。

「……来たか」

　龍ノ原にある備えは、孝路の柵《さく》のみ。わずかな足止めにしかならない。そこで停滞するだろう附孝洲の軍団に、太政大臣《おおまつりのおとど》の淡海皇子と、左《さ》の大臣《おとど》小勢乙名が対峙《たいじ》し、不津の説得を試みる手はずにはなっている。

だが――説得を不津が受け入れるとは思えない。

「附孝洲の軍団はいつ頃、孝路の柵に到達する」

「明日の昼には」

拳《こぶし》を握った。

(今から他国へ遣いを出し、急ぎ約定を結ぶから軍団を出してくれと願うか？　もし国主が承知してくれたら、不津が龍ノ原に入ってきた後に、追い払うことも……)

焦《あせ》りと恐怖にそんな考えが浮かびかけたが、冷静な自分が否定する。

(いや、そうなれば龍ノ原が戦場になるだけ。附孝洲と他洲、双方の軍がさらに軍士を送り込み、戦いは大きくなり……)

唇を噛む。

(ならば、どうする)

空露が日織のそばに近寄り囁《ささや》く。

「すぐに、重臣の皆さまが参りましょう。大殿《だいでん》へ」

震えを抑えて頷《うなず》いた。

「わかった。行こう。馬木、おまえも一緒に」

淡海皇子と小勢乙名、造多麻呂が大殿に揃《そろ》ったときには、既に日は落ちていた。祈社《きしゃ》にいる真尾《まなお》のみ間に合わず姿がないが、待っているのももどかしく、三大臣が揃ったところで話し合いが始まっていた。

彼らの間に並べられた結び燈台の炎が揺れ、大殿背後から滝の水音が大きく響く。ことに今夜はなぜか滝音が耳につく。滝の水音が振動となって、殿舎《でんしゃ》の壁を微《かす》かに揺らしているような気もする。

「附孝洲の軍団が柵に到達するのは、明日の昼頃になろうと思われます」

灯りの届かない暗がりに控えつつも、日織に促されてそう報告した馬木の声に、造多麻呂が呻《うめ》く。乙名が重く硬い声で言う。

「よもや国主が将として立とうとは」

「国主が立つ意味は？」

日織が問うと、乙名は淡々と応じる。

「国の威信をかけ、国として不津王をお支えするという意思表示です」

「では、引かないでしょうね。何があっても」

強《こわ》ばった顔の多麻呂に、乙名は頷き返す。

「さらに現在国主となっているのは、中目戸。十二年前、不津王とともに附孝洲に滞在していたとき、彼《か》の方と接することがありました。その時の印象が、わたしには不安だ。あの方が国主となられているならば、なにをなさるか」

　乙名にしては珍しく不明瞭《ふめいりょう》な物言いに、胸騒ぎを覚える。

「おまえの不安とは？」

「十二年も前、しかも当時は十二歳のお子。その時の印象で語るのは危ういとは思うのですが、目戸様は国嗣《くにつぎ》でありながら、父国主様に遠ざけられていました。あの方には、権威や神を畏《おそ》れ敬う心が欠落しているように思いました。その方が軍団の将として、先頭に立っておられる」

「附孝洲国主が先頭に立ち、軍団を率いているとはいえ、進軍は不津王のご意思。不津王ご自身が退《ひ》くと仰《おっしゃ》れば、附孝洲の国主も退くでしょう」

　今まで瞑目《めいもく》していた淡海皇子が、目を開き、静かに口を開く。皺《しわ》の深い白い肌と白い髭《ひげ》、白い眉《まゆ》と鬢《びん》。異様に白いばかりの彼の表情は、しごく落ち着いていた。

「わたしと左の大臣が、不津王の説得に参ります。そして退いて頂く。皇尊の御位《みくらい》を望んでいるお方だ。重臣の言を聞くくらいは、してくださろう」

「あの方を説き伏せるのは望み薄だと思うのは、わたしだけでしょうか」

　多麻呂の呟《つぶや》きに、淡海皇子は鼻で笑う。

「わたしも、そう思っておる。話は聞いてくださろうが、納得はされぬだろう。納得するくらいならば、今も附孝洲でおとなしくしておられるはず」

「じゃあ、なぜ行かれるのですか、淡海皇子」

胡乱《うろん》げに問い返す多麻呂に、乙名が応じた。

「以前、皇尊に申しあげた通り。附孝洲の軍に柵を越えさせるならば、わたしと太政大臣の命を取ってからになさいと、不津王に決断を迫る」

「なにを……っ！」

乙名の言葉に、日織はぎょっとした。

孝路に視察に出かけたとき、確かに乙名は「命がけでお止めします」と口にした。しかし本当に、不津の決断に自らの命を委《ゆだ》ねるつもりだとは思っていなかった。ただの比喩か――と。

あまりのことに絶句した日織を落ち着かせて制するように、乙名は手をあげる。

多麻呂が身を乗り出す。

「お二人がその覚悟であるなら、右《う》の大臣《おとど》のわたしも行かねばならないでしょう」

「吾ら二人が戻れなかったとき、皇尊をお助けする者が必要だ。なおかつ不津王とさほど関わりのないそなたが行っても、意味はない」

淡々と返す淡海に「そのような」と反論の声をあげ、きっと見やった多麻呂だったが、白い面に何を見たのか、はっとして口をつぐみ項垂《うなだ》れる。

多麻呂がおとなしくなったのを見計らって、また乙名が口を開く。

「それで吾らが命を取られたならば、もはやそれは龍ノ原を侵す者。けして屈してはならぬ者です。そうなったときは、龍ノ原が戦場になろうが、対抗しなければなりません。龍ノ原に力を貸すという他国と手を結び……」

「もし……、もしそうなった時に、他に方法はないのか。龍ノ原が戦場にならぬような」

日織の問いに、乙名は苦い顔をした。

「一つだけ、戦わずして龍ノ原が護《まも》られる状況があります。しかしその状況は自然に生まれるものではない。作らねばならぬのです。そしてそれは、できるとするならば――皇尊にしかできぬこと」

「わたしが？　なにをすれば良い」

乙名は首を横に振る。

「皇尊のお命のみならず、龍ノ原そのもの、あるいは央大地そのものを賭《と》して神に問うことになりかねないので、お教えいたしかねる」

淡海と多麻呂が不安げに乙名を見やった。央大地を賭すとは、状況の想像がつかないために恐ろしいらしい。

　しかし日織は、乙名の口にした状況という言葉が、一原八洲図を眺めていた自分の中に無意識にあった言葉のような気がした。明確に日織が摑《つか》めていなかった考えを、乙名は摑んでいたのだ。ただそれは、あまりにも危うい方策なのだろう。

「まず吾ら重臣は、先の見える、確実な方法からとります。わたしと淡海皇子が不津王を説得に参ります。皇尊には、附敬洲《ふのけいしゅう》、附義洲《ふのぎしゅう》、附道洲《ふのどうしゅう》、そして信頼が置けるのか疑問ですが念のため逆封洲にも、すぐさま約定の申し入れが出来るよう準備をお願いいたします。それらの国々のうち、良い反応をした国と約定を結ぶべきかと」

「しかし約定を結び、他国の軍団の助けが得られるまでには、ひと月はかかるはずだ」

「その通りです。そして不津王の軍を吾ら二人が止められなければ、すぐさま龍稜まで進軍してくる。そうなったときは、皇尊は祈社にお入りください。皇尊が龍稜にあらせられないのはすぐに知れ、軍団は祈社に参りましょうが、そうなればまた場所を転々とし、その間に他国との約定を結ぶのです」

「しかし転々と逃げ隠れしながら、他国と約定を結んでも、結果は龍ノ原を戦場にするだけ……」

　言いかけて、はっとした。乙名をはじめ重臣たちは、そのようなことは百も承知で言っているのだ。

　覚悟を決めた淡海と乙名の視線を受け、日織も一つの覚悟を決めた。

（龍ノ原を戦場にしてはならない。そうなるくらいならば――わたしが譲位するべきなのだ）

誰しもそう思うはずだが、重臣たちは日織に譲位せよとは言わない。

彼らが龍と縁《えにし》を成した日織をどれほど皇尊として尊重しているのか、このとき、ようやく身に染《し》みて理解できた。

だからこそ――。

（民のために、わたしは死なねばならぬ）

闇《やみ》に沈む天井を仰ぐ。

（わたしに龍の声が聞こえたらな、今）

龍は助けてくれないとわかってはいるが、すがりたい。すがってもどうにもならないと知ってはいても、すがりたい。それは恐ろしさで膝《ひざ》が砕けそうな自分を、ただ最後の時まで立たせておくためかもしれない。

不津が皇尊となれば、遊子《ゆうし》たちは再び彼の言うところの区別をされはじめる。日織の存在があったばかりに、さらに風当たりは強くなり、かえってもっと過酷な状況に置かれるかもしれない。

龍ノ原は日織が皇尊として立つ前と、ほとんど変わらない国であり続けるだけ。だとしても、戦場になり、多くの民が逃げ惑うよりはましだろう。

せっかく手に入るはずのものが、崩れこぼれる。これからだと希望に満ちていた道が、途切れる。

得て、失う。そんなことの繰り返しが、人の生にはつきものなのか。

生とは――なんと、ままならないのか。

(ごめんなさい、宇預《うよ》お姉様。龍が縁を成してくれたのに、わたしはここまでかもしれない。すまない、月白《つきしろ》。居鹿《いしか》。それに、これから生まれてくる子すべてに、申し訳ない。それでも唯一《ゆいいつ》、悠花が、わたしのもとを離れていて良かった)

悠花は生き延びられる。

もう一度悠花に会いたかった、と思った瞬間、既に会うことを諦めていると自覚した。ただ淡海と乙名が命を賭してというならば、まずはそれを信じたかった。二人が、不津を止められる、と。

(最後の最後まではあがいてみよう)

どこかに希望はあると龍に教えられたのだから、つま先が奈落の底へ続く縁にかかる時まで、諦めずにいるべきだ。それまでわずかな時間だろうが、まだ日織は考え続けなければならない。生き残り、龍ノ原を護る方法を。

一方で絶望しながら、一方では希望にすがり。最悪を覚悟したが、まだ悪あがきをしたかった。

六章　護領山《ごりょうさん》を越えよ

一

孝路《こうろ》は、護領山で最も高い峰である祈峰《きほう》の東を通り、附孝洲《ふのこうしゅう》へ抜ける路《みち》。龍《たつ》ノ原《はら》側は白杉《しらすぎ》が群生する、四季を通じて青々とした斜面。冬ですら、雪に覆《おお》われた真っ白い斜面に木々の青さだけが鮮やかに目立つ。

附孝洲側は針葉樹広葉樹が入り交じる斜面で、そこからはじまる附孝洲の領土は、見渡す限りの森林。真っ赤に、あるいは黄に色を変えた木々の葉が、針葉樹の緑と入り交じり、こんな時でなければ斑《まだら》な色合いが美しいと感嘆したことだろう。

孝路の坂をのぼりつつ、馬上から南をふり返った不津《ふつ》の気は昂《たか》ぶっていた。景色に感慨を抱く余裕もなく、それどころか力を込めすぎたのか、馬が何かを嫌って二、三度激しく足踏みして路をそれようとした。手綱を引いて宥《なだ》めたが、馬の胸に掛けてある厚総《あつぶさ》が激しく揺れる。

馬を並べていた附孝洲国主《こくしゅ》、中目戸《あたりのまと》が笑った。

「虻《あぶ》ですね。夏に比べればましでしょうが、まだ多い」

周辺の雑木森林には猪《いのしし》が多く住むらしく、それにともなって虻も繁殖する。

馬の厚総には海藻を編み込み、潮気で虻を馬から遠ざける工夫はされているが、それでも馬の頭周りにまといつく。

「しかし紅葉はみごとですね、龍ノ原の兄君。少し休んで眺めますか」

緊張感もなく柔和な笑顔の目戸に、不津は眉《まゆ》をひそめた。

「これから龍ノ原に入るのだぞ。しかも相手は孝路に柵《さく》を構えて、備えている。それを突破しなければならんのに、随分暢気《のんき》だな、目戸」

龍ノ原が、孝路の最も狭い場所に柵を設け物見櫓《ものみやぐら》まで建て、衛士《えじ》を配置し、こちらに備えているのはわかっていた。

目戸は国主の座につく前は、国嗣《くにつぎ》として隣国との境にある柵に常駐し、敵と刃《やいば》を交えることもあった。昔は軟弱で泣き虫だった子どもが立派になったもので、経験を積んでいるだけあり、賀陽《かよう》から軍を出す前には、龍ノ原がどの程度こちらに備えているのかをすっかり調べあげていたのだ。

「梯子《はしご》も用意してありますし、大槌《おおづち》もあります。しかも柵を護《まも》っているのは賦役《ふえき》の衛士ですから、突破するのは造作もないですよ。お任せください。軍団の将は、わたしです。龍ノ原の兄君は、大きく構えてご覧になっていてください」

将として軍を率いているので、目戸が額に巻く帯、断結《だんけち》の真ん中には黒い鋼《はがね》板が縫い込まれていた。肩と腹、腕、手の甲、腿《もも》、脛《すね》から下。それらを覆う、鋼の小粒を縅《おど》した戦具。腰には太刀。不津よりも背は高いが、細身で、ひ弱そうで、それでもそんな装束を身につけていると、兵《つわもの》として威厳がある。

衣《きぬ》と袴《はかま》だけで、形ばかり胸当をつけている不津と比べれば見栄《みば》えがした。

不津も太刀くらいは佩《は》くべきかと思ったが、目戸が止めた。正しき皇尊《すめらみこと》となる方が、龍《りゅう》の嫌う金気を身につけるべきではない、と。その代わりに自分が、不津の太刀になろうと。

自らが不津の太刀になる。その言葉は気に入った。一国の国主を刃として従えるのは、龍ノ原の正しき皇尊となるべき者らしいではないか、と。

不津と目戸の前には三騎先駆けの騎馬があり、背後には、腰に太刀を佩いた二千の軍士が、槍《やり》を手に続く。精鋭らしく、賀陽からここまでの道程で隊列が乱れることはほとんどなく、雑談をして笑い崩れながら歩くような者もいない。

あまりにも整いすぎていて、軍団を見慣れない不津には不気味に感じられるほどに統制されている。

荒い鼻息を吐きながら、馬は坂路を上り続けた。路が細くなっていき、ついには荷車一台ほどしか通れない狭隘《きょうあい》さになった。馬の疲れもかなりだろうと思っていると、先駆けの三騎の騎馬が、こちらに馬首を向け、待ち構えている姿が前方に見えた。その辺りから傾斜は緩くなっている。

「妙なことになっておるようです」

不津と目戸が近づくと、三騎の真ん中にいる兵が、背後を目顔で指した。

見れば、坂はその先から緩くなり、平坦《へいたん》に近くなっているが、左右には崖《がけ》が迫り、木の根が剝《む》き出しになっていたり羊歯《しだ》が飛び出してきたりで、狭い道幅をさらに狭くしている。

その狭い路に、丸太の先端を鋭く削り出した拒馬《きょば》が道幅いっぱいに置かれていた。さらにその向こうには、太い赤樫《あかがし》の柱が左右の崖に埋め込まれている。柱の間には厚みのありそうな門。こちらも赤樫か。

門の向こうには櫓が見えた。細い手《て》摺《すり》を巡らせただけの物見台の上に、それぞれ三人、弓を手にした衛士がいる。

聞いていたとおりの柵が作られていた。

兵が妙と言って視線を向けたのは、拒馬と門の間だ。二人、龍ノ原の人間が、こちらを見て佇《たたず》んでいたからだ。

一人は、肌も白ければ髭《ひげ》も眉も鬢《びん》も白い。何もかも真っ白な、痩《や》せた白兎《しろうさぎ》のような老人。今一人は、石のように硬い表情がまったく動かない男。

「淡海《おうみ》の叔父君と、乙名《おとな》か」

二人の姿に驚き、次には皮肉な笑みが不津の口元に浮かぶ。二人の目的などわかりきっている。不津を諫《いさ》めるために来たのだ。

「一人は、わたしも見覚えがありますね。もう一人は、ご存じですか？　龍ノ原の兄君」

「重臣だ。爺《じじい》は太政大臣《おおまつりのおとど》の淡海皇子《みこ》。乙名も、今は左《さ》の大臣《おとど》だ」

不津が下馬すると、先駆けの三騎と目戸も倣《なら》って降りる。先駆けの兵一人が不津と目戸の後ろへ走り、軍士たちに「止まれ」と合図をする。

不津は二人の兵の間を抜けて、龍ノ原の重臣たちに近づく。目戸も背後に従う。

突き出した拒馬の先端の前で、不津は足を止める。

淡海と乙名は、拒馬越しに深く礼を取った。不津は鷹揚《おうよう》に声をかけた。

「久しぶりだな、二人とも。この拒馬が邪魔だ、退《ど》かせ。そして門を開け」

「お話を聞いて頂きとうございます、不津王《おおきみ》」

顔をあげた乙名が言う。不津は薄ら笑いで返す。

「聞くだけならば、聞いて良い。ならば、そなたたちも、俺の話を聞くのだぞ」

「はい」

応じると淡海と乙名は拒馬の隙間《すきま》を難儀しながら潜《くぐ》り抜け、こちらに出てきた。

目戸の目配せで、背後に走った兵が、軍団最後尾の荷車から、菰《こも》を毛氈《もうせん》でくるんだ敷物を持ち出し路の中央に広げる。

「龍ノ原の兄君。そちらをお使いください」

促されたので、目顔で淡海と乙名に座れと命じる。おとなしくそこに端座した二人の前に、不津も胡座《あぐら》を組んで座る。背後を護るように、目戸が立つ。

崖上に張り出す雑木の枝に日《ひ》射《ざ》しは遮られがちだったが、地面の所々には光が落ちていた。秋らしい柔らかな明るさで、こんなときでなければ興が乗り、歌でも詠《よ》みたいような、野趣あふれる紅葉狩りめいた游気《ゆうき》の穏やかさだった。地面に落ちる光が揺れたので、ふと見あげると、張り出した枝から鶲《ひたき》が飛び立ったところだった。

「無駄な挨拶《あいさつ》は省かせてもらいます、不津王」

乙名が口を開き、不津は視線を地上に戻す。目が合うと、乙名が続ける。

「なにゆえこのような軍団を引き連れて、龍ノ原に入ろうとなさっておいでか」

ぶれない瞳《ひとみ》でこちらを見据え、乙名が問う。昔から変わらない相変わらずの堅物ぶりに、懐《なつ》かしさを感じるとともに、疑念と苛立《いらだ》ちも覚える。

同じ師に学び附孝洲にまで随行した乙名は、かつては、不津が次期皇尊になるのだろうと口にすることも多々あった。あれこれと口うるさくもあったが、次期皇尊と期待してのことだと理解していたし、いずれ自分が御位《みくらい》に即《つ》いたあかつきには重臣の列に加えようと考えていたほどに理知的な男だ。

(その乙名がなぜ、日《ひ》織《おり》を皇尊と認めてしまっているのか)

不津には、舅《しゅうと》の穂《ほ》足《たり》や重臣たちが日織を受け入れている理由がわからない。

「龍ノ原は勘違いしている。軍団を率いているのは、不津王ではあらせられない。わたしだ。わたしが軍団を率いている」

不津の背後から冷たい声で目戸が割って入る。

乙名の視線が、ゆっくりとそちらへ向かう。

「ご挨拶が遅れ、失礼をいたしました。お久しぶりでございます、小《こ》勢《せの》乙名にございます。覚えておられましょうか、中目戸様。今は国主となられたとのこと、お慶《よろこ》び申し上げます」

礼を取った乙名に、目戸は「ああ、おまえか」と小さく笑い声を出す。

「覚えている。龍ノ原の兄君と一緒にいた、随分陰気な男だとな」

「わたしも国嗣であらせられたあなた様のことを、よく覚えております。先代国主様が、あなた様のことを怖いと仰《おっしゃ》っていたので」

乙名が不津とともに附孝洲にいた当時、目戸はまだ十二歳だった。十二歳の子どもの頃のことを、しかも貶《おとし》めるかのような発言に、不津は眉をひそめた。将としてやってきた目戸が憎々しいのはわかるが、言うに事欠き、莫迦《ばか》なことを口走るものだ。

「それで、なんだ？　乙名。俺がなぜここに来たかと問うのか？　決まっている。過誤の皇尊に譲位を求め、正しき皇尊となるべき俺が即位するためだ」

「畏《おそ》れながら申し上げます。前提をお間違えです、不津王」

　視線を不津に戻し、乙名が言う。

「いま龍ノ原にあらせられる皇尊を、過誤の皇尊と仰いましたが、それこそが間違っております。皇尊は入道により地大神《ちのおおかみ》と縁《えにし》を成され、さらには宣儀《せんぎ》によって龍と縁を成された、正しき皇尊です」

「それは日織が神を欺《あざむ》き、神の御判断を誤らせたのだ」

「なぜそうと言えるのです、神の声を聞く者などおりませんのに」

「理屈に合わないから、神が過《あやま》たれたと考える他ない。遊子《ゆうし》の女が、皇尊となれるはずはない。神代《かみよ》からそうだったのだから」

「神代から前例はなかった。しかし、ここに新たな例が加わった、それだけのこと。理屈に合わぬことが起こったのではなく、新たなことがあったというだけなのです」

「神代から続くことには、続くだけの理由がある。日織が女だというだけならば、俺も疑いはしなかった。だが奴《やつ》は遊子でもあるのだ。皇尊は地大神や龍と縁を成すのだぞ。

神や龍に見放され、本来は聞けるべき龍の声すら聞こえない者が、皇尊として地大神や龍と縁を成せるのか？　それが理屈に合わぬと言っている」

「遊子が、神に見放された者ではなかったということです」

「なら、なぜ龍の声が聞こえぬように生まれつく」

ふっと乙名が苦笑する。

「たまたま、です」

「なに？」

「たまたま、男に生まれた女に生まれた。たまたま、龍ノ原に生まれついた八洲《はっしゅう》に生まれついた。それと同じく、たまたま遊子に生まれた。それだけのことです」

龍の声を聞く聞かないという尊い問題を、簡単に、まるで取るに足りないことのように語る乙名に、かっとした。

「そのように軽々しいことなのか！　龍の声を聞けぬことが」

「はい」

迷い無く即答するのに唖然《あぜん》とした。乙名はどうしてしまったのかと。

「たいした問題ではないのだと、神は、龍は、示されました。皇尊が御位に即かれたことこそ、神と龍が示されたもの。皇尊は御位に即くことで証立《あかしだ》てられた」

「神がお認めになったそれこそが過誤であったと、俺は言っている。認めた後に神が過誤に気づかれても、それを正す術《すべ》がない。俺という者が存在し、こうして附孝洲の助けを得られたことが、神が俺に、過ちを正せと申しつけている証左とは言えぬか」

「それはあなた様の解釈。それが神の御心に沿うならば、幸いがありましょう。沿わぬのならば、禍《わざわい》がありましょう。あなた様は、それを御自身の行い為《な》すことで、神に問うほどに覚悟がおありですか」

「そのために来たのだ、俺は」

瞑目《めいもく》し、不津と乙名のやりとりを聞いていた淡海が、目を開く。

「退かれよ、不津王」

いっそ労《いたわ》るような声音で淡海は言った。

「あなたのことは、幼き頃より存じ上げておる。利発で気力にあふれる、良いお子であった。わたしは、あなたが皇尊としてふさわしいとさえ、考えていた。しかし実際、神に選ばれた者は違うのだ。いかに残念であろうが、受け入れるべきは、受け入れるのも肝要。その身をして神に問うなど、禍あれば如何《いかが》なさる」

「禍があろうとも、龍ノ原のために俺は問うのだ」

膝《ひざ》の上に置いた拳《こぶし》を固め、背筋を伸ばし、二人の龍ノ原の重臣を見据えた。

「今のままの龍ノ原で、良かろうはずはない。俺は龍ノ原を八洲に比肩《ひけん》しうる国にするのだ。国を潤《うるお》し、貨幣を作り、民は八洲の都の民のごとく、豊かな生活をさせる。神国を畏れぬ国主が現れたときに龍ノ原を護るために、軍団を整え、武器も備える。龍は金気は嫌うであろうが、そこは棲《す》み分ければ良い」

「ご立派です」

と口にしたのは、不津の背後に立つ目戸だ。

「まことに、お考えはご立派なのです」

乙名も、頷《うなず》く。

「歴代皇尊のお考えにならなかったことを考え、なさりたいと望む。その気力と心構えも素晴らしい。しかし残念ながら、あなた様は皇尊ではない。それを望むならば、臣として皇尊にお仕えするのでは、なぜいけないのでしょう。皇尊に献言し、自ら働き、龍ノ原をあなたの望む方向へと」

「遊子の臣になるなど、侮辱だ。そもそも過誤の皇尊だ。そして、よくわかった。おまえたちは、けして日織に譲位を求めぬし、俺を皇尊として受け入れぬ。ならば、とるべき道は一つだ」

立ちあがり、不津は背を向けた。その背に淡海が声をかける。

「このまま軍を進めよと命じられるのか？」

「当然だ」

「吾《われ》ら二人は、ここを退きませぬぞ。進軍なさるなら、吾ら二人の命を奪ってからになされよ」

腹の底から怒りが込みあげた。それほどまでに、龍ノ原の重臣たちが日織を皇尊と認めていること、それはひいては、自分が彼らにとって日織に劣ると言われているような気もするのだ。

重臣が命まで賭《か》けるという姿勢が、真摯《しんし》であればあるほどに、不津の怒りは高まった。

「おまえたちは……！」

怒気に全身の血が熱くなるのを覚える。

「龍ノ原の皇尊に連なり、しかも正しき皇尊になるべき俺が、重臣の命を奪えるわけはないだろう。それを承知で、そのような卑怯《ひきょう》なことを言うのか」

淡海は、不津の心の奥底に語りかけるように静かに、再び言う。

「こちらを退きません。邪魔ならば、吾ら二人を排除なされよ。それが吾ら重臣の答え。それで、あなた様は如何するのかと問うておるのですぞ」

不津は退くつもりはない。しかし重臣たちは、行くならば命を取れと言う。

いくら過誤の皇尊を護る愚かな重臣たちでも、龍ノ原の重臣に変わりない。不津が重臣たちの命を取れるわけがないと、わかって言っているのが小面憎《こづらにく》い。

(兵に命じ、二人を無理矢理この場から引きずり離すか)

そう考える不津の傍らを、目戸が通り抜けた。いち早く不津の考えを察しただろう目戸の行動の速さに、頼もしさを覚える。目戸がこの愚か者二人を、引きずって動かすだろう。

目戸は淡海皇子の前に立った。

「邪魔だ」

一言と同時だった。

目戸が腰の太刀を抜き、構え、淡海の左肩から右腰へ向けて、渾身《こんしん》の力で振り下ろしていた。瞬《まばた》き一つの間のことで、悲鳴をあげて横倒しになった淡海自身すら斬《き》られる直前まで、目戸がなにをするつもりかわからなかっただろう。

乙名がその場から飛び退《ずさ》り、「淡海皇子！」と叫ぶが、倒れた体は激しく震えるのみで、みるみる敷物が真っ黒い血で濡《ぬ》れる。

不津は呆然《ぼうぜん》とした。

（……なんだ……これは……淡海の叔父君……）

金臭い血の臭《にお》いが鼻先をかすめた。

衝撃に、不津の頭は空白になり、思考が止まった。ただ目の前の景色だけを見ていた。

目戸が無表情に両手に太刀を構え、痙攣《けいれん》する背中に突き立てた。くぐもった声があがり、すぐに途切れた。

太刀を抜くと、目戸は左右の兵に命じる。

「この爺の首を、そこの男、乙名に持たせて龍稜《りゆうりよう》に走らせろ。乙名、おまえも莫迦ではないだろう。首をもって龍稜に帰り、周囲の者とはかり、皇尊を捕らえて吾らの軍が龍稜に到着するのを待て。説得は簡単なはずだ。爺の首を見せれば誰もが、吾らに逆らうのは愚かとわかる」

兵の一人が乙名の腕を捕まえ、今一人が淡海に——その亡骸《なきがら》に近づく。

「……目戸」

かろうじて出た不津の声は、掠《かす》れて細く、目戸には届いていない。しかし目戸がこちらをふり返ったとしても、不津は何も言えないほどに動揺していた。ほとんど頭が働いていなかった。

太刀を鞘《さや》に収めると、目戸は声を張った。

「軍を進めよ！　柵の門を打ち壊し、道を開け。護りの衛士どもも、一人残らず殺せ。逃げる者は追って息の根を止めよ。容赦するな」

応じた兵の「かかれ」という合図とともに、軍士たちが一斉に駆け出した。呆然とする不津の左右を、奔流のように駆け抜ける軍士たちが蹴立《けた》てる砂煙に、辺りが霞《かす》む。

鬨《とき》の声とともに、軍士たちは拒馬を乗り越える。大槌が扉を打った音が響き、幾つもの矢が游気《ゆうき》を裂く音がした。櫓から矢が放たれていたが、それをものともせず附孝洲の軍士たちは梯子をかける。

櫓にいる衛士は、軍士たちの身ごなしと気迫に圧《お》され、および腰で矢を放つため狙《ねら》いが定まらない。梯子を素早くのぼった軍士は、内側へと次々に飛び降りる。

扉の向こうで怒声と悲鳴が入り交じり、扉が軋《きし》む。

門が、内側から開かれた。

櫓の上の衛士たちはその場で斬られ、突かれ、手摺から地面へ放り出される。

開いた門の向こう、砂煙の合間に見える光景は、戦《いくさ》とは思えなかった。不津の目には無残な狩りに見えた。

軽い木製の胸当と、槍しか持たない龍ノ原の衛士たちは恐れ、逃げ惑っており、それを戦具の軍士たちが追い回し、太刀で斬りふせ、槍で突き殺す。砂煙の中、振りかざされた太刀の鋼が陽光を弾《はじ》き、時々ぎらりと光るのが、無力な小魚の群れに躍り込んだ巨魚の鱗《うろこ》のように思えた。

　ふと手前を見れば、敷物の上にある淡海の骸《むくろ》には頭がなかった。首は、赤黒さと白とが混じり合った、濡れた切り口をさらしている。

　門の方へ、背中を小突かれながら歩む乙名の姿があった。彼を背後から小突いている兵の手には、ぽたぽたと血が滴《したた》り続ける首が揺れている。真っ白い髻《もとどり》を鷲摑《わしづか》みにして、無造作に提げもたれているそれは、龍ノ原の太政大臣の首。不津の大叔父。皇尊一族に連なる、皇尊の相談役たる人の——首。

砂煙で薄らいでいるが、日射しは明るく、空は晴れている。にもかかわらず目の前には、想像したこともない酸鼻な光景ばかりがあった。

「乙名は、大慌《おおあわ》てで龍稜に戻りましょうな。あやつが役に立ってくれれば、吾らは楽ができましょう」

明るく、いっそ清々《すがすが》しそうに言いながら、立ちつくす不津の傍らに目戸が戻ってきた。にこやかな彼を、不津は瞬きもなく見つめる。

「……目戸。なにを……なにを、するのか……」

糾弾したかった。力の限りに叫び、怒り、怒鳴り散らしたかった。しかし衝撃の大きさのあまりに腹に力が入らず、膝が震える。

「なにとは？」

ひとかけらも悪びれた様子無く、目戸は首を傾《かし》げた。

「淡海皇子を」

「邪魔でしたね。本人もそうしろと言うので、望み通りにしてやりました」

こともなげな様子は、自分の行為の重大さをわかっていない子どもの態度めいていて、それが衝撃で、停止していた不津の思考と感情を目覚めさせ爆発させた。

「俺は……俺は、重臣の命を奪えないと言っただろう！　聞こえていなかったのか、言ったぞ！」

目戸の襟首を掴み、怒鳴りつけていた。

「すぐに軍士を止めろ！　あやつらが殺しているのは、龍ノ原の民だ！　俺の民だ！」

目戸の唇が震えた。続いて目《め》尻《じり》が下がり、顔を仰向けて——笑い出す。唐突な、この場にそぐわぬ哄笑《こうしょう》に、不津はびくりとして目戸の襟首を離していた。

「なにを仰《おお》せかとおもえば、愉快なことを」

「愉快……？」

この血なまぐささの中で、そんな言葉を口にできることに戦慄《せんりつ》した。目戸は笑いをおさめると、いつもの柔和な顔で言う。

「だって、止めろというのはご冗談なのでしょう？　龍ノ原の兄君が重臣の命を奪えないと仰ったのは、無論聞こえていましたとも。聞こえたから、それができない兄君の代わりに、わたしがやりました。そのために、わたしは来たのでしょう。それに衛士ですか？　たかが衛士でもこちらに武器を向け抵抗してくる者は、吾らの敵です。敵を殺すのは当然です。敵を殺すな、など、冗談以外で口になさいませんでしょう」

「敵ではない。俺の民だ」

「吾らにとっては、向かってくる者は敵です。龍ノ原の兄君の民だとしても。それに、もう今更止めても」

目戸は含み笑う。

「全滅しておりますよ?」

目顔で目戸が示す門の向こう側に立っているのは、軍士の姿ばかりだった。軍士たちは太刀を手に歩き回り、地面に転がる者に刃を突き立てて歩く。とどめを刺しているのだ。

自分の立っている地面の下から、じわじわと何かが滲《にじ》み出て、不津の足裏から脹《ふく》ら脛《はぎ》、膝へとのぼってきた。それは恐怖だった。

(目戸は龍ノ原に、わたしに、一片の尊崇の念も、畏怖《いふ》もない)

不津の思いや意図を理解できなかったから、目戸は淡海に手をかけ、衛士を皆殺しにしたのではない。理解していても、そんなものに彼は頓着《とんじゃく》しないのだ。不津の意思がどうであれ、目戸は自分のやりたいようにやっている。

「さあ、進軍しましょう。吾らが今上を捕らえ、排除しますから、龍ノ原の兄君は皇尊として御位に即いてください」

「自分の民を殺す者が、皇尊に……?」

思わず口にするが、目戸は頷く。

「何か問題がありますか? 国を統《す》べる者は、容易に民の命を奪いますよ。それがたまたま自国の民だった、というだけ。神も龍も、そんなことは気になさらないでしょう。実際、血で穢《けが》れたのは、わたしや附孝洲の者ども。龍ノ原の兄君は、お綺麗《きれい》なままだ。

だから、皇尊の御位にお即きになれば良いのです。もし仮に皇尊となった龍ノ原の兄君に反する者があれば、吾らが排除いたします。吾らがあなた様の目となり、手足となり、お支えし、護ります。わたしは、龍ノ原の兄君の太刀ですから」

己は不津の太刀だ。出発前も目戸は言っていた。

(太刀だ。確かに太刀だ。しかしこの太刀は、わたしの意になど沿わぬ、魔剣)

不津はようやく、はっきりと悟った。

(――ここに、いた。この者こそ、神国を畏れぬ国主)

膝から崩れそうなほどに、後悔が込みあげる。

この遠征は不津を標《しるし》として戴《いただ》き、過誤の皇尊に譲位を迫る正しき皇尊の進軍だと思っていた。しかし実態は違う。

これは不津を口実にした侵寇《しんこう》だ。

目戸の目的は龍ノ原を支配すること。不津に力を貸す、不津のためにと口では言いながら、彼は自分のやりたいようにやる。

このまま目戸は龍稜に向かい、日織を捕らえ、殺す。不津は皇尊の御位に即く。そして目戸は、不津の意思など無視し、思い通りにふるまう。今、この瞬間がそうであるように、簡単に重臣を手にかけ民を殺す。こんなことができるのだから、彼は龍ノ原で何をはじめるのだろうか。

（しかしなぜ目戸が、こんな考えをするようになっているのだ。先代国主はあれほど龍ノ原を崇《あが》め敬った……）

そこではっとした。乙名が先刻口にしていた、附孝洲の先代国主が、目戸を怖いと言っていたという言葉を思い出す。

なぜ先代国主は、吾が子を怖いと言ったのか。それはもしや、自分が崇め敬い畏れるものに、一片の尊敬も抱かない吾が子に戸惑い、恐怖を覚えたからとは考えられまいか。目戸が国嗣でありながら、辺境の柵に派遣されて戦を続けていたというのは、父国主に疎《うと》まれてのことではないのか。

先代国主であれば、間違いなく、龍ノ原を畏れ敬い、真実の思いで不津に力を貸しただろう。だが先代国主は、不津が皇尊の御位に即けず附孝洲を頼って龍ノ原を出てすぐに急逝《きゅうせい》した。まださほどの高齢でもなく、壮健であったにもかかわらず、計ったように。

計ったように——と、そこまで思考が及ぶと、気づく。

（まさかそれすら、偶然ではなかった可能性が？）

目戸が父国主を殺した可能性は、ないだろうか。

不津が国を離れ附孝洲に身を寄せると知った目戸は、不津の性情も理解している。不津が御位を諦《あきら》めきれないことを見透かして、それを唆《そそのか》し、龍ノ原を手に入れるための駒《こま》として役立てようと考えないだろうか。

先代国主が生きていれば、絶対にそんなことを許さない。

許されないなら、殺してしまえと——そんな恐ろしいことを考えないだろうか。

「全《すべ》て、わたしにお任せください。全て、良いようにいたしますので。龍ノ原の兄君」

微笑《ほほえ》む目戸の目は、暗く深い淵《ふち》のように感じられた。

頭の芯《しん》が痺《しび》れ、吐き気を覚える。

ここで逆らっても、目戸は不津を縛りあげ旗印として進軍するだろう。もはや、止めることはできないのだ。これが附孝洲による侵略だとわかっていても、不津は従うしかない。

龍ノ原には附孝洲に抗《あらが》う術《すべ》がない。龍ノ原はこのまま、附孝洲の支配を受ける。不津が引き込んでしまった故《ゆえ》に。

（龍ノ原はどうなる？　俺の国は、どうなってしまうのだ）

自分自身の体の内側に、得体のしれない蟲《むし》が入り込み、めりめりと爪先《つまさき》から喰われ始めているような気がした。蟲を追い出そうとすれば、自分の体を引き裂くしか方法はないが、自分で自分を引き裂くなど到底無理だった。

　このまま喰われていくしかない。この先の恐ろしさに竦《すく》むが、今、身を引き裂く恐怖にも勝てない。不津は、侵略者の旗印としてあり続けるしかないのだ。

「さあ、龍稜へ参りましょう。龍ノ原の兄君」

潑剌《はつらつ》とした声に、不津は微《かす》かに頷くだけだった。応とは答えられなかったが、否《いな》やも言えなかった。

　このときはっきりと理解した。目戸が不津を、龍ノ原の兄君と呼び続けているのは、親しみからではなく嘲笑《ちょうしょう》からだということを。

二

　乾いた心地よい秋の空気の中で、龍稜は陽の光を浴びながら沈黙していた。龍稜には今、ほとんど人影がない。朱と黄に色を変じた桜の葉が鳴り、滝の水音も高い。

　淡海と乙名が龍稜を出ると同時に、日織は鳥手《とりて》に命じ、居鹿《いしか》を祈社《きしゃ》へ移動させた。

　遊子を憎む不津が、龍稜に居鹿がいるのを見て腹を立てて惨《むご》い真似《まね》をしないとも限らないと危ぶんだからだ。龍稜が攻められ軍士が雪崩《なだ》れこめば何が起こるかわからないと、采女《うねめ》や舎人《とねり》たちにも伝え、逃げるように指示をした。

龍稜に残すのは、木《き》王門《おうもん》を護る衛士数人と鳥手のみと決めた。

夏井《なつい》にも龍稜を出た方が良いと伝えに、大桜宮《おおさくらのみや》の西殿《にしどの》へ向かった。

「不津が附孝洲の軍団を連れて龍ノ原に入ろうしている。将は国主の中目戸だ。今、淡海皇子と小勢乙名が不津の説得に向かっているが、止められるとは限らない。不津が孝路の柵を突破すれば、龍稜に迫ってくる。その前にこちらを出て、あなたは安全な場所に逃げるべきだ」

簀子《すのこ》縁《えん》に藁蓋《わろうだ》を持ち出して座り、のんびりと筆など干していた夏井の傍らに膝をついて告げると、彼は驚いた様子もなく、半乾きの筆の毛を撫《な》でながら小首を傾げる。

「皇尊は龍稜を出られますか？」

落ち着き払って問う様子から、彼が一連のことを充分理解しているのだとわかった。わかって落ち着いているのだから、たいしたものではある。肝が太いのか、もしくは、大らかすぎるのか。

「わたしは留まる」

平らな笊《ざる》に筆を戻すと、夏井は日織に向き直った。

「不津王が龍稜に迫ればどんなことになるのか、理解しておられますね、皇尊」

「無論だ」

「そう、理解しておられる。そして淡海皇子と小勢乙名殿の説得が功を奏しないかもしれないと、それもご存じだ。だから居鹿や采女、舎人たちに逃げよと命じられた。しかし、あなた様は留まると仰る？　乙名殿は助言なさいませんでしたか？　あの方々の説得が功を奏さなければ、皇尊は他国と早急に約定《やくじょう》を結び対抗なされよと。そのためにはまず、皇尊の御身が大切なので龍稜を出て身を隠すべきと。身を隠し、約定を結び、他国の力を得て反撃なされよと」

「他国と約定を結ぶための準備はしていない」

「なぜです」

「龍ノ原を戦場にするつもりはないからだ」

　夏井の顔が曇る。

「その意味をおわかりですか？」

「わかっているから言っている。龍ノ原を戦場にするくらいであれば、わたしは自分の望みも、遊子たちの未来も諦めて、譲位する」

「良いのですか？」

　苦笑が漏れる。

「死にたい者がいるか？　自分がやっと手に入れた希望を、手放したい者がいるか？　だが、わたしが、わたしの命や望みにしがみつけば、どうなる。どちらが民にとってましかと考えれば、自《おの》ずと答えは決まろう」

「諦めていらっしゃる？」

「覚悟はした。だが、まだ諦めてはいない」

　朱に色を変えた桜の葉が、風に鳴り、重く揺れた。分厚い葉の向こう側に、秋の薄い色の空と龍の悠然と泳ぐ姿が見える。日織の危機も覚悟も知らぬげに泳ぐ彼らは、人という卑小なものの覚悟や危機など気づかないのだろう。気まぐれにふっと空から見おろして、おやと興味本位で近づく。その程度かもしれない。

　そんな龍に、ましてや神に、すがって祈るつもりはない。できることはただ、最後の紙一重の手前まで自分が諦めず、勇気をもって立っていられるように、龍や神の存在に励まされていると思い続けることだけだ。

「わたしが生き延び、さらに龍ノ原を戦場にもせず、また龍ノ原が、龍ノ原としてあり続ける方法を考え、捜し、為す。それを見つける」

「見つかりそうですか？」

「乙名はわかったようだ。だが、教えてくれぬ。大それた事だから、乙名はそんなことを為すよりは、他国と約定を結べと言ったのだ。戦場になろうとも、と。だが乙名も重臣たちも口には出さないが、わたしが譲位するのが、最も被害が少ないとは知っている」

　重臣たちが日織を皇尊として尊重してくれているのが、嬉《うれ》しいような、申し訳ないような気がする。そう思うから、もしも方策がなければと死をも覚悟した。

しかし——死ぬ気はない、今は。

「乙名は教えてくれない。だが、わたしも、わかりそうな気がしている。もう少しで気づけるように思う」

「そうですか」

夏井は筆を並べた笊を手にして立ちあがり、簀子縁から母屋《もや》へと運び入れ、再び戻ってくると、腰をかがめて日織を覗《のぞ》き込む。

「皇尊が諦めず留まられるなら、わたしもこちらにおります」

「いや、しかし。それは」

「わたしは書を読み、草木を愛《め》で、風の音を聞きながらのんびり過ごすことが望みなのです。それだけが望みで、今もそうなのです」

「だとしたら、なおのこと。あなたは龍稜を出るべきではないのか」

「それが、そうもいかないのです」

目元に皺《しわ》をよせ、苦笑した。

「わたしが書を読みたいのも、草木を愛でたいのも、風の音を聞きたいのも、それが愛《いと》しいからなのです。慈《いつく》しみたいから読み、見て、聞くのです。それらが失われる——たとえばわたしの邸《やしき》にある、蟬《せみ》の住処《すみか》になっている大楠《おおくす》が伐《き》られようとしたら、わたしは必死に止めます。伐ろうとする者を引き留め、大楠にしがみつき伐らせぬと言います。わたしは、自分が好ましく美しいと思うものを愛で続けるために、それを護りたい性分のようです」

「……それが、なぜ龍稜を去らぬ理由に……？」

戸惑って返す。気負い無く夏井は応じた。

「わたしは皇尊をお美しいと思ったからです」

飄々《ひょうひょう》と口にしたのは聞きようによっては口説かれているようにも思える言葉だったが、夏井がそんな意味で言ったのではないとわかった。彼はただ草木を愛でるように、日織を見ているだけなのだ。

目に映る全て、動物も草木も人も、同じ目線で見つめ、さらに世の慣習などに左右されないだろう男が、日織を美しいと表したことに驚きと喜びを覚えた。

生きてもよい命だと、言われている気がする。

「しかもわたしは、形ばかりでもあなた様の夫です。さらに悠花皇女《はるはなのひめみこ》に、あなた様をよろしくと頼まれてしまったようなので、期待にはお応《こた》えしたい。まあ、とるに足りない身で、たいした役には立ちませんが」

微笑み、夏井は日織に手を差し出す。

「淡海皇子と乙名殿のご報告を、右《う》の大臣《おとど》と一緒に大殿《だいでん》で待たれるのでしょう？　わたしも控えていましょう。お側《そば》におります」

「なぜ？」

「知った顔が側に多ければ、わずかでも気が休まるかと。がらんどうの場所に置物があれば、なんとなく満たされて賑《にぎ》やかになるのと同じです」

　思わず吹き出す。久しぶりに笑った気がした。

「置物か。随分、大きい」

「邪魔にはなりません。なにせ、邪魔になれば自分で動きますから」

「違いない。頼む」

　手を握ると、夏井は勇気づけるようにそれを引っ張り上げて日織を立たせる。夏井の存在に感謝したが、これも悠花の日織への慈しみあっての結果だ。

　覚悟はしているが、諦めてはいない。望みが薄いのは充分にわかりながらも、悠花に無性に会いたかった。

　夏井とともに大殿に入った日織を、多麻呂が迎える。彼も、淡海皇子と乙名が龍稜を出て以降、大殿から離れない。だが、ここで日織たちが顔をつきあわせていても、できることはなかった。ただ二人が不津を説得し、無事に戻ってくるのを祈り待つしかなかった。

　空露《うつつゆ》も日織の背後に控え、時に白湯《さゆ》を運び、風を入れ、細々と動く。采女たちがいないため、彼がそういった雑用をこなしていた。

大祇《おおぎ》の真尾《まなお》には遣いをやり、状況を知らせ、龍稜に来る必要は無いと伝えた。もしものことがあれば、皇尊に仕える大祇として対処せよと。

もう少しで、自分の命が終わるかもしれないと思う。怖かったが、奇妙なほどに現実感がない。軍団が迫ってきて捕らえられれば――その時になって耐えがたいほどの恐怖が襲ってくるのだろう。今は自分の心を護ろうとする頭が、恐怖を麻痺《まひ》させ、冷静でいさせてくれているのだ。

この冷静でいられる間に日織にできるのは、考え続けることだった。

自分が譲位を覚悟する以外に、別の方法はないだろうか、と。

重苦しい沈黙の中にありながら、考え続けている。日織が生き続け、日織の望む龍ノ原を実現するために、龍ノ原が戦場にもならず、神国として独立し続ける方法。

乙名は気づいていた。しかし教えられないとも言った。それほど危うく大それた事なのか。

（乙名は、状況を作ると言った。それができるのは、わたしのみ、と）

日織には特別な力があるわけではない。日織にしかできないということは、皇尊の御《み》位《くらい》にある者にしかできない、ということ。

（御位にある者とは、どんな者か？　龍ノ原の長《おさ》。地大神と龍と縁を成した者。その存

在が央大地《ひさしだいち》を鎮《しず》める者。央大地に唯一《ゆいいつ》の者）

考え続けていると、またあの言葉が浮かぶ。

（一原八洲《いちげんはっしゅう》）

頭の中で言葉が巡る。

もう少しで、何かがわかりそうだった。

もしこれがわかれば、日織は生き続けられ、希望を捨てずにいられるのかもしれないのに。

陽が高くなり、大殿の軒が庭に落とす影が短くなった頃だった。

「柵《さく》から鳥が参りました」

大殿の階《きざはし》の下から、緊張と焦《あせ》りを押し殺した馬木《まぎ》の声がした。

真っ先に空露が立って報を受け取りに走るが、彼が戻ってくるのがもどかしく、日織と多麻呂も追うように簀子縁へ出る。階の下に跪《ひざまず》いた馬木から小さな文を受け取り、空露が日織に手渡す。馬木は頭《こうべ》を垂れてその場に控え、夏井は枢戸《くるるど》の側に来て、日織と多麻呂の背を見つめた。

文を広げ、文字を読み、日織は一瞬呼吸が止まる。

「どうなされましたか」

日織の顔色が変わったために、多麻呂が文を覗き込もうとするので、手にあるそれを渡した。一読し、多麻呂もまた動きを止める。

「淡海皇子が殺された？」

多麻呂の呟《つぶや》きに、馬木と空露の面にも驚愕《きょうがく》が走る。夏井がすかさず問う。

「乙名殿は？」

「わからん。随分、混乱している中で書かれたようだ」

応じた日織は、多麻呂の手から文を取り戻し、改めて見つめる。

書面には震える乱れた文字で、淡海皇子が殺害され、附孝洲の軍団が柵に襲いかかっている、とのみあったのだ。詳細もなければ、見通しも書かれていない。ただひたすら目の前のことを知らせなければと、必死で書かれたものだろう。

（不津が来る）

不意に全身に震えが走り、それが恐怖だとわかったので空を見あげた。

（怖い――怖い！　わたしに姿を見せてくれ、龍よ。わたしは、怖いんだ）

姿を見れば希望を信じられるかも知れない。信じられなくとも、勇気を奮い起こせるかも知れない。檜《ひ》皮《わだ》の大屋根の上に目を向けるが龍の姿はなかった。

息が浅くなった。おそらく恐怖のためだろうが、周囲の者に気取られたくない。日織が恐怖に取り乱せば、周囲も冷静さを欠くはず。

沈黙が続く。誰も何も言えないのは、誰もが、どうしていいのかわからないからだ。

しばらくして多麻呂が呻《うめ》く。

「こうなったからには、皇尊。他国との約定を結びましょう。どこの国が妥当であるか、乙名殿が候補を挙げていたはず。そこへ向けて遣いを出し、皇尊は龍稜を出て身を隠し」

「それは、できぬ」

空を見続けながら、日織は両手の拳を握る。

「おまえも、乙名も、淡海の叔父君も、理解していたはずだ。他国と約定を結び、その力を借りて対抗すれば泥沼の戦になる。どれほど民が苦しむか。それよりも、わたしが譲位する方が良いと」

「そのようなこと」

「わかっているのだ、わたしも。だからおまえたちの、それを口にしない配慮には感謝する。わたしは、それだけでおまえたちが、至らないわたしを皇尊として認めてくれているのはわかっている。礼を言う、心から」

声は掠れ震える。

「だから、わたしはここに留まる。他国に遣いも送らぬ。ただ、不津がわたしに譲位せよと刃《やいば》を突きつけてくるそれまでは、諦めず、考え——」

大屋根の上、はるか高い場所ではあったが、薄く広がった雲の合間に、不意に銀の筋が見えた。龍《りゅう》だ。くるくると楽しげに一人遊びする一筋に惹《ひ》かれるように、銀の筋が、四方から泳ぎ来ていた。みるみる増え、その数八つ。

互いを追いあって遊びはじめる。輪を描き遊ぶ一頭の龍に、七頭が絡《から》もうと寄り来ると、互いが邪魔になるのか、一頭が別の一頭を追う。しかし、別の一頭がそれに割り込み、三頭が輪を描き追いあう。

（龍よ）

龍たちは日織など一顧だにしない。

ただ互いを追い、遊ぶ。八頭の龍が乱れ遊ぶが、そのうちに、乱れ絡むその様子に、律動が現れた。追う龍と追われる龍が定まってきて、こちらの龍はあちらの龍を追うが、こちらの龍は追わず。あちらの龍はこちらの龍を追うが、あちらを追わず。およそ二つの輪ができあがり、その輪が互いを御するように廻る。

すがるように見つめていた日織だったが、その動きに視線が吸い寄せられ、頭の芯に薄い光が見える気がした。薄い光の中に巡る、龍の輪。

（龍が八頭……八？）

八は央大地を成す要素の一つ、八洲と同じ数。

（互いを追う八頭……八……一原八洲）

龍の輪が、ずっと胸に引っ掛かり続けていた一原八洲図に落ちる。

息を呑《の》んだ。

（ああ、——そうか！）

乙名が気づいたこと、そして日織が気づきかけていたことが、明瞭《めいりよう》になった。乙名の言葉が腑《ふ》に落ちた。

（だからこそ乙名は、わたしにしかできぬと言ったのか！）

それは希望の光かと思われたが、すぐに失望になった。乙名が躊躇《ためら》った理由が当然と思われたからだ。日織も——躊躇う。

（これよりも、わたしが譲位する方が安全だと……誰でも思う。これは、央大地を巻き込む禍を起こすかもしれない。その危惧《きぐ》がある。今まで誰もなしたことがないから）

いっそ笑いたくなった。乙名がいち早く気づき、日織も今やっと悟った、龍《たつ》ノ原《はら》を護り日織が生き延びる方法。これにさえ気づけば、希望になるかと考えていたのに——あまりにだいそれたことなので、日織が譲位する方が、龍ノ原の民のみならず、央大地に住む全ての民にとって望ましいと思えた。

（――これまでか。わたしの命運）

日織は視線を地上に戻し、己の無力に泣かんばかりに顔をゆがめた多麻呂を見やる。

馬木が、跪いたままで日織を見あげて言う。

「皇尊。鳥手は、何をいたしましょう」

「なにもない」

「日織。龍稜《りゅうりょう》を出てください」

空露が詰め寄ってきた。

「鳥手に命じなさい。自分を護り、安全な場所へ匿《かくま》えと」

「それからどうする？」

「重臣の方々の助言の通り、他国と約定を結び、力を借り」

「龍ノ原が戦場になる故に、できぬと言った」

「それでも、そうなされよ！　それ以外に日織が生き残れる道がない！　わたしは、あなたを護るためにここまで来たのです。あなたが、ここで座して死を待つのを黙って見ていることなどできません。あなた自身がならぬと言っても、わたしが無理にでも、龍稜の外へお連れする」

　必死の色が、空露の目にあった。

「逆封洲《さかのほうしゅう》は、おそらく日織の役に立つ。理由を詳しく言う暇《いとま》はありませんが、信じてください。必ず日織を助けてくれる。だから逆封洲国主《こくしゅ》に書札《しょさつ》をお書きなさい。そして、そうすれば」

「できぬと言った」

「座して死を待つのですか、日織！　あなたの覚悟は、その程度か」

「わたしの覚悟で民をどれほど殺すというのか！　わたしが譲位を覚悟すれば、民は死なずにすむのに！」

「それだからと、座して待つと。それで良いのですか！」

「良くはないが、どうしろというのだ」

そのとき。

「不津王を困らせる方法は一つですね」

枢戸の側から、緊張したその場に、ふわりと投げ込まれた言葉の主は夏井だった。

全員の視線が彼に向くと、彼は淡々と言う。

「皇尊《すめらみこと》がどのような形にしろ、生き続けること。それだけで不津王は困ります。なにしろ皇尊があらせられる限り、不津王は入道できないのですから。なので皇尊はまず、他国との約定だのなんだのとお考えにならず、ここを逃げ延びれば良いのではないですか？」

「では、なにか？　わたしにここを出て、なんの目的もなく、龍ノ原を延々と逃げ隠れし続けろと？」

「ええ」

夏井は微笑んだ。

「不津王は血眼になって皇尊を捜すでしょうが、宣儀を目にした民は、あなた様が真の皇尊であるとわかっている。助け、匿ってくれます。不津王も、さすがに皇尊をかばったと言って民を責め殺しはしないでしょう。自らの民となる者たちですから。となれば、捜索は困難を極め、皇尊はかなりの期間、身を隠し続けることができる。不津王はさぞ困りましょう」

「しかし、それが、何になるのだ？　意味はあるのか」

多麻呂が訝《いぶか》しげに問うと、夏井は首を横に振る。

「何にもなりはいたしませんし、意味もありません。ですが時を稼げます。その間に、何かができるかもしれない。何かが変わるかもしれない。随分、諦めが悪いと言われましょうし、無様とも言われましょう。しかし諦めが悪いのは、この場合は良いことだと思えます。そして諦めぬ事は無様ではありません」

夏井が、日織を諭す目で言う。

「諦め悪く、あらせられませ。皇尊も重臣方も、先は先はと、考える癖がついておいでだ。執政者に必要な資質ですが、今は忘れるべきです。今は、今だけを考え、先のことはそこでお考え召されよ」

指摘され気づいたのは、確かに日織も重臣たちも、とるべき行動や選択の先に何があるのか考え、吟味しているということ。だからこそ、ただ闇雲《やみくも》に逃げても意味は無い、意味が無いならばやるべきではないと思ってしまう。

しかし夏井はそれを忘れ、先に何があるか、意味があるかを考えることなく、まず生き延びろと言っているのだ。そうすれば好機が見えてくるかもしれぬし、状況が変わるかもしれない、と。そういうことなのだ。

夏井のような男だから、この考えに至ったのだろう。

(こだわりなく、気負いなく、柔軟であるというのはこれほど強いのか)

夏井は悪戯《いたずら》そうに笑った。

「不津王と中目戸の軍士たちが龍稜に雪崩れこんだとき、人っ子一人おらず、もぬけの殻であれば、さぞ驚き困惑するでしょう。勇み立って乗り込んだ不津王は、どれほど間抜けなお顔をなさるでしょうか。そんな顔をさせるだけでも、やってみる価値はありませんか?」

多麻呂が、日織の袖《そで》を強く握った。

「お逃げなさいませ、皇尊!」

思わずの行動だったのだろう。日織の袖を握った自分の手にはっとしたらしく、慌てて「失礼を」と謝罪して離れ、それでも身を乗り出す。

「夏井王《おおきみ》の仰《おつしや》る通り、何にもならなくとも、意味も無くとも、お逃げください」

「しかし」

「皇尊がお逃げにならなければ、わたしも逃げられませんから。そうです！　龍稜の者全てを逃がしましょう。それしかない」

　意味の無い逃亡など、するべきだろうか。意味の無いことは、いたずらに局面を歪《ゆが》ませ、自分や民の苦しみを大きくしないか。疑問が湧《わ》いたそのとき、胸に悠花の顔が浮かぶ。悠花ならばなんと言うだろうか。

（あの人なら、諦めるなと言う。きっと）

　無様？　結構ではない？　と、微笑むだろうと思った。自分や民の苦しみが大きくなるかもしれないと危ぶみ諦めるより、やってみて、これは自分も民も苦痛が大きすぎると判断してから諦めろ、と。

「逃げると言っても、どこへだ。祈社か？」

「祈社は、賛成いたしかねます」

　すかさず馬木が言う。

「祈社は逃亡先として、すぐに相手方に知れます。鳥手の吾らが安全な場所を捜し、お連れします」

空露が馬木にふり返った。

「できる限り附孝洲《ふのこうしゅう》から遠い場所、北が良い。北湖《ほっこ》湖沼《こしょう》の、わたしの故郷の里《り》であれば、間違いなく、わたしの意をくんでくれる」

「それは都合が良いですな」

その場にいる者が全て、日織に諦めるなと言っている。諦めるくらいであれば、闇雲に逃げろと。

心底、悔しい。もし龍ノ原に附孝洲のような軍団があれば、徹底して戦えたのだろう。不津はある意味正しく、彼が皇尊となり龍ノ原を変えたいと口にしていたのは、このようなことを危惧していたからなのだ。彼自身の行動で、それを身に染《し》みて知らされるとは皮肉だが。

ただ――いくら悔しくとも、無様に諦め悪く、意味も無く、逃げるしかない。

「わかった。全ての者は龍稜を出よ」

そこでふと思いついて付け足した。

「ついでだ。左宮《さのみや》、右宮《うのみや》の上《かみ》や官吏全てに、わたしの命あるまで出仕の必要なしと伝えろ」

多麻呂が、にやりとした。

「なるほど。からっぽで引き渡すのですな」

龍ノ原は里郷《ごう》が独立しているために、左宮、右宮の機能が停止しても、すぐに民が多大な影響を受けることはない。

影響を受けるのは、民に支えられる方だ。不津が龍稜に入っても、民からの寄進をまとめられなければ、ただ威張って座っているだけになる。民からの寄進や賦役《ふえき》をまとめる左宮、右宮の官吏たちに出仕を命じて勤めを再開させるだけでも手間が必要だ。

「龍稜も、左宮も右宮も空にしろ。準備が整い次第、わたしも龍稜を出る」

多麻呂と馬木が礼をとり、「承知しました」と応じて駆け出す。時間はあまりない。


その日の夕暮れ、日織は龍稜を出た。

夕陽を受けた雲の縁が金に輝いていた。空に浮かぶ金の稜線のような雲が、刻々と形を変える。それを馬上で左手に見ながら、髭平《しのひら》を北上した。

細い草葉の緑は朝夕の涼しさで褪《あ》せ、吹く風に乾いた音を鳴らす。正面、北から一条の風が吹きすぎると、それは思いのほかひんやりと袖を通り、草葉を筋に揺らして去って行く。

あまりにも静かで、穏やかで、淡海皇子が殺されたという無残な知らせも、今、このときも附孝洲の軍団が龍稜を目指しているだろうことも嘘《うそ》のようだった。

（淡海の叔父君が亡《な》くなられたというのは、本当だろうか）

混乱した場で、間違った知らせが送られてきた可能性も大きい。いくら不津であろうとも、淡海に手をかけるとは思えなかった。

日織の乗る葦毛《あしげ》馬に並んだ青毛馬には空露が騎乗し、さらにその背後には、栗毛《くりげ》馬に騎乗した夏井もいた。

夏井も邸に帰るべきだと日織は勧めたが、彼はにこにこして、「形ばかりでも夫なので」と言って同行した。強いて邸に留まらせることができなかったのは、彼が形ばかりとはいえ日織の夫で、また皇尊一族であるため、身の危険がないとは言えなかったからだ。

即位を望む不津にとって日織の夫は、自分の行く手を阻《はば》む者として映る可能性がある。

日織、空露、夏井の三人の前を行く馬には馬木。背後にもう一騎、荷物を積んだ馬が、鳥手の一人に轡《くつわ》を引かれて続く。周囲には七人、徒歩《かち》の鳥手たちが護衛についている。目立たず、素早く行動できるように、このような形を選んだ。目的もなく逃げ回るだけなので、これで充分だった。

龍稜も左宮も右宮も空になった。多麻呂も、左右の宮の上たちも、役宅を離れて妻や縁者の邸へ引きこもった。唯一、鳥手の幾人かは、龍稜の様子を探らせるために残していたが、彼らは附孝洲の軍士に見つかるようなへまはしないだろう。

髭平を抜ける頃には陽が落ち、一晩森の中で過ごした。

荷物から菰《こも》と毛織りの敷物が取り出され、それを木陰に敷いて日織は横になるように勧められた。横になったが、緊張と地面からくる冷えに、ほとんど眠れはしなかった。用心のために火も熾《おこ》せなかった。

三

松明《たいまつ》の火の粉が風に吹かれて舞い散り、暗闇の中に消えていく。

附孝洲の軍士たちの掲げる松明の数は五百を数え、二千の軍団は、ゆったりと夜闇《よやみ》の中をうねり進む。近隣の里や郷の近くを通る度に、龍ノ原には滅多にない夜闇を散らす明るさに驚いた人々が、家から出てきて畦《あぜ》の向こうや森の陰から軍団を見ていた。あの軍士たちは何者かと訝しみながら、おとなしく見送っている。

馬上から民の姿を見かける度に、不津は竦む。

(おまえたちはこちらに寄るな。家の中にいるのだ。息を殺し、こちらを見ることなく、静かにしていろ。頼む。でなければ……)

軍団は粛々と龍稜に向かっている。前を行く目戸の背中は疲れを知らぬように、伸びたままだ。無言の背中に、興奮と喜びが見えるのは、不津の気のせいだろうか。

今のところは軍団も目戸も、目を丸くしてこちらを送る民を無視している。しかし民の誰か一人が興味をもって、あるいは訝しんで、軍団に近づいてきたらどうなるだろうか。目戸は殺せと言うかもしれない。邪魔だ、と。

（だから、おまえたち、頼む。近寄るな）

心の中では民たちに訴えていたが、言葉にすることはできず、不津は馬にただ揺られている。振動のためか、頭がぐらぐらする。ずっと悪夢の中にいるようなのだ。

深更を過ぎると、目の前の闇がぐっと広く濃くなった気がした。

松明の光を受けていた木立が消え、光は延々と闇を照らし薄れ消えていく。髭平に出たらしい。

乾いた草葉の音を周囲に聞きながら進軍すると、道の左右に、左宮右宮が現れる。静まりかえったそこに、目戸が視線を向けているのを不津は息をつめて見ていた。真夜中なので左右の宮は寝静まっている。無防備なところを目戸は襲うつもりだろうかと冷や冷やしたが、彼は特に命令を下すことなく、まっすぐ龍稜へ向かう。

しばらく行くと、唐突に岩の壁が立ちあがった。

先頭を行く兵《つわもの》が思わずだろう、感嘆の声をあげたのは、松明で照らしても岩壁の上も左右も一部しか顕《あら》わにならないために、その全容が見えないほどの巨大さを察したからだ。

先頭の兵が馬を止めると、目戸が合図し、全軍が止まった。

「木王門が」

馬上で、不津は思わず口に出していた。

先駆けの三人の兵が馬を寄せて松明で照らしているのは、龍稜の唯一の出入り口である木王門だ。その扉が開いている。

衛士《えじ》が立っている昼間であれば木王門は開いているが、日が落ちれば必ず閉じられる。しかも今は、不津たちがやってくるとわかっているはずなのに、開いているのだ。

「罠《わな》か？」

目戸は呟き、先駆けの兵に命じ、軍士数名を門の中へと入れさせた。

鳴る草葉の音を聞きながら、不津は目を強く閉じ、唇を噛《か》む。

（皇尊の住まいたる龍稜に、龍ノ原の民の血で穢れた軍士が踏み込むのか）

地大神《ちのおおかみ》の眠る場所に通ずる地睡戸《ちのねむりと》があり、血の穢れや不吉なことがあれば、破邪の角音《かくおん》が響く、神国最も聖なる場所に――。

かなりの時間が経《た》って軍士たちは戻ってきた。そして人の姿が全くないと報告した。

それを聞いた不津は、「そうか」と思っただけだった。日織や重臣たちが逃げ出し、龍稜が空になっていることに、いちいち驚けないほどに心が疲弊していた。

「逃げたか」

目戸は鼻で笑い、不津にふり返る。

「過誤の皇尊は龍ノ原の兄君を恐れ、逃げたようです。吾《われ》らは堂々と、龍稜に入りましょう。軍士たちも、屋根のある場所で休めるのは、ありがたい」

晴れやかに言うと騎乗のまま、木王門へ馬を進めた。

（ならぬ。おまえのような龍ノ原の民を殺す者が、龍稜に入ってはならぬ！　しかも軍士どもも龍稜へと⁉　皇尊の居所たる龍稜に、龍ノ原の民の血で血濡《ちぬ》れた軍士の群れが入るなど）

胸の中で目戸に言うが、声にはならない。言っても無駄だという絶望感があった。いくら抗議をしようが、叫ぼうが、目戸は笑顔で無視するはずだ。

兵たちも平然と、目戸に続いていく。

不津は手綱を強く握りしめるが、動けない。

（穢されていく）

清らかで、この世で最も尊いと信じていた場所が蹂躙《じゅうりん》されるのは、自分の信じていた神聖さえも、とるに足りないものだと踏みにじられ、嘲笑され、穢されていくようだった。彼らの様子が無頓着《むとんじゃく》であればあるほどに、神聖さなど最初からなかったのかと思わせられるような、喪失感を覚える。

見ていることしかできない自分が、自分ではないようだ。

巨大な嵐《あらし》の中にいるような気がした。叫ぼうが、暴れようが、けして止《や》まぬ嵐のただ中にいて、突っ立っているだけしかできない――。

□□□

辺りが薄明るくなった頃に、日織たち一行は再び歩き出した。

なだらかな丘陵や平地はほとんど森で覆《おお》われ、色づいた木の葉がさらさらと落ち、古い落ち葉の上に重なっていく。里や郷があれば、周囲は刈り取りの終わった稲田だった。畦に咲いていた赤い花は枯れ、しおれた雄しべだけになっている。

見慣れたそんな景色が、昼近くになって変わった。

游気《ゆうき》に湿気が混じり、馬の蹄《ひづめ》が蹴《け》立《た》てる砂埃《すなぼこり》が少なくなる。見れば土は黒っぽく、湿り気を多く含むようだった。森はまばらにあるが、背丈の低い木々で、ほとんどが紅葉している。森の隙間《すきま》を埋めるように、浅い沼が至る所に広がっていた。

森の向こうに、濃い緑の水をたたえた湖が見えた。湖の緑の濃さで深さが知れる。

北湖湖沼と呼ばれる地域に入ったらしい。

護領山《ごりようさん》から流れ出る川が集まり、地に吸い込まれる場所だ。

水が豊かな場所ではあるが、あまりに湿気が強いので、根腐れる植物が多く畑作には向かない。稲ならば育つが、沼や湖が、わずかな雨で拡大したり収縮したりを繰り返すため、稲田を作るのが難しい。

水は豊かだが、水に悩まされる里郷は、けして裕福な地ではない。

小魚や海老《えび》の漁と、わずかな稲田が生活を支えていた。そのため郷のような大きな集落はなく、家族や一族が細々と寄り集まっている里が点在している。

空露の故郷の里に到着したのは、日が中天にかかる頃。空露が里長《りのおさ》のもとへ向かい話をしている間に、日織たち一行は里のはずれにある廃屋で待つことになった。

空露が生まれ育った家だと聞かされた廃屋に入ると、屋根板の隙間からたわんだ床板や土間に、日の光がこぼれているような有様だった。床板の一部には蠟《ろう》を垂らした跡があり、周囲には、長い髪が何本か散らばっていて気味悪い。

柱の一本に、幼い空露の背丈を測ったと思われる傷と墨文字があるのを見つけて感慨を覚えた。頼りになる、そして常に無表情な彼にも、幼い頃があったのだと実感して柱の傷を触った。空露は、どんな子どもだったのだろうか。きっと昔から賢く物わかりの良い子だったろうが、それでも今と違って、声を出して笑ったり泣いたりしただろう。

鳥手たちが手早く床を掃除し、日織と夏井がようやく床に腰を落ち着けたところに空露が戻ってきた。里長には詳しい事情など告げずに、しばらく廃屋の周囲を使う許しを得たという。

「不津がここを突き止めるのは、時間がかかるだろうな」

光が漏れている天井を日織が見あげると、土間に控えていた馬木が頷《うなず》く。

「しばらくは安全かと思います。配下に、龍稜に入った不津王の動きを探らせていますので、変事があれば知らせが参ります。ただこの里の者たちからの密告などあれば、別ですが」

鋭い馬木の視線に、空露は鷹揚《おうよう》に応じる。

「それは心配ない」

「里の者を信頼しているのだな、空露」

「里長は、わたしの父の従兄弟《いとこ》。里の者ほとんどと、血のつながりがあります。わたしは里から出た初めての護領衆《ごりょうしゅう》なので、里の者は誇りにしてくれています」

護領衆は、春、夏、秋の三度、新たに祈社に入る。入るのは、護領衆になりたいと望む少年たちで、おおよそ数えで七歳から十二歳。里長や郷長《ごうのおさ》から首《おびと》に申し出があった少年たちの中から、健康で明晰《めいせき》な者を選ぶ。

空露の両親が既に他界していること、さらには幼い弟を祈社に入る前に亡くしていることなどは聞いたことがあったが、空露が故郷でどんなふうに思われているのかは初めて聞いた。里の誇りといったところなのだろう。

程なくして里から、飯と茸《きのこ》の汁物が届けられた。日織、空露、夏井はもちろん、鳥手たちもそれらをお腹《なか》に入れると、ようやく全員の緊張が解ける。

日織は横になり、少し眠った。

目覚めると日が傾き始めていた。空露は日織の傍らに座していたが、夏井の姿はなかった。鳥手たちも周囲を警戒しているのだろう、廃屋の中に姿はない。

「龍稜の鳥手から何か知らせはあったか？」

いつの間にか肩にかけられていた衣《きぬ》を脇《わき》によけ、起き上がりつつ問うと、空露は首を横に振る。

「なにも。不津王の軍が夜の行軍を続けていれば、夜更《よふ》け過ぎには龍稜に到着していましょうが。そこから知らせが走るとなれば、そろそろ何か来ましょう」

「夏井は？」

「外に。周囲は鳥手が見張っております。建物から離れなければ、問題ありません」

日織は立ちあがった。

「わたしも少し外に出たい」

どうぞと促し、空露は日織が押しやった衣に手をのばしてたたみはじめた。

廃屋の外に出ても鳥手の姿は見えなかった。おそらく周囲に散って警戒しているのだろう。馬木だけは、少し離れた森の木陰にいる姿が見えた。視線の先には沼があり、水《みず》際《ぎわ》を囲んで剣のような細く長い葉が青々と茂っていた。見張りの配置場所を思案しているらしい様子だった。

夏井はどこにいるのだろうと廃屋の周囲を歩いてみると、裏手にある、小さな池の畔《ほとり》にしゃがみ込み熱心に覗き込んでいる彼を見つけた。

池の水面すれすれには、朱色の小さな秋津《あきつ》がたくさん飛び交って、透明な翅《はね》が夕陽につやつやと輝いていた。そのうちの一匹が、つっと夏井の髻《もとどり》に止まったが、彼は気づいていない。その様子に吹き出すと、夏井がふり返り、秋津は飛び立つ。

「皇尊。何かおかしな事でも？」

立ちあがった夏井に近づきながら頭を指さす。

「秋津が止まっていた、そこに」

髻に手を触れ微笑《ほほえ》む夏井は、自分の頭が秋津の止まり木になったのを嬉しがっているようだった。

「気づきませんでした。それはそうと、よく眠れましたか？」

「そこそこ眠れた。何をしていた」

「水の揺らめきを見ていました。川とつながっていないこの池の底にも、水の流れがあります。ここの水も地の奥へと吸い込まれ続けているのが、興味深い。閉じた池にも、目に見えぬ水の流入と流出があるのだなと」

こんな時に池の水の流れなど気にしている夏井が、羨《うらや》ましかった。

「肝が太いな。そんなことを気にする余裕がある。わたしは、……不安ばかりだ」

まずは逃げ出したが、自分がこれから何をするべきかもわからず、自分自身が頼りなく心細い。

「わたしと皇尊では、お立場が違いすぎます。わたしはさほど危険でもなく、責任もない身の上です。しかし皇尊は龍ノ原の命運そのものであり、お命にかかわる。平静でいろというほうが、無理です。よく耐えておいでです」

夏井の言葉に気が抜けて泣きたくなり、そうすると、労《いたわ》りと優しさを日織に与えるために夏井を選んだ悠花のことを思う。夏井の言葉には慰められるのだが、やはり会いたい、そして縋《すが》りつきたいのは、悠花だった。

（わたしは、悠花に会えるのだろうか）

悠花が去ってから、幾度も幾度も、同じことを考える。

薄暗くなりかけた池の水面に視線を彷徨《さまよ》わせ、飛び交う秋津を見るともなしに見ていると、「皇尊！」と廃屋の表から鋭く緊迫した、馬木の呼ぶ声がした。

夏井と顔を見合わせ、表に急ぐと、廃屋の庭に痩《や》せた馬が一頭いた。

馬の口には轡がはめられ手綱はつけられていたが、背には鞍《くら》もなく、菰が巻かれているだけだった。酷使したのか、馬の口の端には、あぶくがたまっている。

馬にまたがっているのは、丈短の衣と袴《はかま》を身につけた農民の若者のようだが、目つきは鋭い。鳥手だろう。さらに若者の腰に、今にも滑り落ちそうにしがみついているのは小勢乙名だった。

「乙名！」

彼が生きていたことに、嬉しさがこみあげた。

「左の大臣が、附孝洲の兵に連れられ龍稜に戻られたそうです。龍稜に残してきた配下がそれに気づき、兵を倒し、お救いして、こちらまでお連れしました。お怪我《けが》などはされていません」

足踏みを繰り返す、落ち着かない馬の轡を握ってなだめながら、馬木が言う。

騒ぎを聞いて空露も廃屋から出てきた。乙名を見て「左の大臣」と呼ぶ。

乙名が、先に下りた若者に支えられるようにして馬の背から滑り降りたところに、日織は駆け寄る。

「よく無事で……！」

弾む日織の声が、途切れた。

乙名の身なりが異様だったために、足が止まっていた。

生臭さが乙名から漂っている。彼の髷は半ば崩れ、乱れ、頬や額に幾本も髪が落ちかかっていた。額や頬や顎《あご》、そして手といった肌のほとんどの部分が赤黒い汚れにまみれており、衣も何かが付着して乾燥したように、ごわごわと波打つ。袴にも赤黒い汚れが見える。

彼は日織に黙礼すると、馬の方へ向き直り、胴に巻かれた菰へと手を伸ばす。馬の背、菰の上には麻袋が強引にくくりつけられている。若者が手伝おうとすると、乙名は目顔で制す。若者は察したように頷き、跪くと頭を垂れた。まるでそこに、敬うべき人がいるかのように。

日織の背に震えが走った。咄嗟《とっさ》に、見たくないと思った。なにか不吉なものが現れる気がした。怖い。

菰から麻袋を外した乙名は、両手で大事そうに胸の前に掲げる。

「申し訳ありません、皇尊。不津王を説き伏せることは叶《かな》いませんでした。そして、わたしのみ生きて戻りました。太政大臣《おおまつりのおとど》淡海皇子は、こちらに」

いつものように硬くぶれない口調だが、声は掠れている。乙名は膝《ひざ》をつき麻袋を恭《うやうや》しく差し出す。

一歩、足が引けた。

麻袋からは酷《ひど》い生臭さが漂い、底には赤黒いものが染みだしている。

背後から空露が早足でやってくると、日織と乙名の間に割り込み、麻袋を受け取ろうとした。

「空露、控えろ！」

思わず、日織は鋭く命じた。空露はきつい目で見返してくる。

「見てはならない、日織」

その声に、七つの時の記憶が蘇《よみがえ》る。宇預《うよ》を追って捜した護領山の山中で見つけたもの。

あのときも空露は見るなと言って、日織の目を塞《ふさ》いだ。日織は空露に目を塞がれ、ただ無様に、子どもらしく叫んだ。それしかできなかった。

しかし今、日織は子どもではない。そして皇尊だ。

怒鳴り再び命じた。

「わたしの臣だ！　わたしが見なくてどうする。退《ひ》け！」

空露を押しのけ、乙名の差し出す麻袋を両手で摑《つか》む。重かった。想像以上に重いそれを持ちあげると、膝をつく。

「日織！」

制止する空露を無視し、麻袋を自分の膝に置く。袴の布地を通して、じわりと冷たい湿り気を感じた。口を縛っていた紐《ひも》を解こうとして、自分の手が震えているのがわかった。それでも、震えながら苦労して、紐を解く。口が開くと麻袋を引き下ろす。

「淡海の叔父君」

現れた淡海皇子の頭は、髻が崩れ、肌は多少血で汚れてはいるが、目を閉じ、いつもの真っ白い顔だった。意外なほど陰惨な感じはなく——首になっている。その白い首に感じるのは、怖いよりも、厭《いと》わしいよりも、ただ申し訳なさのみ。

首の頬を汚す血を拭《ぬぐ》おうとしたが、肌はぶよぶよと張りがなく、血汚れも乾きこびりついて取れなかった。

しばらく動けなかった。この首になにを言えばいいのか、わからない。

乙名が馬木に目配せする。

「淡海皇子を、綺麗《きれい》に整えて差しあげてくれ」

見張りをしていたらしい鳥手が一人、馬木の手の合図で物陰から出てきて、日織に礼をとり、恭しく淡海の首を取りあげた。首がなくなっても、日織は血で汚れた自分の膝を見つめていた。

（殺された。わたしが御位《みくらい》にあることで、太政大臣たる者が）

衝撃が大きく、その衝撃が日織の信念をも揺さぶる。自分が今、ここで生きていることは正しいのだろうか。そんな疑問が浮かぶ。

全《すべ》てが間違いではなかったのか。

龍ノ原を変えたいと願い皇尊の御位を望んだこと、そして御位に即《つ》いたこと。それら全てが間違いだからこそ、こんなことになっているのではないのかという疑問が、胸の中で渦を巻き、暴れる。全ては日織の望みから始まったことなのだ。

「わたしさえいなくなれば、良いのではないのか？」

吾知らずに口をついて出た言葉だった。乙名がこちらを見やり、責めるようなきつい声で訊く。

「なにか仰いましたか、皇尊」

「龍ノ原を変えたいと望み、御位を望み、御位に即いた。それが全ての元凶ではないか。わたしが、全て」

半ば呆然《ぼうぜん》としながら応じる。

「そのようなこと……っ！」

空露が日織の傍らに膝をつくと、乙名の手が、彼を制するように伸ばされた。

「お黙りください、空露殿」

乙名は、続けて日織に言う。

「確かに全ての元凶は、あなた様が御位に即いたこと。不津王はそう言うでしょう」

「そのような！」

と声をあげかける空露を、「お黙りください！」と一喝し、乙名は一気に続けた。

「しかし勘違いめさるな。それを理由として無法を働く者が間違っているのであり、あなた様が御位に即いたのが元凶というのは、無法者がかざす理論。間違ってもいないことを元凶だ、それが原因だと言うだけ。自らの無法な行為の原因は他者にあると、責任をなすりつける卑怯者《ひきようもの》の理論なのです。あなた様は卑怯者の理論に乗ってはならぬ、屈してはならぬ」

乙名の目には、燃えるような怒りがあった。硬い、石のような声も顔も、その身内が熱せられ真っ赤に焼きついているように激しい。

「あなた様が賢明に逃げてくださったことが、幸い。他国に約定《やくじょう》を求め、附孝洲を龍ノ原から追わねばなりません」

「しかしそれでは龍ノ原が戦場になり、民が」

「民はもう殺されております！」

地面に片手をついて身を乗り出した乙名は、激しい口調で続けた。地面についた手が震えている。怒りを堪《こら》えるように。

「不津王を戴《いただ》く附孝洲の軍団は、意味も無く、衛士たちを皆殺しにした。淡海皇子を殺した。あの者たちは自分たちに従わぬ者に、容赦しません。いや、むしろ、龍ノ原の民など一人残らず殺してもかまわぬとさえ思うでしょう。人がいなくなれば、そこに附孝洲の民を連れてくれば良いのですから」

「衛士を？　不津が？」

衝撃だった。淡海が殺害されたという知らせを聞いたときは、不津がそのようなことをするだろうかと思った。彼は日織や遊子《ゆうし》を憎み嫌ってはいるが、龍ノ原を自分の国としてより良い場所にしたいと望んでいたのだ。

そんな彼が望んで淡海を殺すはずがないし、ましてや、龍ノ原の民たちを無意味に殺すことはないと思っていた。

「命じたのは附孝洲国主《こくしゅ》中目戸ですが、不津王は止められませんでした。不津王は望まぬとしても、附孝洲の国主はするのです。力を借りてしまった不津王に、止める力はありません。このままでは龍ノ原は民が死に、皇尊のみが残り、実質、国としては消えるでしょう。龍ノ原という名の附孝洲の領地に、皇尊のみがあるということになりかねない。附孝洲を龍ノ原から追わない限りは、龍ノ原に先はないのです」

地面に、乙名の指が食い込む。激しい訴えが、日織の胸に同じように食い込んだ。乙名の怒りが伝播《でんぱ》する。

「まず、あなた様は、なんとしても生きなければならない」

日織が譲位すれば、それが最も被害が少なくてすむ——そう覚悟していた。

しかし、ことはそんな単純ではない。

日織が譲位して不津が皇尊になったとしたら、民はどうするだろうか。太政大臣を殺し、多くの衛士を殺した附孝洲を、そしてそれに支えられる不津を、龍ノ原の民は受け入れないだろう。従わない民たちを附孝洲は殺す。龍ノ原はからっぽの残骸《ざんがい》になり、皇尊となった不津のみがぽつねんと、残骸となった地に附孝洲の軍士や民が入り込むのを眺める——そうなりかねない。

(それはもはや龍ノ原ではない。龍ノ原は滅び、皇尊のみがあるという、滑稽《こっけい》なことに)

　絶対に、不津を皇尊として立たせてはならないのだ。

日織が皇尊でなくなるということは、龍ノ原がなくなるのと同義。

(わたしは、己を責めることで己を損なえば、淡海の叔父君を殺し、民を殺した者どもを許すことになるのか。そして龍ノ原をも損なうのか)

　自分の膝を濡らす血を、布地ごと握りしめた。

　湧き上がった覚悟は怒りのためだった。低く、乙名に問う。

(わたしは――、生きなければならない)

「他国と約定して対抗しても、泥沼の戦《いくさ》が続くだけではないのか」

　鋭い視線を、乙名は受け止めてくれた。

「それ以外の方法はありません。民は苦しみ、多く死にます。しかし、ここで追い払わなければ龍ノ原が消えます」

「いや、他に方法があるだろう。おまえが、わたしに教えてくれなかった方法」

　乙名がぴくりと肩を揺らす。

「それは」

「おまえはどう考える。龍ノ原を戦場にするのが良いのか、それともわたしが――護領山を越えるのが良いのか」

護領山を越える。

その言葉に、夏井も空露も、そして馬木も、同時に顔色をなくす。

「日織、何を言っているのですか。神代《かみよ》から、皇尊が、護領山を越えて龍ノ原を出たことはありません」

恐れるように空露が言う。当然日織も知っていると理解しながら、言わずにはいられなかったのだろう。

地大神と縁を成し、龍《りゅう》と縁を成し、神と龍をその身をもって鎮《しず》める存在。皇尊が崩御すれば途端に龍が不安を示し、殯雨《もがりあめ》が降り続く。それが続けば大きな禍《わざわい》となる。

そのような存在である皇尊が、護領山を越えて龍ノ原を離れ、地大神や龍と隔たってしまえば——何が起こるか、わからない。

二度めの宣儀《せんぎ》の前に悠花は、もし事が上手《うま》く運ばなければ、ともに龍ノ原を出ようと言った。天変地異も覚悟の上で、と。

今一度日織は、それを覚悟するべきかもしれない。

「皇尊が護領山を越えれば、何が起こるかわからない。殯雨のような、あるいは予想だにしない異変があるかもしれない。だが——気づいたのだ。わたしが護領山を越えれば、龍ノ原を戦場にすることなく、附孝洲を追い払う可能性が生まれることに」

「しかし、だからとて……」

空露は言いよどむ。

宣儀のおりは空露も、もし日織が龍を呼べなければ八洲《はつしゅう》へ逃がす覚悟をしていたが、それは他に選択肢がなかったためだ。その彼にしても、今、護領山を越えずにすむ選択肢があるならば、越えさせたくないと考えるらしい。

皇尊が崩御すれば殯雨は必ず降る。龍ノ原の民であれば誰でも、皇尊が龍ノ原から姿を消すことに、恐れを抱くのは当然だった。

神は、人が容易にはかれるものではない。

「わたしが護領山を越えても、何も起こらない可能性もある。そうだな、乙名」

夕暮れの光に乙名の顔の半ばが暗く陰り、汚れた顔の陰影が凄《すご》みを増す。

「しかし――央大地《ひさしだいち》を海に沈めるような異変があれば、如何なさる」

「急ぎ龍ノ原に戻る」

「龍ノ原に戻る余裕もないほどの天変地異ならば？」

「命を絶つ」

空露が口を挟みたそうにしたが、その肩を背後に近づいていた夏井がおさえた。ふり向いた空露を、夏井は見守りましょうと言いたげに見返す。

「護領山を越える。もしそれで、わたしの考える方法で龍ノ原が護《まも》れない場合は、その時こそ龍ノ原が戦場になるのを覚悟で他国の力を借りて戦う。同様に、わたしが護領山を越えるだけで央大地が沈むようなら、龍ノ原に戻り、戦う。さらに護領山を越えるのみで、龍ノ原に戻る余裕もないほどの天変地異が起きたなら、命を絶つ。わたしが命を絶てば誰かが入道して天変地異は止まる。わたしは、そうしたい。いや――そうする」

日織が選ぼうとしているのは、央大地と自身の命を賭《と》す方法だ。乙名がこれを躊躇《ためら》ったのは、賭《か》けるものが大きすぎるためだったのだ。

しかも――成功するかどうかは、わからない。

ただ、今、龍ノ原そのものが消える危機にある。皇尊の譲位や即位の問題ではなくなっている。選ぶのであれば、どれほど賭けるものが大きかろうと、最善を選ぶべきではないのか。

日織は、護領山を越えるのが最善と考えた。

護領山を越えて――日織は一つの計を為す。

その計が成功すれば、龍ノ原は戦場にならずにすむ。さらに附孝洲を追い払い、なおかつ龍ノ原は、再びの附孝洲の侵寇や他国の野望に怯《おび》えることなく、永く安寧を保てるはずなのだ。

「乙名。わたしは護領山を越える」

暫《しば》しの沈黙の後、石のように硬い、ぶれない声が応じた。

「越えられよ」

急速に色を失う游気の中で、乙名の目が真《ま》っ直《す》ぐに日織を見つめる。託すように、促すように、信じるように。

「護領山を越えられよ、皇尊」

膝をつく乙名の背後、まばらな森の向こうに護領山の稜線《りょうせん》が夕日に映えて朱色に輝いていた。稜線にかかる陽の投げる最後の光が、浅い沼のさざ波に照り返して日織の目を射る。一陣の風が吹き、水面が大きく動き光が乱れた。

(『龍ノ国幻想6　双飛の暁』に続く)

【参考文献】

『戦争の日本史３　蝦夷と東北戦争』／鈴木拓也著／吉川弘文館

『天平の律令官人とくらし』／出川広著／桜山社

『日本服飾史　女性編　風俗博物館所蔵』／井筒雅風著／光村推古書院

『日本服飾史　男性編　風俗博物館所蔵』／井筒雅風著／光村推古書院

『図解日本の装束』／池上良太著、新紀元社編集部編／新紀元社

『日本の服装　上』／歴世服装美術研究会編／吉川弘文館

『ビギナーズ・クラシックス　日本の古典　万葉集』／角川書店編／角川ソフィア文庫

『図説日本文化の歴史３　奈良』／黛弘道著／小学館

『古代史復元９　古代の都と村』／金子裕之著／講談社

『全集　日本の歴史３　飛鳥・奈良時代　律令国家と万葉びと』／鐘江宏之著／小学館

『古代の女性官僚　女官の出世・結婚・引退』／伊集院葉子著／吉川弘文館

『飛鳥むかしむかし　国づくり編』／奈良文化財研究所編、早川和子絵／朝日新聞出版

※奈良県立万葉文化館の展示および、同館が毎月発行されている「よろずは」も参考にしています。

本書は新潮文庫のために書き下ろされた。

朝井リョウ著

何者

直木賞受賞

就活対策のため、拓人は同居人の光太郎や留学帰りの瑞月らと集まるようになるが――。戦後最年少の直木賞受賞作、遂に文庫化！

朝井リョウ著

何様

生きるとは、何者かになったつもりの自分に裏切られ続けることだ――。『何者』に潜む謎が明かされる、発見と考察に満ちた六編。

朝井リョウ著

正欲

柴田錬三郎賞受賞

ある死をきっかけに重なり始める人生。だがその繋がりは、〝多様性を尊重する時代〟にとって不都合なものだった。気迫の長編小説。

町田そのこ著

コンビニ兄弟
―テンダネス門司港こがね村店―

魔性のフェロモンを持つ名物コンビニ店長（と兄）の元には、今日も悩みを抱えた人たちがやってくる。心温まるお仕事小説登場。

町田そのこ著

夜空に泳ぐチョコレートグラミー

R-18文学賞大賞受賞

大胆な仕掛けに満ちた「カメルーンの青い魚」他、どんな場所でも生きると決めた人々の強さをしなやかに描く五編の連作短編集。

彩瀬まる著

あのひとは蜘蛛を潰せない

28歳。恋をし、実家を出た。母の〝正しさ〟からも、離れたい。「かわいそう」を抱えて生きる人々の、狡さも弱さも余さず描く物語。

杉井光著

世界でいちばん透きとおった物語

大御所ミステリ作家の宮内彰吾が死去した。『世界でいちばん透きとおった物語』という彼の遺稿に込められた衝撃の真実とは――。

杉井光著

この恋が壊れるまで夏が終わらない

初恋の純香先輩を守るため、僕は終わらない夏休みの最終日を何度も何度も繰り返す。甘く切ない、タイムリープ青春ストーリー。

清水朔著

奇譚蒐集録

―弔い少女の鎮魂歌―

死者の四肢の骨を抜く奇怪な葬送儀礼。少女たちに現れる呪いの痣《あざ》の正体とは。沖縄の離島に秘められた謎を読み解く民俗学ミステリ。

白河三兎著

冬の朝、そっと担任を突き落とす

校舎の窓から飛び降り自殺した担任教師。追い詰めたのは、このクラスの誰？　痛みを乗り越え成長する高校生たちの罪と贖罪の物語。

白井智之著

名探偵のはらわた

史上最強の名探偵VS.史上最凶の殺人鬼。昭和史に残る極悪犯罪者たちが地獄から甦る。特殊設定・多重解決ミステリの鬼才による傑作。

住野よる著

か「」く「」し「」ご「」と「

5人の男女、それぞれの秘密。知っているようで知らない、お互いの想い。『君の膵臓をたべたい』著者が贈る共感必至の青春群像劇。

河野 裕著

いなくなれ、群青

11月19日午前6時42分、僕は彼女に再会した。あるはずのない出会いが平坦な高校生活を一変させる。心を穿つ新時代の青春ミステリ。

七月隆文著

ケーキ王子の名推理《スペシャリテ》

ドSのパティシエ男子&ケーキ大好き失恋女子が、他人の恋やトラブルもお菓子の知識で鮮やか解決！ 胸きゅん青春スペシャリテ。

榎田ユウリ著

ここで死神から残念なお知らせです。

「あなた、もう死んでるんですけど」――自分の死に気づかない人間を、問答無用にあの世へと送る、前代未聞、死神お仕事小説！

萩原麻里著

呪殺島の殺人

目の前に遺体、手にはナイフ。犯人は、僕？――陸の孤島となった屋敷で始まる殺人劇。呪術師一族最後の末裔が、密室の謎に挑む！

早坂 吝著

探偵ＡＩのリアル・ディープラーニング

天才研究者が密室で怪死した。「探偵」と「犯人」、対をなすＡＩ少女を遺して。現代のホームズVS.モリアーティ、本格推理バトル勃発!!

武田綾乃著

君と漕ぐ

―ながとろ高校カヌー部―

初心者の舞奈、体格と実力を備えた恵梨香、上位を目指す希衣、掛け持ちの千帆。カヌー部女子の奮闘を爽やかに描く青春部活小説。

新潮文庫最新刊

河野裕著
さよならの言い方なんて知らない。8
月生亘輝と白猫。最強と呼ばれる二人が、七十万もの戦力で激突する。人智を超えた戦いの行方は？　邂逅と侵略の青春劇、第8弾。

三田誠著
魔女推理
―嘘つき魔女が6度死ぬ―
記憶を失った少女。川で溺れた子ども。教会で起きた不審死。三つの死、それは「魔法」か「殺人」か。真実を知るのは「魔女」のみ。

三川みり著
龍ノ国幻想5　双飛の闇
最愛なる日織に皇尊《すめらみこと》の役割を全うしてもらうことを願い、「妻」の座を退き、姿を消す悠花。日織のために命懸けの計略が幕を開ける。

J・ノックス
池田真紀子訳
トゥルー・クライム・ストーリー
作者すら信用できない――。女子学生失踪事件を取材したノンフィクションに隠された驚愕の真実とは？　最先端ノワール問題作。

塩野七生著
ギリシア人の物語2
―民主政の成熟と崩壊―
栄光が瞬く間に霧散してしまう過程を緻密に描き、民主主義の本質をえぐり出した歴史大作。カラー図説「パルテノン神殿」を収録。

酒井順子著
処女の道程
日本における「女性の貞操」の価値はいかに変遷してきたのか――古今の文献から日本人の性意識をあぶり出す、画期的クロニクル。

イラスト　千景
デザイン　川谷康久（川谷デザイン）

龍ノ国幻想5

双《そう》飛《ひ》の闇《やみ》

新潮文庫　み－60－15

令和五年九月一日発行

著者　三《み》川《かわ》みり
発行者　佐藤隆信
発行所　株式会社新潮社

郵便番号　一六二―八七一一
東京都新宿区矢来町七一
電話　編集部（〇三）三二六六―五四四〇
　　　読者係（〇三）三二六六―五一一一
https://www.shinchosha.co.jp

価格はカバーに表示してあります。

乱丁・落丁本は、ご面倒ですが小社読者係宛ご送付ください。送料小社負担にてお取替えいたします。

印刷・錦明印刷株式会社　製本・錦明印刷株式会社

ISBN978-4-10-180271-8　C0193